谷长春／主编

满族口头遗产传统说部丛书

苏木妈妈 创世神话与传说

《苏木妈妈》是满族说部中的“给孙乌春乌勒本”，它以极罕见的说唱形式，歌颂阿骨打的大夫人苏木帮助阿骨打灭辽兴金建立的英雄业绩和传奇的一生。

《创世神话与传说》是短篇神话故事与民间传说的集锦。它是在讲述说部中间穿插的小段子，也叫“故事岔子”。这些故事以丰富的想象力、情趣盎然的情节、生动的语言。荟萃成为满族及其先民万花筒式的往昔生活。

富育光／讲述　荆文礼／整理

吉林人民出版社

滿族口頭遺産
傳統説部叢書

愛新覺羅啓驤題籤

满族说部是我国
非物质文化遗产的瑰宝

周巍峙题
丙戌年

满族说部是北方
民族的百科全书

九十三翁贾芝

丙戌之春

奔流的黑龙江　荆宏　摄影

北国密林　孙志明　摄影

长白山白桦林　孙志明　摄影

满族说部

本页照片由荆宏提供

东海女真人图

金上京市易图
(阿城金上京历史博物馆)

乾隆射箭图

夕祭中给祖先神上糕

满族说部

本页照片由荆宏提供

黑龙江海口特林涡族鱼骨庙（原存）

祭神树

吉林省吉林市过去的船厂码头

本页剪纸为关云德制作

月亮女神

海豹女神

鱼神

鹰神

满族口头遗产传统说部丛书编委会

总序

《满族口头遗产传统说部丛书》在文化部和中共吉林省委、省人民政府的领导与支持下，经过有关科研和文化工作者多年的辛勤努力和编委会的精选、编辑、审定，现在陆续和读者见面了。

中华民族大家庭中的满族，同其他民族一样有着自己独特的文化源流，作为非物质文化遗产的满族传统说部，是满族民族精神和文化传统的重要载体之一。“说部”，是满族及其先民传承久远的民间长篇说唱形式，是满语“乌勒本”（ulabun）的汉译，为传或传记之意。20世纪初以来，在多数满族群众中已将“乌勒本”改为“说部”或“满族书”、“英雄传”的称谓。说部最初用满语讲述，清末满语渐废，改用汉语并夹杂一些满语讲述。在漫长的历史进程中，满族各氏族都凝结和积累有精彩的“乌勒本”传本，如数家珍，口耳相传，代代承袭，保有民族的、地域的、传统的、原生的形态，从未形成完整的文本，是民间的口碑文学。清末以来，我国社会发生了翻天覆地的变化，由于历史的、社会的、政治的、文化的诸多原因，满族古老的习俗和原始文化日渐淡化、失忆甚至被遗弃，及至“文革”，满族传统说部已濒临消亡。抢救与保护这份珍贵的民族文化遗产已迫在眉睫。现在奉献给读者的《满族口头遗产传统说部丛书》，是抢救与保护满族传统说部的可喜成果。

吉林省的长白山是满族的重要发祥地。满族及其先民世世代代在白山黑水间繁衍生息，建功立业，这里积淀着深厚的满族文化底蕴，也承载着满族传统说部流传的历史。吉林省抢救满族传统说部的工作始于20世纪80年代初。在党的十一届三中全会解放思想、拨乱反正精神的指引下，民族民间文化遗产重新受到重视，原吉林省社会科学院有关科研人员，冲破“左”的思想束缚，率先提出抢救满族传统说部的问题，得到了时任吉林省社会科学院院长、历史学家佟冬先生的支持，并具体组织实施抢救工作。自1981年起，我省几位科研工作者背起行囊，深入到吉林、黑龙江、辽宁、北京以及河北、四川等满族聚居地区调查访问。他们历经四五年的艰辛，了解了满族说部在各地的流传情况，掌握了第一手资料，并对一些传承人讲述的说部进行了录音。后来由于各种原因使有组织的抢救工作中断了，但从事这项工作的科研人员始终怀有抢救满族说部的“情结”，工作仍在断断续续地进行。1998年，吉林省文化厅在从事国家艺术科学规划重点项目《十大艺术集成志书》的编纂工作中，了解到上述情况，感到此事重大而紧迫，于是多次向文化部领导和专家、学者汇报、请教。全国艺术科学规划领导小组组长、中国文联主席周巍峙同志，文化部社文图司原司长陈琪林同志，著名专家学者钟敬文、贾芝、刘魁立、乌丙安、刘锡诚等同志都充分肯定了抢救满族传统说部的重要意义，并提出许多指导性的意见。几经周折，在认真准备、具体筹划的基础上，于2001年8月，吉林省文化厅重新启动了这项工程。2002年6月，经吉林省人民政府批准，省文化厅成立了吉林省中国满族传统说部艺术集成编委会，团结省内外一批专家、学者和有识之士，积极参与满族说部的抢救、保护工作。

这项工作，得到中国民间文艺家协会以及黑龙江、辽宁、北京、河北、吉林等省市民间文艺家协会和有关人士的认同与无私帮助，特别是得到了文化部和有关部门的鼎力支持。2003年8月，满族传统说部艺术集成被批准为全国艺术科学“十五”规划国家课题；2004年4月，被文化部列为中国民族民间文化保护工程试点项目；2006年5月被国务院批准为第一批国家级非物质文化遗产名录。这使我们增强了责任感、使命感和克服困难的信心。根据文化部和中国民族民间文化保护工程国家中心有关指示精神，我们对满族说部采取全面的保护措施，不但要忠实记录，保护好文本，还要保护传承人及其知识产权；不但要保护与说部的讲述内容和表现形式相关的资料，还要保护与说部传承相关的文物，从而对满族说部这一口头遗产进行整体保护。我们坚持保护为主、抢救第一的原则，以只争朝夕的精神，组织科研人员到满族聚居地区深入普查，扩大线索，寻源探流，查访传承人，利用现代化手段，通过录音、录像、文字记录等方式采录传承人讲述的说部。在记录整理过程中，不准许增删、编改，只是在文法、句式、史实方面作适当的梳理和调整，严格保持满族传统说部的原创性、科学性、真实性，保持讲述人的讲述风格、特点，保持口述史的原汁原味。

几年来的工作，使我们深感“抢救”二字的重要。目前健在的传承人多已年逾古稀，体弱多病，渐渐失去记忆。就在二三年前，我们刚刚采录完傅英仁、马亚川讲述的说部，还没来得及进一步发掘其记忆宝库，他们就溘然长逝了。一些熟悉往昔满族古老生活的长者和说部传承人，如二十多年前我们曾经访问过的黑龙江省的富希陆、杨青山、关墨卿、孟晓光，吉林省的何玉霖、许明达、关士英、赵文金、胡达千、张淑贞，辽宁省的张立忠，北京市的陈氏兄弟、富察·庄净，河北省的王恩祥，四川省的刘显之等先生都已相继谢世，使其名传遐迩、珍藏在记忆中的说部无以名世，成为永远的遗憾。今天出版这套丛书，也是对他们最好的纪念。

《满族口头遗产传统说部丛书》所选的作品，都是满族各氏族传承人讲述的优秀传统说部的忠实记录，反映了满族及其先民自强不息、勤劳创业、爱国爱族、粗犷豪放、骁勇坚韧的民族精神，具有很强的思想震撼力和艺术感染力，可以说是我国民间文学中的宝贵珍品，具有较高的科学价值。它的出版，不仅是对弘扬我国优秀民族文化遗产，建设社会主义先进文化的贡献，而且也为世界非物质文化遗产保护工程增添了一分光彩。

一、满族传统说部产生的历史渊源

满族及其先民是一个有着悠久历史的古老民族。满族的先民肃慎人自古就在白山黑水一带繁衍。据《山海经》载：“东北海之外……大荒山中有山，名曰不咸，有肃慎氏之国。”据《孔子家语》卷四载：肃慎就以“楛矢石砮”为信物贡服于周天子。而后，汉、魏、晋、南北朝之挹娄、勿吉，隋唐之靺鞨，辽宋之女真，明清之满洲，这些同属于肃慎族系，只是不同朝代称谓不同罢了。唐朝初年，靺鞨人曾建立“渤海国”，是北方少数民族的地方政权，史称“海东盛国”。辽代以降，满族先世黑水女真部迅速崛起，其首领阿骨打，承继祖业，敏黾韬晦，扫平有二百余年历史的桀骜恃强的庞然大国——辽王朝，建立了雄踞北方的大金王朝。到金世宗乌禄时代，在文化和经济等诸方面均达到了鼎盛时期，史称“小尧舜”。明末，建州女真首领努尔哈赤统一女真诸部，建立中国历史上又一个东北少数民族地方政权“后金”。其后人又从建立大清国，到打败明王朝，定鼎中原。满族及其先民绵长的一脉相承的历史，是满族传统说部赖以产生的客观基础。

满族是一个创造源远流长、光辉灿烂文化的民族。满族及其先民女真人作为北方边远的游牧、渔猎少数民族，能够两度逐鹿中原，建立政权时间长达420年，对统一中国版图，形成多元一体的历史格局产生了深远影响，做出了重要贡献，这是与其以自己的文化养育顽强、坚毅的民族精神分不开的。一方水土养一方人。满族及其先民历经三千余年的风雨沧桑，世代生活在广袤数千里的山林原野，征伐变乱的砥砺，苦寒环境的锤炼，培育了自己的民族精神与品格，使他们成为粗犷剽悍、质朴豪爽、善歌尚勇、多情重义，“精骑射，善捕捉，重诚实，尚诗书，性直朴，习礼让，务农敦本”（引自《盛京通志》）的民族。渤海的武人颇喜角斗，以骁勇为荣，有“三人渤海当一虎”（引自宋·洪皓《松漠纪闻》）之谚。靺鞨人盛行歌舞之风，其渤海乐不仅传入中原王朝和日本，而且在民间不断延续流传。金太祖完颜阿骨打在对辽作战相当激烈的时候，便命开国元勋完颜希尹创制女真文字，在金朝建国不久的太祖天辅三年（1119年）正式颁行，当时被称为国书。女真有了文字，促进了文化的发展，以歌伴舞在民间广为盛行。有些贵族子弟为求佳偶，常“携尊驰马，戏饮其地，妇女闻其至，多聚观之，间令侍坐，与之酒则饮，亦有起舞讴歌以侑觞者”（见《三朝北盟会编》）。这说明，女真民间一直保持先祖古朴的风俗习惯。随着北宋灭亡，金人大量入关，女真民间歌舞很快传遍中原大地，甚至在金、元杂剧中广为传唱。满洲统治者从建立后金到入主中原，注意保持满族及其先民尚武骑射和语言风俗方面的独立性，努尔哈赤时期创制满文，皇太极时期改革老满文，推动了民族文化的发展。康、雍、乾等几代皇帝，在强调“国语骑射”为治国之本的同时，也注意各民族之间的文化交流与融合，特别是积极吸收汉文化。这是满族传统说部得以滥觞的文化根源。

几度争战几度崛起，几度鼎盛几度衰落，漫长的历史充满着可歌可泣的英雄人物和壮烈悲怆的故事，构筑了深厚的文化根基，从而孕育和产生了古朴而悠久的满族民间口头文学——传统说部。满族说部的形成与传播，历史相当久远。满族先民，在从肃慎、挹娄到靺鞨以及创建大金国的历史过程中，各氏族、部落迁徙、动荡、分合频繁，到明中叶以后，随着女真社会内部矛盾日益尖锐，强凌弱，众暴寡，各部落之间互相争雄，连年战乱，及至进入清代，内部争斗不断，外患与内祸迭起，这使各个氏族都无法选择地交织在历史的漩涡里，涌现众多的英雄人物和感人的业绩。满族及其先民凭借自己对善恶美丑的感受和对社会现象的审视，把一桩桩、一件件值得传诵、讴歌的人和事，详细地记载在各个氏族世代传袭的口碑之中，以此谈古论今。为此，不遗余力地随时积累、记录、采集、传扬本氏族的英雄故事，以光耀门楣，激励族人。满族诸姓氏间，都以据有"乌勒本"而赢得全族的拥戴和尊重，"乌勒本"令族众铭记和崇慕。

满族传统说部的广泛流传得益于"讲古"的习俗。满族及其先世女真人，是一个讲究慎终追远，重视求本寻根的民族。他们通过"讲古"、"说史"、"唱颂根子"的活动，将"民间记忆"升华为世代传承的说部艺术。讲古，就是一族族长、萨满或德高望重的老人讲述族源传说、家族历史、民族神话以及萨满故事等。元人宇文懋昭所撰的《金志》中说，女真金代习俗，"贫者以女年笄行歌于途，其歌也乃自叙家世"。这说明在女真时期就有"行歌于途"，"自叙家世"的讲古习俗。据《金史》卷六六载："女真既未有文字，亦未尝有记录，故祖宗事皆不载。宗翰好访问女真老人，多得祖宗遗事。"从中可知，金代初期民间讲古的习俗就很盛行，已引起上层统治者的重视。据《金史·乐志》载：世宗不令女真后裔忘本，重视女真纯实之风，大定二十五年四月，幸上京，宴宗室于皇武殿，共饮乐。在群臣故老起舞后，自己吟歌，"上歌曲道祖宗创业艰难……歌至慨想祖宗音容如睹之语，悲感不复能成声"。世宗及群臣参与"唱颂根子"的活动，势必张扬民间讲古的习俗。满族先人的故事在"讲古"中传播，在传播中又不断被加工、修改或产生新的故事。讲古不单单是本氏族内部的事，各氏族间互相比赛，场面十分热烈。据《爱辉十里长江俗记》中记载："满洲众姓唱诵祖德至诚，有竟歌于野者，有设棚聚友者。此风据传康熙年间来自宁古塔，戍居爱辉沿成一景焉。"由此可见，满族早年讲唱"乌勒本"，是相当活跃的，甚而搭棚竞歌，聚众观之。此景与我国南方一些民族的歌圩相类似。

满族及其先民将"讲古"、"说史"、"唱颂根子"的"乌勒本"，推崇到神秘、肃穆和崇高的地位，考其源，同满族先民所虔诚信仰的原始宗教萨满教的多元神崇拜观念，有着十分密切的关系。原始先民在漫长的社会劳动和生活中，由于生产力的极端低下，无力与强大的自然力抗衡，于是幻想在人的周围有一种超自然的力量主宰一切，并认为自然的东西都有灵魂，是他们控制着人类，给人类带来幸福，也带来灾难。正如恩格斯所说的，“由于自然力被人格化了，最初的神产生了”。这就是万物有灵论和原始神话。原始先民有了原始信仰和原始神话，便利用各种方法举行祭祀，向神灵祈祷、膜拜，于是产生了原始宗教，即萨满教。在萨满教诸神中，除自然神祇、动物神祇（包括图腾神祇）外，最重要而数目繁多者便是人神，即祖先英雄神祇。宗教与民俗从来就是形影相随的，“讲古”的习俗与萨满教的祭祀仪式结合了起来。满族及其先民以讲唱氏族英雄史传为中心主题的说部艺术，正是依照传统的宗教习俗，对本族英雄业绩和不平凡经历的讴歌和礼赞。人们对祖先英雄神，供奉它，赞美它，毕恭毕敬，祈祷祖灵保佑族众，荫庇子孙。萨满教极力崇奉祖灵，亦包括对本族历世祖先和英雄神祇的讴歌与缅怀。所以，在萨满祭祀中，有众多歌颂和祈祷祖先神祇的神谕、赞文、诗文和祷语，亦有叙事体的长篇祖先英雄颂词。满族及其先民的“颂祖”、“讲祖”礼俗，世代承继不衰，是因为把勉励子孙铭记祖先创业艰难，承继祖德宗功，继往开来，奋志蹈进，作为祖先崇拜的根本目的和信条。特别是乾隆十七年颁布的《钦命满洲跳神祭天典礼》，统一了萨满祭规，使萨满祭祀变成家族祭祖活动，把祖先崇拜推向高峰。经年累世，各氏族在集体智慧的滋育下，赞文日益丰富扩展，情节愈加凝炼集中，使之逐渐升华为长篇祖先颂歌。这也成为满族传统说部的一种源流。

二、满族传统说部的本体特征

满族传统说部经过千百年来的创作、传承和演变，形成了独特的表现空间和表现形式。满族先民自古“无文墨，以语言为约”（《太平御览》卷七八四），所以，说部是以口头形式产生和传承的，讲唱内容全凭记忆。最初记述手段，用一缕缕棕绳的纽结、一块块骨石的凹凸、一片片兽革的裂隙，刻述祖先的坎坷历程。这便是说部的最古老的形态，也叫“古本”、“原本”、“妈妈本”。满族人将这种“妈妈本”尊称“乌勒本”特曷。古人就是通过望图生意，看物想事，唱事讲古的。随着社会的发展，氏族中文化人的增多，满族说部的“妈妈本”逐渐用满文、汉文或汉文标音满文来简写提纲和萨满祭祀时赞颂祖先业绩的“神本子”。讲述人凭着提纲和记忆，发挥讲唱天赋，形成洋洋巨篇。

满族传统说部内容丰富，气势恢宏，它包罗天地生成、氏族聚散、古代征战、部族发轫兴亡、英雄颂歌、蛮荒古祭、生产生活知识等，每一部说部都是长篇巨著。满族说部之所以如此厚重，主要有以下三个方面的因素：

（一）关于记录和评说本氏族所发生的重大历史事件的说部，具有极严格的历史史实约束性，不允许隐饰，以翔实的根据来讲述；

（二）说部由氏族中德高望重、出类拔萃的专门成员承担整理和讲述义务，整理和讲述时吸收了众人谈资，所讲内容全凭记忆，口耳相传，无固定文本拘束，因而愈传愈丰愈精，是群体创作的累积；

（三）具有民间口头文学的生动性。说部多由一个主要故事为经线，辅以多个枝节故事为纬线，环环相扣，错综复杂，又杂糅地域的、民俗的奇特情景，加之口语化的北方语言，因而有深厚的文化积淀和感人的艺术魅力。

据我们掌握的三十余部满族说部来分析，从内容上可分为四种类型：

（一）窝车库乌勒本：俗称“神龛上的故事”，是由氏族的萨满讲述，并世代传承下来的萨满教神话和萨满祖师们的非凡神迹。窝车库乌勒本主要珍藏在萨满的记忆与一些重要的神谕及萨满遗稿中，如黑水女真人创世神话《天宫大战》、东海萨满创世史诗《乌布西奔妈妈》、爱辉地区流传的《音姜萨满》、《西林大萨满》等。

（二）包衣乌勒本：即家传、家史。如富察氏家族富希陆、傅英仁从爱辉、宁安传承的姊妹篇《萨大人传》和《萨布素将军传》（又名《老将军八十一件事》），黑龙江省双城县马亚川先生承袭的《女真谱评》，河北石家庄王氏家族传承的《忠烈罕王遗事》，乌拉部首领布占泰后裔赵东升先生承袭祖传的《扈伦传奇》，富氏家族传承的《顺康秘录》、《东海沉冤录》，傅英仁先生传承的《东海窝集传》等。

（三）巴图鲁乌勒本：即英雄传。满族说部有关这方面的内容很丰富，可分为两大类：一是真人真事的传述，如金代的《金兀术传》，明末清初的《两世罕王传》（又名《漠北精英传》）、《雪妃娘娘和包鲁嘎汗》，清中期的《飞啸三巧传奇》等；一是历史传说人物的演义，如《乌拉国佚史》、《佟春秀传奇》等。

（四）给孙乌春乌勒本：即说唱故事。这部分主要歌颂各氏族流传已久的历史传说中的英雄人物，如渤海时期的《红罗女》、《比剑联姻》，明代的《白花公主传》以及民间说唱故事《姻缘传》、《依尔哈木克》等。

满族传统说部在长期流传中形成了自己独特的风格，凝聚了有别于其他口头文学的鲜明特征。主要表现在：

（一）讲述环境的严肃性。各氏族讲唱“乌勒本”是非常隆重而神圣的事情。一般在逢年遇节、男女新婚嫁娶、老人寿诞、喜庆丰收、氏族隆重祭祀或葬礼时讲唱“乌勒本”。讲唱“乌勒本”之前，要虔诚肃穆地从西墙祖先神龛上，请下用石、骨、木、革绘成的符号或神谕、谱牒，族众焚香、祭拜。讲述者事前要梳头、洗手、漱口，听者按辈分依序而坐。讲毕，仍肃穆地将神谕、谱牒等送回西墙上的祖宗匣子里。这一系列程序表明有严格的内向性和宗教气氛。不像平时讲“朱奔”（意为故事、瞎话）那样随便地姑妄言之，姑妄听之。

（二）讲述目的的教化性。满族传统说部与萨满祖先崇拜的敬祖、颂祖、祭祖观念密切相关。讲述祖先过去的事情，都是真实地记述，是对祖先英雄业绩的虔诚赞颂，不允许隐瞒粉饰和随意编造，否则则认为是对祖先的不敬。讲唱说部的目的，不只是消遣和余兴，而是非常崇敬地视为培育儿孙的氏族课本和族规祖训，是对族人进行爱国、爱族、爱家的教育，起到增强氏族凝聚力的作用。因此，讲述内容、目的以及题材艺术化程度，均与话本、评书有较大区别。

（三）讲述形式的多样性。满族传统说部多为叙事体，以说为主，或说唱结合，夹叙夹议，活泼生动，并偶尔伴有讲叙者模拟动作表演，尤增加讲唱的浓烈气氛。从《萨大人传》和《飞啸三巧传奇》中我们可以看出，有说有唱，甚至还记录了讲唱的曲谱。讲唱说部关键在于说，说讲究真、细、险、趣四个字。真，即真实，故事情节合情入理，真实可信；细，即细腻，绘声绘色，细致入微；险，即惊险，突出关键的地方，有悬念，有艺术魅力；趣，即语言要风趣幽默，使人发笑。说唱时多喜用满族传统的以蛇、鸟、鱼、狍等皮革蒙制的小花抓鼓和小扎板伴奏，情绪高扬时听众也跟着呼应，击双膝伴唱，构成跌宕氛围，引人入胜。

（四）传承的单一性。满族传统说部的承继源流，主要以氏族中的一支或家庭中直系传承为主，虽有师传，但多半是血缘承袭，祖传父，父传子，子子孙孙，承继不渝，从而保持了说部传承的单一性与承继性。《萨大人传》是富察氏家族的祖传珍藏本，其传承顺序是：富察氏家族第十一世祖、清道光朝武将发福凌阿传给长子、爱辉副都统衙门委哨官伊郎阿将军；伊郎阿又传给长子富察德连；富察德连又传给其子富希陆和其侄富安禄、富荣禄；富希陆又传给长子富育光。一般来说，讲唱人大都与说部所宣扬的事件及其主人公有直系血缘关系，他们既对本氏族历史文化有一定的素养，又谙熟说部内容，并有组成说部题材结构的卓越能力和创作才华。《扈伦传奇》的传承就是很好的证明，其最早的传承人乌隆阿，纳喇氏第十一代，他把家史传给曾孙德明（五品官，通今博古），德明经过梳理后传给其侄十六辈霍隆阿（笔帖式），再传给十七辈双庆（五品官，精通满汉文），下传伊子崇禄（八品委官），二十辈的赵东升继承祖父崇禄先生，对家史进行整理。这些传承人都有高深的文化和创作才能。他们把记忆和传讲自己的族史视为己任，当做崇高而神圣的事情，世代不渝。他们在氏族中自行遴选弟子或由自己的后裔承继传诵。传承的方法是口耳相传，心领神会。所以，传承人在满族说部的纵向传承与横向传播的过程中，为保存民族文化遗产做出了应有的贡献。可以说，没有传承人，就没有满族说部。

（五）流传的地域性。满族说部在一些地域流传过程中，深受广大群众喜爱。因此，有的说部逐渐脱离原氏族的范围，被众多氏族传承诵颂，如《尼山萨满传》、《红罗女》、《飞啸三巧传奇》、《双钩记》（又名《窦氏家传》）、《松水凤楼传》、《姻缘传》等，在长期传诵中，已成为该地域更多姓氏甚至外族群众讲述的书目，并代代传承。

满族传统说部和其他口头文学一样，在流传过程中也有变异性。在传播中，传承人根据自己对讲述内容的认识和理解，不断加工、升华，从而产生新的故事纲目。特别是，随着氏族的繁荣，分出各个支系，每个支系都有自己的传承人，在讲述内容和形式上也有了变化。所以在不同的支系、不同的地域出现了不同的传本，如《红罗女》在黑龙江省牡丹江一带流传《比剑联姻》、《红罗女三打契丹》，而吉林省的东部就有《银鬃白马》、《红罗绿罗》等不同传本，这是正常的现象。说部在传播中演变，获得新的发展，并吸收汉族的评书和明清小说章回体的特点，这正是满族传统说部具有顽强生命力的表现。

三、满族传统说部的价值和意义

满族传统说部，是满族及其先民在一定历史时期、一定社会中的一种意识形态的反映，其中蕴藏着丰富、凝重的社会、历史内容。

满族传统说部具有历史学价值。满族传统说部大都是以古代英雄人物为中心、以历史事件为背景编织而成的，是述说满族及其先民各个部落、氏族的兴亡发轫、迁徙征战、拓疆守土、抵御外患等“先人昨天的故事”。如《萨大人传》、《东海窝集传》、《扈伦传奇》等所讲述苦难的经历，不朽的宗功，都从不同的侧面反映了各个氏族充满血泪、卓绝斗争的雄浑壮阔的历史。从各个氏族的说部中，能使人更好地了解到满族及其先民是怎样从遥远的过去走过来的，经历了哪些曲折坎坷和历史沧桑，而且比起正史有更多底层人民群众的历史活动和当时社会各层面的具体细节。高尔基说：“如果不知道人民的口头创作，那就不可能知道劳动人民的真正历史。”说部的历史价值在于它是原生态的历史记忆，是“那时”民间留存下来的口述史。满族的先世在没有文字时，许多史实都靠各个氏族的说部代代相传，据《金史》卷六六载：“天会六年（1128 年）诏书求访祖宗遗事，以备国史。命勖与耶律迪越掌之，勖等采摭遗言旧事，自始祖以下十帝，综为三卷。”金代统治者重视采集民间遗闻旧事，并根据民间传说给始祖以下十帝立传，编入金史，这是满族说部为民间口述史的很好证明。满族说部是满族及其先民用自己的声音记述自己的历史，对各个部落、氏族重大事件的生动描写，细致记录，很多实事是鲜为人知的，有的补充了史料之不足，有的供专家研究或可匡正史误。说部以浩瀚的内容、恢宏的气势展示北方民族生动、具体的历史画卷，提供了各个历史时期活生生的人文景观。在《两世罕王传》、《扈伦传奇》、《雪妃娘娘和包鲁嘎汗》中记述了明朝与女真的交往、马市的内幕、东海窝集部与乌拉部的关系、扈伦四部争锋角逐，努尔哈赤创建八旗对女真的分化等等，都是各部族祖先的亲身经历。这对满族史、民族关系史、东北涉外疆域史的研究，都有见证历史的特殊价值。

满族传统说部具有文学审美价值。满族传统说部之所以能够世代传承诵颂，因为它具有独立情节，自成完整结构体系，人物描写栩栩如生、有血有肉，是歌颂克难履险、不畏强暴、能征善战、疾恶如仇的英雄的壮丽诗篇，充满了对英雄的崇敬，对美好生活的向往。说部中讲述的故事曲折生动，扣人心弦，语言朴实无华，简洁明快，具有感人至深的艺术魅力。许多说部都展现了浓郁的民族风韵，朴素、剽悍的独特风格，贯穿了反抗强权、除暴安良、保家卫国、急公好义、扶危济贫、知恩必报的积极主题，突出体现了满族及其先世的人文精神。它对启迪人们的智慧，端正人们的品格，鼓舞爱国主义思想，增强民族自豪感，有着潜移默化的作用。满族传统说部中反映的内容，与人民息息相通，因而受到北方各族群众的欢迎和享用。像《尼山萨满传》、《萨大人传》、《雪妃娘娘和包鲁嘎汗》、《松水凤楼传》等故事早已在达斡尔、鄂温克、赫哲、鄂伦春、锡伯以及汉族中广泛流传，只是过去没有被发掘而已。说部的创作不排除有被流放到北疆的高官和文化人的参与，如《飞啸三巧传奇》把北方民族抗俄守边的斗争与宫廷斗争相联系做了具体生动的描写，就可见流民文学的影子。满族传统说部创世神话《天宫大战》，反映了原始先民与自然力的抗争，歌颂了掌管日月运行、人类繁衍的三百女神与恶神进行惊心动魄地鏖战，是我国史前文化的重要遗迹，可以同世界诸民族的古神话相媲美，丰富了世界神话宝库。满族传统说部中的史诗《尼山萨满传》和有着六千余行的萨满史诗《乌布西奔妈妈》，以北方民族的独特语言，瑰丽神奇的情节，宏伟磅礴的气势，歌颂了萨满的丰功伟绩，具有很强的震撼力。可以说，满族说部是满族及其先世的史诗，是民族文化的精华和古卉，是我国和世界学术界研究满族及其先民历史和文化的不可或缺的宝贵资料，填补了我国民间文学史的空白。

满族传统说部具有民俗学价值。满族及其先世，在长期社会生活中，主要靠口碑传承生产、生存经验。在《飞啸三巧传奇》、《雪妃娘娘和包鲁嘎汗》中介绍了用桦树皮造纸、皮张的熟制、不同兽肉的制作和保鲜、鱼油灯的制作过程等古老工艺，还介绍了北方各种草药的药性和采集，北方少数民族的海葬、水葬、树葬等民俗。在《天宫大战》中介绍了祭火神，“跑火池”，在《两世罕王传》中记述了明末清初一种娱柳活动——“跑柳池”等等。因此满族传统说部，为我们展现了满族及其先民等北方诸民族沿袭弥久的生产生活景观、五光十色的民俗现象、生动的萨满祭祀仪式和古时的天文地理、航海行舟、地动卜测、医药祛病以及动植物繁衍知识等，特别是有关生产知识，操作技艺，往往通过故事中的口诀和韵语得以传承。这为研究北方诸民族的人文学、社会学、民俗学、宗教学等学科提供了具体、真实、形象的资料，使这些学科得到印证、阐明和补充。所以，有些专家称满族传统说部是北方诸民族的“百科全书”，其言不为过誉。

满族及其先民，数千年来，在亚洲阿尔泰语系乃至通古斯文化领域里，做出了不可泯灭的贡献。特别是有清二百六十余年来，为世界文化保留了浩瀚的满学典籍及各种文化遗产，满语的翻译历来为世界各国学者所青睐，满学已成为民族学、语言学的重要学科。满语因久已废弃，现存满语仅是清代书面语的沿用。近年来，我们采录了黑龙江省孙吴县78岁的何世环老人用流利的满语讲述的《音姜萨满》、《白云格格》等满族说部，它向世人重新展示了久已不闻的仍活在民间的活态满语形态，这对世界满学以及人文学的研究是弥足珍贵的。除此，在满族传统说部中还保留着大量的环太平洋区域古老民族与部落的古歌、古谣、古谚，故而具有丰富世界文化宝库的意义。

满族传统说部作为民间口述史，其中对历史的记忆也会有不真实、不准确的地方，但它毕竟是民间口头文学而不是史书，作为信史虽不排斥传说但不可要求口头传说与史书一样真实可信。满族及其先民由于受历史的局限和各种思想的影响，在说部中难免有不健康的东西和封建糟粕的成分，但这不是主流，它和所有非物质文化遗产一样，自有其存在的价值。我们把满族传统说部原原本本地奉献给广大读者，相信在批判地继承民族文化遗产的原则指引下，一些不健康的东西会得到剔除。我们在采录、整理、校勘、编辑过程中难免有所疏漏，敬请读者批评指正。

我们抢救、保护和编辑、出版《满族口头遗产传统说部丛书》，是为了贯彻落实党的十六大精神和“三个代表”重要思想，传承中华文明，发展社会主义先进文化，为建设社会主义精神文明和构建和谐社会尽绵薄之力，希望这套丛书的出版能发挥它应有的作用。

谷长春

2006年6月

目录

《苏木妈妈》

满族给孙乌春“乌勒本”《苏木妈妈》传承概述

富育光

早年，生活在我国黑龙江省爱辉地区满族诸姓氏，世代所珍藏的满族传统说部，表演形式生动活泼，内容也很丰富，除有以叙述体为主夹叙夹唱的长篇说部外，也有完全以诗歌等说唱形式为主的传统说部，保留满族先民世代传诵的一些古谣、古歌，都是祖先往昔生存历程的慷慨记录。考察这种韵文体的满族说部内容，除有些属于民间歌谣如《莉坤珠逃婚记》等外，最早期间其中多源于满族诸姓氏萨满世代传流下来的萨满神祇故事、或与萨满祭奠有关的众神故事，并长期以来就是萨满神歌中的咏唱内容。在氏族漫长祭祀和传述中，众神的传说故事被族众崇仰传讲，得以逐渐地丰富，不断地充实发展，又常常在一些重要或盛大活动场合传唱，得到了有力地弘扬和广泛的传播。从而，使这部分说唱体的萨满神话故事，渐渐地形成为满族传统说部的一大重要类型，而代代流传下来。这部分说唱体说部故事，因多数都属于神的故事，在众多的满族传统说部中更独具崇高性和神圣性，尤其备受瞩目。这方面的满族说部，因为是说唱体，在早期族众用满语讲述，都是诗歌体咏唱，有自己特有的歌调和韵律。往昔，童年曾听老人咏歌“乌勒本”，众人围坐四周，鸦雀无声，此时唯有咏唱者微闭着双眼，左手执鹿皮小抓鼓，右手执带东珠彩穗的狍尾鞭，一边轻轻地忽急忽缓地敲着，一边口里吟咏着满语民间固有的长调旋律，非常优美、悦耳、动听，令人心醉，百听不厌。满族古谣的咏叹调韵味，好听却不易学，年轻时大家还学着哼唱了几段，随着满语的遗忘，也已记不清了。1984 年，我回爱辉县大五家子故乡，本族老人还有人能唱些说部“乌勒本”的咏叹调，令人无限崇敬。

多年来，我们在积极挖掘、抢救、整理满族濒于失散的传统说部过程中，始终注意对满族固有的说唱体说部艺术“乌勒本”的征集与整理。2007年12月由吉林人民出版社出版的《满族口头遗产传统说部丛书》中，发表之满族东海萨满史诗《乌布西奔妈妈》和本次即将出版之《天宫大战》、《西林安班玛发》、《恩切布库》、《苏木妈妈》等，均属于以说唱形式为主的传统说部，都是满族传统说部中重要文化遗产。俗称“给孙乌春‘乌勒本’”，即“说唱体说部”。

多年来，经我们对我国北方满族聚居地区民族民间文化遗存状况的调查，发现金元时期文化遗存尚属丰富，如，《女真谱评》、《阿骨打传奇》、《忠烈罕王遗事》、《金兀术传》等。从20世纪30—40年代，在黑龙江省爱辉地区，就流传着金代开国英雄苏木夫人的传说故事，流传很广。有关苏木夫人的传说，在满族民间有两种文学形式，一是叙事体的长篇口头说部文学，叫《苏木夫人传》，篇幅很长，大约能讲述月余。另一种则是说唱体的文学形式，称作《苏木妈妈》。

满族传统说部给孙乌春“乌勒本”《苏木妈妈》，是讴歌近千年前满族先世女真人的一位著名的女英雄的非凡业绩。苏木夫人相传是大金开国之君阿骨打的大夫人，能文能武，智勇双全，而且又是一位神机妙算的大萨满，为完颜部的壮大、发展和夺取最终胜利，付出了全部心血。在阿骨打称帝前壮烈牺牲。女真人代代没有忘记苏木夫人的丰功伟绩，敬颂她为民族生育神、药神、记忆神、渍菜神，尊称为“苏木妈妈”。在完颜部萨满传统背灯祭中，要迎请苏木妈妈降临，同享阖族欢乐。所以，长期以来，苏木夫人的说部故事，在满族诸姓氏中喜闻乐见，妇孺皆知，有着深远影响。

我自幼生长在爱辉地区，从小就听长辈们逢年遇节时讲唱满族说部“乌勒本”，其中就有《苏木夫人传》和《苏木妈妈》。这两部说部“乌勒本”，内容虽然都是歌颂一人，但各有所长。前者情节跌宕，扣人心弦；后者情节凝练，以唱感人。我所知道的上述两篇故事，均出于本家族满族“乌勒本”重要传人、祖母郭霍洛·富察美荣。当时，我年仅7岁，没怎么注意此事，唯我父母有深刻记忆。建国以后，约在20世纪60年代前后，爱辉地区征集满族等民族民间故事和民歌等，有关人士访问我父亲后，才日益引起各方重视。据父亲在世时回忆，因祖母当时讲述没有即时记录，祖母去世后无法完整再追记下来。在我们一再请求和鼓励之下，父亲于1982年春节团聚时，在四家子村小屋只将文字较短的《苏木妈妈》给回忆抄写出来。父亲还一再谦虚地说：“你奶奶唱的调儿特别好听，可惜一点也学不上来了。故事记得差不多少，不过时间一长，词也只能想出这些啦。”此稿从那日之后，便一直由住在黑河市的大妹妹倩华妥存，“文革”后散失。1980 年又请老人复述，记录下来，卡片始终存我处。此稿便是依照此卡片誊抄而就的。为保持说唱原貌，笔者未作文字的任何修饰或改动，并且特别注意对原来所有的汉字标音的满文，尽量保留下来。满语经长期废弃不用，尤其是用汉字标音，原来词义有时很难辨析准确。本书便于满学家对满族土语的深入研究，依然保存于书中，留待日后考证。本书应文礼老友多次催促献稿，现将收藏之“给孙乌春‘乌勒本’”说部，谨呈献出来，并以无限缅怀之情告慰先灵。

2008 年 11 月 27 日

乌春乌朱（头歌）

唐古里，哈里里，
　　哈嘎勒哈里里——
唐古里，哈里里，
　　哈嘎勒哈里里——
松阿里乌拉[1]黄金水，
浩渺无涯千里长，
浩浩荡荡，
流啊，流，
流进萨哈连乌拉[2]、
　　混同江，
西来的亨滚比拉[3]喜相逢，
兄弟携手奔东海。

唐古里，哈里里，
　　哈嘎勒哈里里——
唐古里，哈里里，
　　哈嘎勒哈里里——
松阿里乌拉
　　是“诸申包”[4]，
是妈妈祖先
　　留下的富庶乐园，
是阿布卡赫赫
　　赐予的万灵福地，
养育着麋鹿、熊、獾、

① 松阿里乌拉：满语，松花江。
② 萨哈连乌拉：满语，黑龙江。
③ 亨滚比拉：满语，即亨滚河，系黑龙江出海口北岸重要支流。
④ “诸申包”：满语，女真人的家。

貂、貉、野猪、
红狐、苍狼，
百鸟成群，
鱼虾满江……
　　用不完的皮张，
　　享不尽的
　　山珍海味。
树结猴头蘑，
地生狗头金，
参籽红似火，
白芍药花如银。
山花烂漫的
　　松阿里乌拉
　　流经千载。
她是慈祥的母亲河，
膝下有很多
　　可爱的子孙，
一统、活龙、通肯、
涞流、孩懒、按出，
都是她心爱的儿女[1]。
按出虎水，乃是
我部祖先发祥宝地。
世世代代住着
　　诸申的子孙
　　——勇敢豪放的
　　唐阔勒哈喇[2]，
向以渔猎采捕为生计，
宗族谱系源远流长。
萨玛的恩都力乌春

---

① 满族说部都是家传族史，很注意对子孙的教育。这些名字，都是松花江各支流的古代称谓。

② 唐阔勒哈喇：金代重要女真部族，金代重要姓氏，原居地约在今牡丹江流域，史书多写成唐括氏。

　　传唱了数百年，
子孙绵延
　　遍布松阿里中下游，
留下多少
　　激昂慷慨的
　　英雄伟业啊，
留下多少
　　叱咤风云的
　　豪迈足迹啊，
留下多少
　　我们唱不尽的
　　悲欢乡情——
“乌春乌勒本[1]”。
在“唐古阿尼雅[2]”间，
“给孙乌春[3]”传流不息。
美妙悦耳的
　　《苏木妈妈》乌春，
从翁古妈妈、玛发[4]，
传到妈妈、玛发[5]，
一直唱到如今。
这是诸申尼雅玛
　　心上的歌啊，
在奶奶、爷爷口弹的
　　“木库连[6]”上
　　永远传响不息。
苏木妈妈热恋

① 乌春乌勒本：满语，乌勒本，汉意为传和传记之意。乌春乌勒本，则是指韵体说部，即满族长歌。

② 唐古阿尼雅：满语，百年。

③ 给孙乌春：满语，说唱的歌曲。

④ 翁古妈妈、玛发：满语远祖奶奶、爷爷。

⑤ 妈妈、玛发：满语，奶奶，爷爷。

⑥ 木库连：满语，口弦琴。

　　她的故土，
苏木妈妈疼爱
　　她的族众，
苏木妈妈铿锵的
　　萨玛神鼓，
　　仍在激励儿孙，
　　锦上添花！
苏木妈妈的美名啊，
像天上的太阳，
光芒四射，
暖彻心扉。
唐古里，哈里里，
哈嘎勒哈里里——
唐古里，哈里里，
哈嘎勒哈里里——

唐古里，哈里里，
　　哈嘎勒哈里里——
唐古里，哈里里，
　　哈嘎勒哈里里——
松阿里草原在欢腾，
松阿里流水在欢歌，
这是最喜庆的日子啊，
唐阔罗哈喇
　　选举猎达的日子，
一年一次大选，
把爱曼[①]里
最勇敢的哈哈，
最聪明的赫赫，
选做部落的英雄。
天上的大雁啊，
飞得比云彩都高，
我们的英雄
　　——猎达们，
要射哪只就射哪只。
地上飞跑着的麋鹿啊，
在林中穿梭像流星，
我们的英雄
　　——猎达们，
要取哪只就取哪只。
高山上的猛虎啊，
那是万山之王。

① 爱曼：满语，部落。

我们的英雄
——猎达们，
要用它的
　　斑纹锦皮呵，
它也得
　　摇尾献上。
九十岁的
　　老玛发啊，
手握长长的
　　大布勒[①]，
连连地
　　吹了三响。
唐阔罗哈喇，
　　爱曼的人，
男男女女，
老老少少。
萨玛们
　　敲着熊皮鼓在助威。
新选出来的猎达，
各个身强体壮，
头上扎着虎皮带，
身上披着虎皮袄，
下身围着豹皮衫，
个个像下山猛虎，
竞相下场比“布库[②]”。
诸申自古重尚武，
在沙场上
　　不分兄弟，
不分男女，
兄弟对决，

① 布勒：满语，海螺。
② 布库：满语，摔跤。

男女对决，
优胜方为人中杰。
族中岁岁选猎达，
威名盛比勃吉烈①，
氏族生计系一身，
虎狼袭来冲前列。
故此，往昔
　　诸申兴衰看猎达，
就像后浪推前浪，
一浪更比一浪高。
猎达年年竞选，
年年替代出新人。
猎达是富有的保障，
猎达是安宁的靠山，
猎达，在诸申部落中，
众星捧月，
父母荣耀，
人人仰慕。
唐阔勒哈喇，
今天选猎达。
监选人依旧是
　　德高望重的
　　九十岁老玛发。
老人办事威严，
一丝不苟。
孩子们既爱他，
又怕他。
猎达竞赛前，
九十岁老玛发
　　大声宣布规矩，说：
“凡选中猎达者，要赏

① 勃吉烈：女真语，即满语“贝子”，相当一种很显赫的职官爵位。

三头牛、五只羊
和一顶东珠彩穗
‘巴图鲁帽’。
要想当猎达，
爱曼人人人
可报号竞赛。”
经过数场
较量、淘汰。
九十岁老玛发最后
钦点九名
决赛猎达。
老人笑着说：
“我的哈哈济、窝莫洛[①]们，
抖抖最后威风，
拿出英雄本色吧！
谁最终中选，
谁就是爱曼的猎达。
猎达只选正副两名，
九个‘巴图鲁’中，
要精里选精，
英雄里拔英雄，
看吧，
阿布卡赫赫要
把‘巴图鲁’
的名号送给谁？”
全赛场的人
都屏住气，
翘首相盼。
三十面通肯[②]大鼓
敲得咚咚响。

① 哈哈济、窝莫洛：满语，小小子、孙子。
② 通肯：满语，抬鼓。

所有的场外人，
都为这场竞赛
　　拼力鼓劲。
只听满场
　　一片呐喊声，
都在为竞赛的
　　人们鼓劲儿：
争啊，争啊，
摔啊，摔啊，
有骨气的“巴图鲁”们，
从不做孬种。
莎延哈哈们从来
　　都是腰板挺直做壮汉。
不能跪下膝盖，
俯首降服。
要做
　　顶天立地的英雄汉。
唐阔罗哈喇
　　从来都是气壮山河，
万人折服。
只见在“布勒”声中，
九个预选猎达
　　一个个蹦上擂台，
像猛虎下山嚎叫着，
拼搏到一起。
为首的一个人，
站立土台中央，
猛扭身一抱腰，摔倒了
　　冲上来的第二个人。
没等第一个人为胜利
　　仰头大笑时，
第三个人像只飞豹子，
蹿上了他的后肩上。

只见他把双腿一夹，
两手狠力一掰，
第一个人像摊泥似的
　　坐在土台上。
没等他翻身跳起，
早被第三个人，
给摔到了
　　远远的草坪之上。
紧接着，
蹿上第四个人。
他来一个野猪拱地，
趴在地上前行，接着，
一纵身像箭似的，
将头插进第三个人的
　　裤裆下。
没等第三个人，
缓过手来，
他头一扬、猛一甩，
就把第三个人
　　甩到台下。
第四位胜者，
高高兴兴地
　　刚想站起来，
第五位从高高的
　　树上跳下，
不偏不斜，
正巧重重砸在
　　第四个人的腰背上，
能有千钧之力，
压得第四个人
　　双手趴地嘴啃泥，
不能站起，
甘拜下风。

第六、第七、第八，
都被第五号英雄治服。
五号英雄站在台上，
昂首挺胸，
握着两个
　　像铁锤似的拳头，
趾高气扬地吼喊：
“我看别比了吧，
谁还能敢跟我比啊，
还是省下你那点气力，
唐阔罗哈喇的猎达，
今年就是我的了！”
台下的人
　　个个也都称赞点头，
互相点头示意。
这个莎延哈哈，
名叫督可，
今年刚满二十岁，
他的阿玛那是
　　有名的“阿林塔斯哈[1]”，
曾经跟三个部落的猎达
　　比试“布库”，
都成为
　　他的手下俘虏。
督可非常像
　　他的阿玛，
九十岁的老玛发，
看了看站在台外
　　还有一名预选猎达。
点了点头，
示意他别比试了，

① 阿林塔斯哈：满语，山老虎。

就让给小督可，
不必再与他争锋了。
哪知九十岁老玛发的暗示
　　不顶用。
这第九名预选猎达
　　不听邪，
一百个不服气。
见他，只是屏住气
　　一声不吭，
双眼炯炯有神，
不住地摩拳擦掌。
这个小猎达年岁
　　看来很年轻，
身材很瘦弱，
比起前八位预选人，
惟有他显得
　　那么苗条、瘦小。
然而，他身材
　　健美、伶俐，
穿着一身豹点皮的
　　连体小皮袄，
脚蹬小豹靴，
身上腰间
　　勒紧系着一条
　　野藤编织的
　　缎花带，
从外表看去
　　大家还真没看出
　　他究竟是谁。
有的还悄声问：
“这是谁家不服气的
　　哈哈济啊？”
互相摇头，

皆言不知。
说时迟，
那时快。
五号小英雄
　　还在土台子上
　　拍胸自夸，
目中无人似的。
这时，他根本
　　没有注意到，
站在外面的
　　那位第九号预选猎达。
只听他大喝一声，
原地腾空跃起，
在半空中打着旋子，
身子横转着，
直飞进赛场上，
这速度非常快啊，
用他的一双飞脚，
利用旋转着的猛劲，
“啪、啪”两声，
双脚横打在五号
　　“巴图鲁”的后背上。
五号“巴图鲁”，
哪想到突然飞过来，
这么一股外力呀！
五号已来不及
　　防备之时，
早已被第九号打出
　　十步之外，
折着跟头，
　　摔倒到草地上。
众人都吓坏了，
九号“巴图鲁”

手疾眼快，
马上站稳地上，
慌忙跑过去，
把摔倒在地上的
五号“巴图鲁”
给抱了起来，
说：“阿哥，阿哥
您伤着了吧？
望请原谅，
在此施礼了。”
五号“巴图鲁”，
瘸着腿，
一颠一颠地，
来到九十岁玛发的台前，
叩头下拜，说：
“玛发啊，玛发，
我情愿服输。
这个小阿哥艺高胆大。
我跟他比试，
可真是天地之差啊，
服了！服了！”
全场的人
哄地一声
都站了起来，
凝望着方才出现的，
这惊人的场面。
唐阔罗哈喇，
年年都有
“巴图鲁”猎达比赛，
没想到风光无限好，
今年最精彩啊！
大家不约而同地
把敬佩的目光，

都投向那个
　　穿豹花皮的
　　小英雄身上。
这是谁家的孩子啊，
是哪个玛发的儿孙啊，
真是别看人小，
海水不可斗量，
人不可貌相，
没想到小小年纪，
竟是爱曼的大英雄。
九十岁的老玛发，
虽然耳不聋，
眼却有些发花。
他事先也不知道
　　爱曼里这第九个，
　　预选猎达
　　究竟是谁？
老人家治理部落
　　七十余年了。
他选出的猎达
　　不计其数，
可以说英雄
　　遍天下。
今天这惊险地竞争，
让老人也从心里
　　万分欣慰啊，
一浪高一浪，
后起之秀啊，
后生可畏啊！
他也非常想知道
　　这个独占鳌头的人，
究竟是他哪支的子孙？
他招了招手，

让那个还呆呆
　　站在远处的
　　九号小英雄
　　快快过来。
老人家仔细看一看，
又看了好半天，
　　才露着惊喜的表情，
最后向全爱曼族人，
宣布这位小英雄的大名。
那位第九号小英雄是谁呢？
说来真巧。
第九号小英雄，
战胜督可，
连他自己事先都
　　没有预想到。
他正在为自己庆幸、
不知如何时，
只见老祖宗在
　　招手召唤他，
快步跑了过去，
“扑腾腾”跪在地上，
大声说：
“唐阔罗哈喇
　　窝莫洛，
苏木亨格勒莫[①]！”
九十岁老玛发
　　坐不住了，
扶着案子
　　惊讶地向下瞅啊瞅。
苏木站起来，

① 唐阔罗哈喇窝莫洛，苏木亨格勒莫：满语，汉译是，唐阔罗哈喇（姓）的孙子，苏木磕头啦。

边脱掉豹点皮
　　连体小皮袄，
边摘掉豹花小皮帽，
露出了头上
　　盘卷着的
　　粗粗的发辫，
闪着长睫毛、
大眼睛，
红红的脸膛，
美丽的笑着，
显出两个可爱的
　　小酒窝，
真是自己心爱的
　　小苏木。
苏木亲着
　　老祖宗脸，说：
“翁古玛发，
翁古玛发，
怎么连苏木
　　都不认识了？”
全场的族众
　　蜂拥地围了上来，
祝贺苏木，
祝贺老玛发。
大家知道，
苏木能有
　　这惊人的武功，
那是老玛发
　　用心良苦，
不避寒暑，
从五岁便教她
　　骑马、弯腰、盘腿、
　　爬树、与黄狗赛跑，

到了七岁、八岁
连老黄狗
　　都跑不过苏木。
老黄狗已经病死，
被苏木埋在了
　　西房山墙外。
苏木却越长越高，
成为女中魁杰。
族人们
　　一再请求老玛发，
能不能现在，
再让您老的重孙女
　　给我们表演
　　几套功法，
让大家开开眼界，
也看看苏木的
　　真能耐。
这是咱们
　　爱曼的骄傲啊！
选上苏木
　　当了猎达，
今年猎获的
　　兽肉、兽皮啊，
定会装满部落
　　所有的木仓房。
老玛发听了
　　心中分外甜，
也是打心眼愿意
　　小苏木痛痛快快
　　好好露几手。
老玛发首先宣布：
“既然阿布卡恩都力
　　选中了我的苏木，

族里的老少兄弟
　　也都喜爱苏木，
那么就按照爱曼
　　选取规定，
让苏木莎里甘
　　做唐阔罗哈喇的
　　猎达吧。
可爱的小督可
　　做唐阔罗哈喇
　　副猎达。
今天，让他们
　　两个尽情地
　　给我们献上
　　箭法、武功吧！”
在九十岁老玛发嘱咐下，
小督可和小苏木
　　拿出了平生本事，
先献上马上技：
上马技、下马技、
立马技、滚马技、
过梭、滚翻；
后献箭法：
树上箭、马上箭、
地躺箭、戏水箭、
滚地箭以及
　　甩袖箭、甩匕首、
　　甩梅花九银箭，
个个看得眼花缭乱，
在鼓号声中，
九十岁玛发命人
　　抬上了奖赏
　　猎达的礼物：
绢制的彩带大红花，

披着彩虹的
　　骏马、犁牛，
一箱箱箭衣、征袍、
　　镔铁腰刀……
这是全唐阔罗哈喇爱曼
　　的最高荣耀啊！
整个部落的人，
还有督可的父兄，
都赶来祝贺。
大家男女老少，
欢天喜地，
载歌载舞。
正在全部落
　　狂欢之时，
突然传来
　　数百匹
　　马蹄之声。
数百名凶残的辽兵
　　冲了上来。
族人们一看
　　强盗来了，
都不顾命地
　　四散奔跳。
辽兵突然冲来，
就是为了搜捕
　　诸申男壮年，
驱策他们近去五国城、
远涉北海岛屿，
攀登极陡峭的山巅，
去为辽王寻找和捕捉
　　名鹰海东青。
因为英俊秀美的
　　海东青，会抓野兔、

山雉、鹌鹑、天鹅，
成为大辽王朝年年最
繁重的鹰贡。
诸申为此
可遭了殃。
年年被抓去
捕鹰的人，
不可计数地
死在北疆。
而且，由于鹰差频繁，
海东青日益稀少，
已经十分难捉到，
完不成贡赋
必坐牢杀头，
害得诸申们
为躲避徭役，
只好东躲西藏，
四处逃亡。
辽兵在此地发现了
这么多诸申，
能放过么？
拼命地包围捉捕，
冲散了整个
欢乐的场面。
马匹践踏着
男女老少，
不少人死于非命。
众人们围护着
九十岁的老玛发，
急着往后撤，
凶残的辽兵
抓走了上百号
唐阔罗哈喇族人，

也包括督可等
　　那些预选猎达的
　　哈哈们，
把他们捆绑起来，
像猪羊一样捆绑着
　　拖在马后
　　给抢走了。
纵然族人们
　　哭喊着救命，
辽兵毫不理会，
抢掠诸申的事
　　天天都在发生，
这已经是
　　司空见惯的事了。
只是没想到，
大难竟落到了
　　今天预选猎达的
　　日子里。
唐古里，哈里里，
哈嘎勒哈里里——
唐古里，哈里里，
哈嘎勒哈里里——

（二）聪明的苏木啊，逐治了“蒲鲁蒲”强盗

唐古里，哈里里，
　　哈嘎勒哈里里——
唐古里，哈里里，
　　哈嘎勒哈里里——
“勒勒色珍[1]”三百辆，
“铁骊毛林[2]”三百匹，
远征的尼雅玛[3]
——莎彦哈哈，
个个披着
　　熊皮斗篷，
有的还戴着木枷，
有的脚上拴着
　　擒狗的铁链，
这群不是囚徒的囚徒，
这是大辽“蒲鲁蒲[4]”，
——诸申们的“额合旦[5]”，
他们用钢刀，
逼迫着督可，
这帮“打鹰人[6]”，
蹒跚地向远方走去。
　　“打鹰人”
　　长长队伍的后面，

① 勒勒色珍：满语，往昔北方满族先民常使用的大轮车。

② 铁骊毛林：相传北方铁骊产的一种名马，黑马为多，雄健彪悍，著名的征战、挽乘必备良驹。

③ 尼雅玛：满语，人。莎彦哈哈：满语，壮汉。

④ 蒲鲁蒲：女真语，兽。在这里是讥讽辽兵像野兽一般，称其为兽军。

⑤ 额合旦：满语，仇敌。

⑥ 打鹰人：辽朝抓女真人为其捕捉海东青，担任这种徭役的人称“打鹰人”。

有多少辽兵
　　监视着。
在这些人群后面，
追随着数十、
数百名
　　唐阔罗哈喇的人。
在呼喊着，
哭叫着，
追赶着
　　这些远征的亲人们，
他们此行遥远，
不知三年五载，
何时是归期？
鹰路险恶，
死生未卜，
谁不为自己
　　久病的“阿玛”，
谁不为自己
　　年幼的“哈哈济”，
谁不为自己
　　新婚的“畏根”，
谁不为自己
　　英明的“布特哈达”①，
离别伤感，
前程担忧，
摧心揉肝，
难舍难离。
凶残地“蒲鲁蒲”们，
挥刀舞棒，
扬着尘土，

① 阿玛：满语，父亲。哈哈济：满语，儿子。畏根：满语，丈夫。布特哈达：满语，捕猎首领。

泼着江水，
驱赶唐阔罗哈喇的人，
被抓去打鹰的人，
　　顿时像窝蜂似的
　　齐冲向“蒲鲁蒲”们，
霎时间，
滚打到一起，
辽兵“蒲鲁蒲”仗着
　　兵多势壮，
好虎架不住一群狼，
　　“蒲鲁蒲”杀诸中，
像屠夫杀猪宰鸡一般，
毫无痛惜。
在这千难万险之时，
眼看一场血难，
就要降临
　　唐阔罗哈喇人头上。
就在这千钧一发之时，
从送行的人群中，
突然飞马跑来了苏木
——年轻美貌的
　　“萨里甘居[1]”，
只见她胯下
　　“枣红毛林[2]”小走马，
长长的粗辫子
　　盘头顶，
头戴貂皮长耳
　　珠缨帽，
身披百块鼠皮
　　镶花大披肩，

① 萨里甘居：满语，姑娘。
② 枣红毛林：即枣红马。毛林：满语，马。

两耳大银环，
摇摇欲坠
　　熠熠闪光，
她大声断喝道：
“住手，狗强盗，
光天化日之下，
竟敢欺负
　　我们诸申人！
辽王不是
　　要海东青吗？
你们杀了
　　我们的亲人，
谁给你们
　　去捕鹰？”
赶来的苏木，
这么一声喊，
倒把“蒲鲁蒲”们，
一下子给镇住了。
是啊，是啊，
这个小女孩
　　说得对啊！
好悬酿成大错，
真要把这些
　　诸申杀掉，
鹰贡不能交差，
还反要被
　　辽王治罪。
如狼似虎的
　　“蒲鲁蒲”们，
再不动手
　　擒拿族众
　　和反叛的
　　“打鹰人”了，

一片骚乱
　　开始平息。
只见这个
　　骑马的“萨里甘居”
　　跑过来、跳下马，
后面紧跟着一位
　　白发长髯的老玛发，
体魄健壮，
行走如飞，
众“打鹰人”
和送行的人
　　认出来了，
原来正是唐阔罗哈喇
九十高龄的穆昆达。
他德高望重，
他的儿女
　　超过百人，
唐阔罗哈喇，
都是他的儿孙。
跟随老人的
　　“萨里甘居”，
正是老玛发
　　的重孙女
——聪明伶俐、
　　美如明月的苏木。
苏木“萨里甘居”是
　　唐阔罗哈喇的骄傲，
可又是苦命孩子，
额姆早亡，
阿玛为大辽鹰贡
　　死在黑水。
自幼在老祖宗——
　　九十岁老玛发的怀里，

喂养抱大的。
苏木今年
　　一十有三岁，
从小就有灵性。
苏木三岁就爱听歌，
四岁就跟老祖宗学唱，
五岁就喜欢骑马，
从不备鞍，
手抓马的长鬃，
蹚河越涧，
穿林爬山，
疾风再大，
从无闪失，
摔过马下。
苏木在七岁时，
九十岁玛发领她
　　曾参加过一次
　　全爱曼的马赛。
其中，有一场驰骋
　　三十里林海的骑赛。
小苏木任性耍娇，
一定吵闹着要同
　　大人竞赛马术。
族众都恐吓她，
不让她胡闹。
可是，九十岁老玛发知道
　　自己小曾孙女苏木
　　有多大的本事和胆量，
并没有制止她。
小苏木竟与
　　众成人同场竞技，
最终超过成年人，
拔得头筹。

如今，苏木已是
　　唐阔罗哈喇名骑手，
再烈性的骏马，
在她的胯下，
都像麋鹿一样
　　老实、听话。
她的箭法神奇，
百步外能射落
　　“车其克①”。
她的水性
　　像天鹅，
潜游水底，
能捕捉鱼蟹。
因其美貌动人，
附近的裴满部、
蒲察部、
赫舍里部，
还有本部唐阔罗部，
所有的族人儿子，
都来说亲，
要娶苏木为妻。
九十岁的老穆昆达
　　捋着长髯说：
“天上的太阳就一个，
天上的月亮就一个，
我的重孙女要出嫁，
只能嫁给
　　世上像明月、
　　像太阳那样的人。”
今天，老玛发听
　　自己的重孙女苏木

① 车其克：满语，小雀。

慌报辽兵“蒲鲁蒲”
　　押解自己的儿孙，
披荆斩棘，
去寻找世上
　　最好的“松阔罗”，
是九死一生，
他才领着重孙女
　　苏木赶来解围。
他知道族人决不会
　　轻易让自己的亲人
　　北去打鹰，
必要与辽兵生死殴斗，
酿成大祸。
所以，老人家
　　忙三迭四地赶来，
唐阔罗哈喇的人
　　这时见到老玛发来了，
心里有了主心骨，
一场厮斗才平息下来，
静心听从
　　老祖宗的安排。
老玛发在辽兵
　　“蒲鲁蒲”中
　　也很有威望，
知道老人家来了，
唐阔罗族人会
　　像绵羊一样
　　听从老人的安排，
应更会能顺利交差，
“蒲鲁蒲”中
　　一个“哈番[1]”，

① 哈番：满语，官。

阳奉阴违地走过来，
扇着蛤蟆嘴，
鼓着金鱼眼，
邪声怪气地说：
“老玛发，
你来啦，
大辽王的贡差
　　就有保证了。
您老人家赶紧
　　让你的孩子们
　　痛痛快快去打鹰，
再耽搁时辰，
大辽王那可就要
　　您的命来顶了！”
老玛发说：
　　“兔羔子们，
你们也有爹、
有娘、有祖宗，
不祭祖、不拜祖，
难道就让他们
　　这么上路吗？”
在老玛发的一再坚持下，
辽兵“蒲鲁蒲”们
　　也不敢过多抗拗，
只好听从老玛发的安排，
就地请唐阔罗哈喇的
　　萨满们设坛祭祀，
诸申们的祭祀，
少者七天，
多则九日，
杀牛宰羊，
还从河里网来江鱼，
从山里捕来

狍、鹿、野猪，
采来鲜花
松子、百果，
祭坛供品如山。
族人们开始
隆重大祭。
祭坛的四周围满了
辽兵“蒲鲁蒲”，
他们个个
摩拳擦掌、
心急如焚，
打鹰本是
朝廷急差，
催如星火，
怎能靠等
唐阔罗哈喇人
敲鼓、唱神歌。
从早到晚，
从晚又到早，
九十岁的老玛发，
领着儿孙边歌边舞，
通宵达旦，
聪慧的老玛发啊，
这是故意采取的
拖延谋略。
心想用这种办法
拖黄了打鹰差，
气死、气走了
伤天害理的
“蒲鲁蒲”们，
可是“蒲鲁蒲”们
狡猾难斗，
硬是泡在那

纹丝不动。
他们心中有数，
反正辽朝的
贡差交给了
手无寸铁的
唐阔罗哈喇。
君命难违，
到头来必酿杀身之祸。
一个个四脚八叉地
仰躺在草地上，
嚼着羊肉，
喝着美酒，
唐阔罗哈喇的人
还得前呼后拥的伺候。
聪明的老玛发
与身边的重孙女
苏木商量：
“恩都力[1]啊，
恩都力，
怎么能哄走
这帮豺狼，
救出你的
兄弟长辈们啊！”
机灵的苏木悄悄地
在自己的
老祖宗耳边说：
“咱们只有
一个办法，
老鹰来了，
群雀可以
飞走啊；

① 恩都力：满语，神。

野豹子来了，
小兔为什么
　　不能逃呢！”
老祖宗听了
　　苏木的话，
心里亮堂了。
万难之中，
现在只有
　　这一个办法。
就是让族人们
　　快快远离
　　是非之地，
各奔东西。
在唐阔罗哈喇族人中，
多少年来，
留下一个暗号，
就是发出一种
　　奇怪的声音。
只要这声音一出，
族人就按这声音
　　去拼命办事，
百折不挠，
终身不改。
九十岁的老玛发，
从兜里掏出来
　　他的桦皮哨哨，
向天上猛力
　　地吹啊吹——
“呜，呜，呜呜，
呜呜呜，呜——”
这就是唐阔罗哈喇的
　　速隐暗语。
族众们听到了

老玛发的训示，
一窝蜂似地
东西南北冲散了，
辽兵“蒲鲁蒲”们望着
这突然的举动
不知所措。
抓也抓不到，
围也围不住，
转瞬间只留下了
铁骊的骏马、
零散的衣物，
还有德高望重的
老玛发，
身边只有苏木陪伴，
这可气坏了“蒲鲁蒲”，
他想砍死老玛发，
但又怕砍死了老玛发，
逃跑的诸申
谁又给抓回来。
老玛发挺着胸膛，
大步走到
“蒲鲁蒲”们身边说：
“我有七十多年
捕鹰经历，
我知道‘松阔罗’
它的所有家乡。
我不用孩子们去，
我是要死的人了，
你就交给我吧，
我替他们去，
要多少‘松阔罗’，
我就给你
多少‘松阔罗’。”

凶恶的“蒲鲁蒲”们，
暴跳如雷，
大声骂道：
“你这个
　　萨克达伊巴干[1]，
谁相信
　　你的欺骗，
你要不把你的
族人给我换来，
我就要当场先杀死
　　你的重孙女。”
说着一帮
　　“蒲鲁蒲”，
冲上去要绑苏木。
苏木自己也
　　挺身而出，说：
“我不怕你们绑，
不怕你们杀，
放了我的老祖宗，
我跟你们去！”
辽兵“蒲鲁蒲”们
　　像穷途末路的恶狼，
把老玛发和苏木
马上绑上，
吊上高杆、
拢火烧死。
这时，唐阔罗哈喇
　　所有族人们，
其实人们
　　都没有逃跑。
他们谁不

① 萨克达伊巴干：满语，老鬼。

惦着老玛发
和心爱的苏木啊？
谁能轻易把
他们扔下，
自己去求安生呢？
何况九十岁的老玛发，
是全哈喇的
心脏和智慧，
部落怎么能
离开他呢？
宁愿自己死去，
也不能让老玛发
受到半点伤害。
他们这时见到
老玛发和苏木被捆，
都从树林草莽中
冲了出来，
围上了“蒲鲁蒲”们，
喊着：“住手！住手！”
“要捆，捆我们！”
“要捆，捆我们！”
“要捆，捆我们！”
有的族人
更大声地说：
“我们已经
举行完了祭祀，
你们把我们
敬爱的老玛发快放了，
我们打鹰去！”
这帮贼人怕
他们人少吃亏，
不敢惹脑众诸申，
便也不再为难

老玛发和苏木。
强盗们一劲儿
说着软话，
勉强把“打鹰人”
又重新凑合
到一起来。
可是，狡猾的
“蒲鲁蒲”们，
把“打鹰人”拘到一块后，
马上命兵将们
包围起来，
不准诸申们
靠近一步。
他们再不信老玛发和
“打鹰人”的话，
怒气横眉地说：
“你们打鹰，
必须按照贡差
传牌去办。
出发的时期
是朝廷死定的，
不得迟延。
不得减少
鹰贡数目，
不得减少
鹰贡规格，
违中其一
即斩无赦。
这还不算，
怕你们中途违约，
违抗皇差，
出于仁慈考虑，
看在他老眼昏花，

我们不念旧恶，
暂就不关押老玛发。
可是，我们也不能
　　全放跑了兔子，
得关押苏木。
你们何日
　　鹰贡归来，
我们何日
　　再放苏木出牢。”
九十岁老玛发
　　和众族人，
又都蜂拥般地
　　冲了上来，
绝不允许
　　押走小苏木。
“蒲鲁蒲”们虽然怕
　　这些打鹰人再逃跑，
可又不肯放回苏木，
相互僵持不下。
辽兵刽子手们
　　抽出钢刀，
想杀一儆百。
诸申们都不顾命了，
想跟仇人们拼了！
聪明的小苏木，
　　一看大事不好，
绝不能让
　　爷爷、叔叔、
奶奶、阿哥们遭难。
纵有两个辽兵架着她，
踮着脚大声喊道：
“不要吵，不必闹，
不用管我苏木，

就按贡牌办吧。
我的能耐，
爷爷、奶奶们
　　还不信吗！”
小苏木这一嗓子
　　还真很管用，
马上静悄悄的了。
别看苏木人小，
大智大勇，
那是久已闻名的。
俗话说：“吉人天相”，
苏木必定早生
　　降敌良策，
个个也都安心了。
辽兵们怕
　　夜长梦多，
重新把抓得的
　　“打鹰人”，
一个个仔细上好枷，
再挂上了大铁链，
哗哗哗，啷啷啷，
走路比囚徒还惨。
老玛发泪水
　　往肚子里咽。
恨自己这时也
　　想不出什么奇招，
能够拯救儿女们。
在刀枪林立的
　　虎狼面前，
族众们无力
　　可以违拗，
“蒲鲁蒲”的
　　狼子野心。

只好按苏木的嘱咐，
暂且将计就计，
忍气吞声，
依照“蒲鲁蒲”们安排，
让自己的亲人
　　——打鹰人，
生离死别地上路了。
老玛发最后说：
“兔羔子们，
　　我们唐阔罗哈喇
　　是有骨气的人，
刀压脖子不弯腰。
我的重孙女苏木
　　可以在你的
　　牢房关押，
可我这些孩子们，
去为你们打鹰，
无依无靠，
够苦的了！
难道你们还束缚
　　他们的手脚，
要上枷、
上铁链吗？
你们必须打开
　　他们的枷铐，
扔掉他们的锁链，
才能为你们
　　去捕捉鹰。
否则，办不到！
我老头子和
　　我这些儿孙，
情愿死在
　　你们刀下，

也不向前
　　再迈一步！”
老人家说着，
脱下了
　　自己的上衣，
光着膀子、
伸着脖子，
冲到“蒲鲁蒲”身边，
让他们先用刀
　　砍自己脖子。
“蒲鲁蒲”们一见
　　刚强的老玛发啊，
视死如归，
也怕再激怒诸申们，
恨不得早早脱身，
把“打鹰人”
糊弄走了，
也算完成朝廷的
　　鹰贡圣意，
便乖乖地遵照
　　老玛发的话，
解下了众“打鹰人”的
　　镣铐和铁链，
号炮声声，
“蒲鲁蒲”们上马，
押解着一串串
　　“打鹰人”出发了。

唐古里，哈里里，
　　哈嘎勒哈里里——
唐古里，哈里里，
　　哈嘎勒哈里里——

打鹰的人远离故乡，
到松阿里下游的
“乌阔[①]”
　　去为辽王
　　捕“松阔罗[②]”。
可是，年年月月，
月月年年，
已连十年有余，
不知死掉多少人，
不知累死多少匹骏马，
不知毁掉多少勒勒车。
“松阔罗”越捕越少，
“松阔罗”就连
　　幼雏也无影无踪，
最后连“松阔罗”的叫声，
在天上都听不到。
可怜的唐阔罗哈喇，
被送进大辽的
　　死牢、水牢、
虫牢、兽牢，
折磨得瘦骨嶙峋，
皮包骨，
骨包皮，
“发央嘎[③]”除了壳，
人死如灯灭，
尸骨堆成山，
仇恨满胸间，
代代世世何怜怜？
“打鹰人”

---

① 乌阔：史书上多指“五国城”，在女真古传说中多俗称“乌阔”。

② 松阔罗：满语，即北方著名的苍鹰海东青，飞翔迅捷，擅捕捉野鸡、野兔等，成为辽金以来捕猎的重要工具。

③ 发央嘎：满语，灵魂。

远远离去。
老玛发心疼地跟随，
“蒲鲁蒲”们押解
心爱的重孙女苏木，
到了戒备森严的
“超哈[1]”营，
辽兵“蒲鲁蒲”
专在“超哈”营内，
竖起一个很高很高的木架，
木架上立个十字桩，
将苏木双手双臂
伸开绑在木架上，
从很远很远就看到，
凶暴的“蒲鲁蒲”
用这种办法，
警示唐阔罗哈喇的人，
谁胆敢私自把
“打鹰人”接回来，
不完成“松阔罗”鹰贡，
就杀死抵押人苏木。

唐古里，哈里里，
哈嘎勒哈里里——
部落里的人，
部落里玛发、妈妈们，
个个心急如焚，
谁不系念
远去的亲人啊，
谁不为好心的
苏木担心啊，
北风夹带秋雨，

① 超哈：满语，兵。

连连下了二十个
　　日出日落，
遍地汪洋。
诸申们地室
　　成为水窖。
盖几张光板子皮，
全家在泥水窝里
　　日日泡着，
霍乱症下
　　死了无数人。

唐古里，哈里里，
哈嘎勒哈里里——
各位阿哥，玛发，
阿布卡恩都力啊，
怜悯苦难的诸申人，
赋予苏木无穷的智谋，
夜里她办了一桩
　　惊天动地的大好事儿。
原来，苏木囚在
　　高木架子上，
任凭雨淋风吹，
毫不畏缩，
一心伫立不动，
用自己的命
　　迎来亲人们
　　平安归来。
可是，一连这么多日子，
暴雨倾盆，
忧虑乡亲们的安危，
突然想到，
辽兵掠走的
　　千张皮货都在

库房之中，
何不供给
族人使用呢？
苏木早已
探知库房，
就在高架子下面
一排板房中。
不顾多想，
便猛力挣开绳索，
小苏木的武艺
远近皆知，
纵下高架，
轻易地勒死
三个辽兵暗哨，
踹开库房，
搬出皮毛，
飞快地到处传送。
诸申们久受大辽之苦，
死早已置之度外，
能夺则夺，
能抢则抢。
所以，苏木雨中送皮，
视为神人惠顾，
众人拼命搬呵，
相互传告，
唤来了外地诸申，
也来不少，
人人齐动手，
片刻间，
五座皮库一空。
等大辽哈番赶来，
只见高架上
苏木昂首站立，

丝毫没抓到把柄。
哨兵缘何而亡？
皮货缘何不翼而飞？
只能永远是个谜。
“蒲鲁蒲”们，
声嘶力竭地吼叫，
无人理会。
苏木昂首站立，
遥望着北方，
宁愿受尽万般苦，
只盼亲人捕鹰平安，
早日阖族团圆……

（三）风雷中，来了一位救苏木的骑马人

唐古里，哈里里，
　　哈嘎勒哈里里——
唐古里，哈里里，
　　哈嘎勒哈里里——
花丛中，
蜜蜂在鸣唱，
蝴蝶在翩飞，
丛林中，
野鹤在空中盘旋，
麋鹿在草中觅食，
所有的生命啊，
都在为温饱而忙。
而可怜的苏木啊，
在寒冷的高架上
　　依然被风吹日晒，
不思茶饭，
不避艰险，
纵有许多
　　“蒲鲁蒲”、“巴达①”
像贪婪的恶狼，
要戏弄她，
欺负她，
她凝聚着
　　仇恨的目光，
破口大骂，
一心相信自己的族人

① 巴达：满语，仇家。

会早早平安回来，
宁愿自己苦，
也换来族人们
　　更多的自由和安宁。
唐阔罗哈喇的人们，
曾经多少次暗中商议，
不管“蒲鲁蒲”们
　　多么样戒备森严，
不能再让
　　美丽可怜的苏木
　　为大家承担艰险，
迅速把她救下来，
让她得到自由和
　　亲人的抚爱。
可是，九十岁的玛发
　　总不答应，说：
“蒲鲁蒲”凶残可恶，
我们的族众已
　　多少人死于非命。
他们抛家舍业多日，
亲人在等待，
他们远在漠北，
生死未卜。
苏木为了众人，
受点苦就
　　受点苦吧。
只要远方的
　　儿女安全，
能平安而归，
就万事大吉了！
你们无论如何
不要再惹事生非。”
族众们遵照

老玛发的话，
只能将一腔
　　怒火压在心里，
天天夜夜祈祷
　　阿布卡恩都力护佑。
日日夜夜，
焦急万分地等待
　　亲人们平安归来。
然而，正义终究不能
　　被邪恶所欺压，
有不少的火性人，
看不上这
　　不公平的世道。
苏木被关押的消息
　　不知什么时候传到了
　　当时赫赫有名的，
诸申部落中
　　一个勇敢、刚强、
　　正义的莎延哈哈。
他是诸申完颜部中
　　一位著名的大英雄，
完颜部在女真部中
　　那是闻名天下的，
其祖上函谱
　　就是他们的先人。
他的父兄
　　都是女真
　　赫赫有名的大人物。
历代受到
　　辽朝的重视，
封官让他
　　治理女真各部。
这位来的小英雄，

自报名号叫阿骨打，
为人正义、豪爽，
肯于救困扶危，
拥有组织天才，
专好为天下人
　　打抱不平。
有多少年轻壮士，
都投奔阿骨打。
小英雄朋友遍天下，
女真各部都有
　　他的知心帮手。
志同道合，
女真人好结交朋友，
尊称“谙达[1]”。
这样，阿骨打就在
同辈弟兄中
　　被尊为兄长，
众位小义士中的
　　小头领，
尊称他为“阿骨”，
拜他为首领，
亲切地称“阿骨打[2]”。
相传，阿骨打
当年才刚十四岁。
一天，他在与
众兄弟们
　　习练弓法时，
听到唐阔罗哈喇部出了
　　被“蒲鲁蒲”

---

① 谙达：满语，朋友。
② 在黑龙江省爱辉一带满族及先人都习惯写成阿古达，本书为统一名称皆改为阿骨打。

抓去打鹰、
老玛发被辱、
其重孙女受害的事，
愤怒不止。
与本部众兄弟们商量：
“绝不能让
‘蒲鲁蒲’这帮豺狼
得逞、逍遥法外。”
他便骑上了自己
心爱的铁骊毛林，
一阵风似的，
冲到唐阔罗哈喇。
再说辽兵
“蒲鲁蒲”的“哈番”，
看中了苏木的美貌，
想要霸占为自己的
第三个“查里甘[1]”。
并到老玛发处
献殷勤地说：
“尊敬的老玛发，
我看中了你的
重孙女苏木。
如果你要答应，
就不用她再站在
高架上遭罪，
我也再不找
北边‘打鹰人’的麻烦，
减少鹰贡，
早早回来，
阖家团圆。”
大辽“哈番”看一看

① 查里甘：满语，妻子。

老玛发一声不吭，
忙又连说软话：
“如果您老人家同意，
我们大辽和你们一样，
按照咱们的民间古俗，
我用抢婚的老习惯
夜里抢你的重孙女，
你们可以防范我，
如果你们敌不过
我的勇猛，
苏木那必是
我的人了！”
老玛发怒目横眉地骂道：
“哪有豺狼能够
闯进我的家门，
做我的唐阔罗哈喇的
重孙女婿？
这不是痴人说梦吗，
我早就说过，
我的苏木，
她的‘畏根’，
那是光明灿烂的‘顺’，
那是皎洁如雪的
‘比亚’①。”
“蒲鲁蒲”“哈番”
被卷得一鼻子灰，
气急败坏，
转身骑马
回到“超哈”营，
爬上高架要杀死苏木。
还没等这个

① 顺：满语，太阳。比亚：满语，月亮。

凶恶的“哈番”得逞，
他正在举刀
往高架上爬的时候，
只觉得眼前
来了一匹黑马，
像箭似地射来，
还没等他看得仔细，
就觉得脖颈一凉，
松开双手，
瘫死在地上。
这时，大家就见到
有一个黑影，
双手往高杆上攀爬，
像个飞鼠子一连几蹿，
就蹿上了高架顶，
刀光一闪，
就见苏木被一个人
抱在怀里，
纵身一跃，
跳下高杆，
苏木和他并没有摔倒，
这人的力气真大啊，
稳稳当当地站在那块，
气宇轩昂，
面不改色。
此事早惊动了
唐阔罗哈喇的人，
都飞跑地围上来了。
“蒲鲁蒲”“超哈”营的人
见诸申人太多，
又被这个会飞腾的人的
武功所震慑住，
都没敢造次，

乖乖地看着那个人
　　护卫着苏木走了。
那个人反过头来
　　大声说道：
“强盗们，
我就是克力钵之子，
名叫阿骨打，
你们以后不许
　　再欺负唐阔罗哈喇。
有啥事找我的
　　兄弟们算账！”
俗话说得好：
“人外有人，
天外有天，”
‘蒲鲁蒲’也被这个
　　天不怕、地不怕的
　　莎廷哈哈给镇住了。
从此，阿骨打的名字
就更响开了！
九十岁的老玛发
由衷地喜爱
　　这个年轻后生，
一听他是克力钵的后人，
更加敬佩，
心里头真是
　　无限的幸福和甜美，
这才真正是
我们诸申部落的
　　“顺”和“比亚”。
温暖和光明真正
　　照耀到了我们
　　唐阔罗哈喇。
说来，聪明美貌的苏木，

她今年已经十七岁了，
按诸申习俗，
她也曾在女真部落里
　　与哈哈们
　　竞歌比箭，
她的歌比过
　　天上的百灵，
美妙动听，
她的舞赛过
　　天上的彩云，
婀娜多姿，
众部落有多少
　　哈哈羡慕她，
追崇她，
爱恋她，
系念她。
然而，各个部落的
　　哈哈、赫赫们，
都没有人
　　比过她的歌，
赛过她的舞，
胜过她的箭，
超过她的马，
众哈哈们只能
　　望洋兴叹。
当时，有句话：
“德恩，德恩伊，
阿布卡伊，都云伊，
比亚巴拉库伊！[①]”
苏木这次见到
　　这位勇敢正义的

① 满语古歌，汉语大意为：高啊，高，天啊，云啊，我走不上去啊，语义为高不可攀。

　　莎延哈哈，
她真像见到了明月，
见到了渴慕已久的“顺”，
从心里头喜爱。
苏木偎在自己的
　　老祖宗怀里，
一定让族人留住
　　这个救命恩人啊，
不能让他离开
　　咱们的噶珊[1]。
唐阔罗哈喇
　　男男女女，
用最好的美酒，
杀最肥的羔羊，
做诸申最爱吃的
　　烤羊脯，
熏羊尾，
烧鹿头，
酒拌肝，
生里脊，
款待小英雄阿骨打。
在喜筵中，
老玛发和部落哈拉的人们，
都请小英雄
　　出决策，
如何制服
　　大辽“蒲鲁蒲”的
　　频繁贡赋。
阿骨打父兄，
在诸申们中
　　甚有威望，

① 噶珊：满语，屯塞。

是生女真人
　　在北方的统领，
有着崇高的威望。
阿骨打从小就生在
　　这样赫赫有名的家族里，
对大辽“蒲鲁蒲”们的
　　贪婪、野蛮，
早有防范和很好的计谋。
所以，辽朝给他们
　　家族封官，
以此安抚他们。
阿骨打告诉老玛发和
　　这个姓氏的人：
“咱们要心齐，
以后再有事，
你就找我们，
大辽软的欺、硬的怕，
它就喜欢我们
　　成为散沙。
如果咱们成为
　　巍峨的长白山，
如果咱们成为
　　滚滚的黑龙江，
就能永远地
　　埋葬它们，
淹死它们。
日后咱们各部
　　东西南北，
相互呼应。
他们再让
　　我们纳贡，
咱们人心齐，
一致对敌，

可以断它的貂贡，
可以断它的鹰贡，
不能让它
　　随意宰割。
再有事，
你们以白鹰为号，
让它飞翔到我处，
由我阿骨打顶着！”
阿骨打从此成为
　　这个哈拉的彩桥。
两个部落更加
　　亲如兄弟。
克力钵曾亲自
　　带着阿骨打，
来到唐阔罗哈喇
　　看望九十岁的玛发，
在双方的
　　共同赞美下，
两部联姻，
按照诸申的老习惯，
以抢婚的古俗
　　迎接苏木。
双方约定鹰星夜里
偏南的时候，
正是初秋降临北方，
在三天的夜里，
允许阿骨打用他
　　自己的任何巧计，
悄悄地来到
　　唐阔罗哈喇部，
接走苏木，
回到自己的部落成亲。
商议约定阿骨打

不能有别人的相助，
也不能暗暗地
求唐阔罗哈喇人的
暗中帮助，
不能有强悍的武力，
也不能找自己的助手
实行各种殴斗，
以强悍之势
掠走苏木，
完颜部和唐阔罗哈喇部，
双方之间只能是
兄弟间
友谊之戏，
不能变成仇敌，
只能更加
相亲相爱，
亲如一家。
鉴于这种议定，
阿骨打就要
巧费心机，
不用一兵一卒，
欢欢乐乐，
平平稳稳，
顺利地接走
美女苏木。
唐阔罗哈喇就算
聘走了自己
最美的美女，
两部的联姻
便胜利完结。
在金代的古俗中，
这个古老的抢婚
源自于

　　渤海时代。
最早的抢婚带有
　　野蛮的强暴性，
但随着社会的发展，
抢婚多是
　　两部友谊的象征。
互相巧用计谋，
表现无穷的智慧，
在相互智斗中
　　喜结连理。
到了金代，
抢婚完全成为
　　友谊的象征，
带有非常丰富的
　　戏剧气氛。

阿骨打遵照九十岁
　　玛发的安排，
回到完颜部，
阿骨打将他的巧遇
　　禀告给自己的父母，
深得父母的同意。
因为唐阔罗哈喇是
　　很有名的女真
　　诸申部落，
他们两部多年来
　　就有世亲，
若能再进一步联姻，
完颜部会
　　更如虎添翼，
增加了自己的
　　强大力量。
完颜部

上上下下
帮助阿骨打
巧施抢婚之计，
善始善终地迎接
唐阔罗哈喇的
美人进完颜部。
完颜部经过
反复设计，
终于安排了一个
意想不到的
巧妙办法。
完颜部也
深切想到，
唐阔罗哈喇部的
九十岁玛发，
那可是一位智多星，
他的智慧可以和
中原王朝所赞美的
诸葛孔明相比，
你要抢人家的
宝贝“萨里甘居”，
那也不是
轻而易举之事。
九十岁玛发
会费尽心机，
考验咱们
完颜部的智慧，
也考验咱们
完颜部的势力。
当然，他也要考验
阿骨打的智谋，
必会不让
完颜部和阿骨打，

轻轻松松地
　　接走他们的美女苏木。
万事都要
　　往难处想，
不要凭侥幸心理，
一定要做得
　　仔仔细细，
万无一失。
阿骨打的父母
　　就是这样
　　千叮咛、
万嘱咐阿骨打的。
他们首先创造了
　　一种莫名其妙的
　　宽松气氛，
表面上又显出不十分重视
　　抢婚的情调，
以便使唐阔罗哈喇部
　　也放松对他们
　　抢婚的注意力。
聪明的完颜部为了
　　分散唐阔罗哈喇的注意，
不断地将完颜部的骏马
　　悄悄地领出塞外，
跟放在原野上的
　　唐阔罗哈喇马帮
混在一起。
日子一长，
马匹都是互相依恋着，
愿意抱群。
当唐阔罗哈喇的马群
　　夜晚赶回
　　自己的村寨时，

完颜部那些
　　过去秘密散放出来的
　　那帮马群，
因为没有主人管理，
夜晚也就信马由缰地
　　随着唐阔罗哈喇马群，
源源不断地
　　进入它们的马圈。
唐阔罗哈喇的人们
　　谁还注意这些事情啊，
都没人在意。
就这样，
阿骨打在一天的夜里，
悄悄地来到这个部，
他是以一个牧马人的身份
　　来到唐阔罗哈喇，
到处声扬是
　　为寻马而来的，
还带了几位
　　帮助寻马的人，
看他们那种
　　寻马的心情，
让人人同情。
这还不算，
阿骨打在万般无奈时，
还急匆匆地来到
　　九十岁的老玛发家，
先向老人家施礼下拜，
向老人家问安之后，
让他也帮着寻马。
阿骨打很有礼貌地
　　向老玛发禀报，说：
“完颜部的部落达，

为失马的事非常着急，
因为这是最近
　　花了不少银两，
还使用了一些金条，
才好不容易
　　购来的。
没想到由于牧马人
　　粗心大意，
又由于暴雨倾盆，
草原泥泞难行，
完颜部落
　　新贩来的铁骊马
　　全部丢失，
部落的老少
　　夜不能寐，
寝食不安，
只好打扰老玛发您
　　和您的部落
　　上下人等，
帮助寻找，
万分火急。”
九十岁的老玛发
　　看在与完颜部克力钵
　　世交友谊的情分上，
觉得自己能结识
　　克力钵和完颜部
　　是终生有幸。
能跟大家族人交友，
这也是我们部落的
　　幸中之幸。
他根本忘掉了
　　抢婚那桩大事，
虽然这些天来，

他也为苏木能嫁到
像完颜部
　　这样的部落，
感到万分庆幸。
也确实想了又想，
尽量地、悄悄地、
秘密地嘱咐
　　唐阔罗哈喇的上下人等：
“你们务要处处
　　小心谨慎，
那完颜部是
　　人杰地灵之地，
人才辈出，
可不能小瞧和马虎，
我这回偏要
　　好好看一看，
完颜部究竟
　　有多大本事？
我也要看一看，
他们赞扬、
　　喜欢的阿骨打，
究竟是什么样的
　　天下能人？
能从我的手心、
能从我的眼皮底下、
接走天天守在
　　我身边的
　　心尖宝贝儿
　　——小苏木，
那可真是奇事了，
我倒要看看
　　他们的本事。”
这些天，老头

也并没有闲着，
到处察看，
到处询问，
洞察蛛丝马迹。
等了些日子，
并没有发现
完颜部的动静，
后来又悄声打听，
都听说完颜部的
上下人等，
包括他们完颜部的部长
——众头领们，
都在因为
铁骊骏马的走失，
伤心、上火、
焦躁万分，
看来，早把
小孩子们的
抢亲事抛在了脑后，
不知什么时候
还能重提此事。
九十岁玛发的信息
还是真灵啊，
完颜部的
一举一动，
都在老人的
观察之中。
然而，老人家终没有
战胜完颜部，
在他认为一切
平安无事之时，
坐在家中，
这不又迎来了

为寻找马匹
而来的阿骨打吗?
从他表情来看,
一脸愁容,
也都为了
马匹之事。
可能苏木
——我的重孙女,
也没在他心上啊!
九十岁老玛发
心肠很热,
算了吧,
算了吧,
别再让阿骨打
伤心提旧事了!
快些领他到
大甸子、河水湾、
灌木丛中去转几转。
于是,老人家拄着
水冬瓜拐杖,
领着自己的重孙女和
自己的众儿孙们,
吆喝着、
呼喊着,
满山腰、
满部落、
遍野地
去寻找失落的马匹。
阿骨打此时
向老人家,
再次表示感谢,说:
"就有劳老人大驾了,
我到南河口

那里去看看吧，
那里水深流急，
青草肥厚，
可能也是
一个难找之处。”
聪明的阿骨打，
事先早对唐阔罗哈喇
所在地域了如指掌。
他所提到的南河口，
正是险要之处。
特别是在洪水期，
这里常是决堤隘口。
他已揣测到
慈祥的老玛发，
为了他的安危，
决不会让他
单身一人
到那块危险的境地。
阿骨打确实猜中了
九十岁老玛发的心情，
只听老玛发慌忙说道：
“苏木，苏木，
你领着阿骨打
到那块去寻马。
那地方山陡、树少，
行走非常危险，
我可不能让
完颜部的孩子出事啊，
你要好好保护他。”
九十岁的玛发
嘱咐完苏木之后，
就自己领着
其他儿孙们，

进入另一片树林中。

大家忙碌
　　很长时间，
找啊，找啊，
当月光从东天升起，
山野，
荒原，
松花江，
都在皎皎的月光下
　　望出很远很远，
九十岁玛发望着
　　这熟悉的山，
这熟悉的水，
又望着为寻找马匹，
本部落的不少人等
　　都汇聚过来，
看样子大家精力疲惫。
此时，大家都在
　　焦急等待的时候，
只见阿骨打
　　骑在马上慢悠悠地，
从南河口
　　一片丛林中走来，
到九十岁玛发和
　　唐阔罗哈喇族人面前，
翻身跳下马，
后边还跟着他
　　带来的几个兄弟，
都一齐给
　　九十岁老玛发叩头。
大家正在惊奇时，
忽然从密林中

走出一队人马，
都穿着美丽的彩衣，
有的吹着号角，
有的敲着锣鼓，
有的还抬着不少
　　从完颜部带来的礼品，
敬献上他们
　　从部落里
　　早已备好的美酒，
一束束彩绸、
一捆捆新织的布匹、
一匣匣手饰和
　　各种狐皮、貂皮、
衿被、衣袄，
一队队赶来的牛羊。
阿骨打跪在地上说：
“我最尊敬的
　　翁古玛发啊，
我代表我的
　　家族受父母重托，
给您老送上聘礼了。”
九十岁玛发吃惊地问：
“我聪明的孩子啊，
你不是来寻找
　　丢失的马吗？
你还没有把我的
　　心爱的重孙女接去啊！”
大家也觉得很奇怪，
都在忙着寻马，
累得一个个汗流浃背，
方才并没有见阿骨打
　　为寻马事着急，
却不知何时弄来

这么多的聘礼，
做得这么迅捷、神秘，
真都为之惊讶不已。
阿骨打跪在地上，
然后站了起来
指着马背上的人说：
“我可敬的翁古玛发、
众位唐阔罗哈喇弟兄们，
你们最骄傲的美女，
我最心爱的‘查里甘’，
现在就在我的身边，
我在寻马时，
已经恭恭敬敬地
把苏木请到
我的马背上了，
巴尼哈，巴尼哈[1]，
衷心感谢你们的帮助，
我们会恩爱百年的！”
九十岁的老玛发
当然从心里高兴，
他由衷地喜欢
这个聪明、
机灵的阿骨打，
苏木坐在马上
正在甜蜜地笑呐！
老玛发还是问道：
“哈哈济啊，哈哈济，
你怎么把我的小宝宝
苏木抢到手的呀？
我们都在寻找马啊！
这样做算你抢婚吗？”

① 巴尼哈：满语，谢谢。

阿骨打跪在地上说道：
“敬爱的翁古玛发啊，
咱们也没说
　　不允许用
　　什么办法抢婚呐，
只要我办到了，
苏木在我身边了，
难道不就是阿骨打
　　‘查里甘索莎[①]’么？”
阿骨打的一席话，
说得大家闭口无言，
现在苏木已经
在阿骨打的马上。
确实也没用
　　什么双方比试和
　　什么武功，
抢婚事就巧妙地办了。
唐阔罗哈喇的人，
从心里佩服完颜部，
怪不得都称赞他们
　　在与大辽朝的征战中，
一向是虚虚实实，
声东击西，
害得辽朝的皇上
　　和大臣们顾头不顾腚，
连吃败仗，
完颜部的抢婚，
确实看出了他们
　　军不厌诈，
有多种多样的巧计。
从此，唐阔罗哈喇的人，

① 查里甘索莎：满语，抢媳妇。

更加心向完颜部，
这次阿骨打抢婚，
不仅抢走了
　　美女苏木，
更赢得了
　　唐阔罗哈喇人的心。
这桩喜事，
成为美谈，
流传千载。

（四）苏木的加盟，使完颜部如虎添翼

唐古里，哈里里，
　　哈嘎勒哈里里——
唐古里，哈里里，
　　哈嘎勒哈里里——
大川不拒细流，
江海不拒大川，
自从，唐阔罗哈喇的美女
　　被完颜部迎娶过来，
在全部族里
　　一连九天锣鼓喧天、
载歌载舞，
百乐竞鸣，
诸申自古重婚嫁，
新人进门万事吉祥，
何况阿骨打迎娶新人，
更是喜悦连天，
九日不绝。
部族们非常
　　喜欢苏木格格，
能歌能舞，
能文能武，
是天下的奇才啊，
更是小英雄
　　阿骨打的贤内助。
按年龄阿骨打
　　要比苏木小三岁，
诸申人古俗：
“妻大于夫，

事事幸福。”
说明家中的所有的内务、
社会上所有的交际，
一切经验，
女人要长于男人，
这样的家
　　必然是兴旺、和谐，
万事亨通。
女真人往昔
　　就追求这样的
　　和睦家庭。
所以，喜欢娶大妻大妾，
一家之福。
苏木进了
　　完颜家的门，
她非常
　　会安排家务。
自幼就受到
　　良好的教育，
处处敬侍长老，
处处疼爱小夫，
因此，苏木深得
　　公婆的喜爱。
苏木并深得
　　阿骨打的信任，
夫妻恩爱，
成婚不久，
苏木便成为
　　完颜部中
　　执掌家权的主持人。
苏木不但武功好、
马术高强，
而且干活

也出类拔萃。
自己上山采槐木桩，
自己动手制作，
削出木钉、
木板、木条，
自己做出纺织机，
比中原的纺织机
还雅观、耐用。
诸申人没有
不佩服的。
这还不算，
苏木自己会纺织，
还教别人纺织，
并把自己
织出的线和布，
分给完颜部的族人，
谁跟她学，
从来不拒绝，
一心传授。
在完颜部从此
留下了“苏木布”，
传到其他众部落。
苏木对烹饪也颇尽心，
凡是到她手里的鱼肉、
禽肉、兽肉，
甚至蛙、蟒、
蛇、犬之肉，
在苏木手里
都有自己的佳肴，
世代传下著名的
“苏木冻肉”、
“苏木大肉”、
“苏木烤肉”、

“苏木熏肉”、
“苏木烹肉”、
“苏木干肉”，
已流传百年，
为世人称道。
苏木喜爱
　　山中百花，
每当春秋二季，
她总在
　　原野徘徊，
听蜜蜂鸣唱，
看蝴蝶翩飞，
嗅花蕊之香，
品果实之气，
自己研制出
　　诸申“伊尔哈姆克[1]”，
俗称“苏木香”，
制出诸申的“香脂”、
“香精”、“香料”，
不但诸申各部传用，
而且远传关内，
为大宋官宦、
平民喜用。
在诸申人中，
世代一向
　　依照全屏原色，
如各种衣皮之色，
多为白板，
后来随着对树皮、
草料、花卉的使用，
才增加了

① 伊尔哈姆克：满语，用各种野花炮制的饮料。

各种颜色，
形成五色之光，
七色之质，
九色之耀，
衣着益加
斑斓夺目，
绚丽多彩。
金代诸申人的服饰，
远超过
辽朝服饰，
说来功劳
还要归于，
细心、巧手的
苏木格格。
她用色木
熬出黑色、蓝色，
用椴木
熬出黄色，
用野花熬出
红色和其他颜色，
不仅如此，
她还用
山中的褐石
熬出染料，
完颜部时
染料就非常丰富。
世人常颂
“苏木红”、
“苏木黄”、
“苏木蓝”等称谓，
就是苏木为后世
留出的染料成品。
苏木对童子的疾病、

妇女的难产、
老人的腰腿疼痛、
癫痫、疮癣等疾患，
她都有自己
　　独到的土药、土方。
苏木在
　　完颜部多年，
除了为自己的
　　儿女治病外，
她就是一个
　　远近出名的郎中。
而且，她被请到完颜部
　　和完颜部以外
　　的各个部落，
在她还没到
　　四十岁的时候，
人们为了
　　尊重她的医道，
就尊敬地
　　唤她为苏木妈妈，
一直到她的暮年。
苏木除了
　　完成家事之外，
她常与山林为伴，
与日月为友，
拿着一个
　　用苇条编的小花篓，
穿着蓑衣，
沿松阿里乌拉两岸畅游，
观山水，
观山林，
观小鹿争食，
观巢雏争宠。

夜晚常栖息在
　　松林中，
采集百草、百虫，
各种鸟卵和
　　各种草药的根茎，
制出不少
　　诸申人需要的草药。
苏木自制薄板，
用皮条串起，
上面用火烤焦，
记载她对
　　各种草药的
　　炮制方法。
相传苏木怕失散，
用兽骨嵌成了
　　地下秘窖，
留下良方三小窖之多，
被人尊称为“郎中府”。
族人齐说这是
　　松阿里药神，
传授给苏木的
　　拯世“神方”。
可惜，天庆年
　　阿骨打伐辽时，
遭辽兵焚毁，
仅有少量抢获，
多种妇儿百科，
未能传留后世。
尽管如此，
苏木佛心向善，
一生风尘仆仆，
松阿里奔波四十载，
常住完颜孤老穷门。

传说她有百雀护卫，
有小鹿追随，
有金钱豹围她左右，
没有任何恶魔、邪秽
　　敢侵犯她，
都相传，
她是天降的药神，
只要诸申们
　　遇到灾难、病患，
只要冲着门外
　　呼唤苏木三声，
苏木便会
　　不知不觉中
　　来到身边，
将她怀中的药
　　和各种方剂，
毫不吝惜地
　　分发给完颜部
　　和各部落的人，
在大辽咸雍末年，
一直到天会年间，
她研制的
　　许多“苏木药方”，
传播松阿里沿岸
　　上上下下的
　　大小噶珊，
而且有不少
　　不出名的
　　偏僻的小噶珊，
最初并不知道
　　完颜部的大名，
都是因为
　　苏木药方救了人命，

才知道有个
赫赫有名的
诸申完颜部。
所以，在诸申人中，
都将苏木妈妈尊称为
“福吉西妈妈[1]”。
唐古里，哈里里，
哈嘎勒哈里里——
唐古里，哈里里，
哈嘎勒哈里里——

① 福吉西妈妈：满语，佛母。

（五）完颜部的神鼓，是苏木传下来的

唐古里，哈里里，
　　哈嘎勒哈里里——
唐古里，哈里里，
　　哈嘎勒哈里里——
诸申女真自古敬神，
拜奠寰宇苍穹，
诚颂阿布卡赫赫的神威，
仰慕“比亚”格格的
　　清晖和明洁，
崇祀世间众生灵万物，
缅怀祖先继往开来。
萨玛的神鼓，
流芳百世；
萨满的神歌，
激扬千载。
萨玛妈妈、玛发是
　　从远古走来的
　　长寿神祇。
从远古传到今朝，
红颜依旧在，
吐蕊正芬芳。
苏木在生于自己的
　　唐阔罗哈喇部落中，
因天生丽质受到
　　祖神的钟爱，
在她十岁的时候，
由养育她的
　　九十岁玛发，

便将本家族萨玛的
　　神堂、神案、
　　神服、神帽，
由苏木管理，
清尘防虫，
事无巨细，
井井有序。
将九十岁玛发，
乐得捋着长髯，
合不拢嘴，说：
“好啊，苏木真是
　　神选的孩子啊！”
从此，自幼苏木就
　　跟随长辈击鼓学唱。
聪明才智的小苏木，
会很多很多乌春乌勒本。
族人老少都喜欢听
　　苏木表演歌唱，
穿着彩布衣，
拍着小手跳呵跳，
都说是天神给
　　送来的百灵鸟。
在每次隆重祭礼中，
由德高望重的萨玛达，
把神歌口耳相授，
传授给还没有
　　板凳高的
　　聪明伶俐的小苏木。
苏木自小
　　有神的启迪，
迅及领悟。
老萨玛达
　　从早到晚，

从晚到早，
一连经过了
　　三个月缺月圆，
又经过两个
　　草一青一黄的年头，①
将唐阔罗哈喇
　　所有的萨玛的神歌，
完完全全刻入
　　她的脑中。
有一次，部落达
　　来验看族中祭祀。
九十岁的玛发
　　和部落里的萨玛达们，
把小苏木唤到神案前，
让她字字背咏，
甚至随意选出
　　其中任何段落，
让小苏木接续
　　背咏下来，
或者让小苏木
　　将其中的某个段落
　　说明含义，
苏木都是口若悬河，
对答如流，
从来没有遗忘
　　和错漏的地方。
这样，唐阔罗哈喇的人，
都叩头向神灵下拜，
齐声说：
“这哪是我们的
　　苏木在咏唱神歌啊！

① 往昔，没有日历。古人计时便多以自然现象和变化表示时序。

千真万确啊，
这是我们‘蒙温色’、
　　‘图们色’[1] 的
　　唐阔罗哈喇神灵，
回到了咱们族人中间！”
部落达、九十岁的玛发
　　和萨玛达们，
都不约而同地跪在
　　祖先神案下，
祝祷神灵，
叩谢神灵，
把苏木这样
　　聪颖过人的孩子，
赐给我们
　　唐阔罗哈喇家族！
苏木就是
　　有天生神的意志，
在唐阔罗哈喇家族中，
曾参加过多次祭礼，
留下了她的
　　令人难忘的神迹。

唐古里，哈里里，
　　哈嘎勒哈里里——
唐古里，哈里里，
　　哈嘎勒哈里里——
自从苏木嫁到
　　完颜部后，
只有阿骨打
　　和她心心相印。
在夫妻相处中，

① 蒙温色、图们色：满语，千岁万岁。

阿骨打发觉苏木
　　有奇特的灵性：
有时，她突然告诉
　　畏根一桩事，
让他格外
　　留心提防。
阿骨打还在
　　莫明其妙中，
常常事发后，
　　恰如苏木所测，
令阿骨打佩服。
故此，时间长了，
阿骨打总愿苏木，
在他身前左右，
多替他思索些
　　族内外大事。
苏木的灵性，
未必人人都所知，
完颜部以外的人们，
并没有发觉她
　　这种神奇的
　　聪颖天才。
万事总是
　　这般蹊跷。
在大辽天会末年的时候，
完颜部家族
　　著名的老萨玛
　　布懒特钦，
九十岁坐在炕上，
未病而终。
在临终前，
他向当时的完颜部
　　著名的头领

克力钵说：
“我看到阿骨打的
莎里甘苏木，
天生有神质，
可让她做
族中的萨玛。”
克力钵不仅不在意，
反而非常生气地说：
“苏木是
唐阔罗哈喇的人，
现在又是
阿骨打的媳妇，
就应当规规矩矩，
尽好她妇人之任，
安可玷污
我完颜部祖神，
让她随意胡来，
不可！
绝对不可！”
在克力钵
一再地阻拦之下，
除苏木之外，
完颜部另培训了
家族女萨玛。
布懒特钦在他
最后临终前，
拖着瘦弱的身躯，
求见阿骨打，
又为他期盼着
苏木能够执鼓、
主持全族祭祀之事，
一五一十地向
阿骨打陈述一番，

求他能够协助游说，
去向克力钵解释，
应允这桩大事。
开明的阿骨打，
深深理解
　　布懒特钦的心情，
就安慰说：
“我可敬的布懒特钦，
您像我的爷爷一样，
您说的话是
　　为我们家族
　　兴旺而言。
有何不应该呢，
选上了苏木当萨玛，
不仅是她的荣耀，
也是我的荣耀。
我们在梦中都盼到
　　有这样的
　　大喜事啊！
走，我去禀告
克力钵大人。”
然而，阿骨打被
　　斥责而归，
便使苏木
　　选中萨玛的事情
搁置下来。
万事真是
　　难以预料。
在布懒特钦
　　被族人安葬到
　　家族墓地不过七天，
克力钵突然
　　在夜中重病缠身。

全身烧得像一盆火，
顿时人事不省，
族众吓得
　　手足无措，
阿骨打
　　和苏木在身边侍奉。
请来了族中的郎中，
不管用什么好药，
也不能使克力钵
　　睁开眼睛。
总是昏昏沉沉，
人事不省，
时常口吐白沫，
牙牙学语，
不晓其意。
尽管苏木还通晓
　　一些土药、土方，
也医治无效。
当时全族内外
　　忙于耕猎，
又为应付
　　大辽的贡赋和苛税，
突然出了
　　这么大的不幸事，
上上下下
　　像热锅上的蚂蚁，
都焦急万分。
阿骨打年轻有为，
面对这一片
　　紊乱的情景，
他率领自己弟弟
　　和有关族众，
来完颜氏家族的

神堂，
焚香叩拜，
诚祈神灵
护佑克力钵，
转危为安，
族中现有最大的难处，
祈望神灵
明示我阿骨打。
夜晚，阿骨打
仰卧睡榻，
迷蒙中他恍惚
看到门突然开了。
布懒特钦老玛发
走了进来，
坐在他的身边说：
“你们还是
按我嘱咐的话办吧，
额娲太芬，额娲太芬[①]。”
话语说完，
阿骨打刚要坐起来
向老玛发叩头，
自己已经醒了，
原来是南柯一梦。
阿骨打旨意坚决，
排除众议，
与心爱的苏木商量，
嘱咐她：
“就按你应该
办的事去办吧，
不要管族里人的非议。”
苏木那是一位

① 额娲太芬：满语，平平安安。

　　非常能体贴
　　阿骨打心情的人，
她这些日子，
也为族中出现这样的事情
而心急如焚。
苏木因为
　　在家中就已经
　　是一位萨玛了，
所以，她知道
　　祭祀的一切规程。
她自己来到
　　布懒特钦
　　老玛发的家，
向家人说明来意。
布懒特钦老玛发的
　　莎里甘，
忙着把自己畏根
　　临终前嘱咐她，
妥善保管好的
　　一个小箱子拿出来，说：
“苏木，你来得是时候，
布懒特钦让我当你面，
把这个箱子交给你，
你看了，就会都明白了！”
苏木很感动，没想到，
布懒特钦老玛发
　　临死前早做了安排。
他将许多完颜部祭祀用的
　　一应神器，
都妥善存放在
　　一个有铜锁、
涂了红漆榆木的
　　神箱之中，

并嘱咐家人将来交给
　　一位叫苏木人的手中。
苏木得知此事，
　　十分感动。
苏木恭恭敬敬地
　　打开箱子，
只见里面
　　装着酒杯、香碟、
五面神鼓、
三套神服
　　和七块恰板。
布懒特钦老玛发的
　　“莎里甘”，
带苏木到他们
　　家的“哈什[①]”，
取出来为苏木
　　存放着的一顶
　　披有长长飘带的
　　九雀大铜神帽。
苏木一见这顶神帽，
同她们唐阔罗哈喇
　　神帽相差不大，
都是铜质的，
只不过唐阔罗哈喇的
　　祖传神帽，
帽子顶端是一位
　　张着巨口獠牙的
　　勒夫恩都力[②]。
这也是布懒特钦老玛发
　　珍传的神物。

① 哈什：满语，仓房。
② 勒夫恩都力：满语，熊神。

苏木听
　　老莎里甘说：
“这是布懒特钦色夫[①]
　　传给他的，
已有四十多年了。”
苏木将
　　布懒特钦老玛发萨玛
　　传下来的
　　完颜部神器，
拿到完颜部的
　　堂子供奉。
然后，她与阿骨打商量，
当即由族众
　　捕来八百斤
　　“阿钦[②]”一尾，
捕来天上的
　　“嘎喽[③]”九只，
捕来林中的
　　黑毛“乌里尖[④]”五头，
在阿骨打的直接主持下，
召集了完颜部的族人参加，
阿骨打亲自打鼓，
由苏木穿上
　　布懒特钦老玛发萨玛
　　穿过的神服，
戴上神帽，
举行全族隆重祭祀。
苏木并在
　　浓烈的跳神中，

① 色夫：满语，师傅。
② 阿钦：满语，鳇鱼。
③ 嘎喽：满语，天鹅。
④ 乌里尖：满语，猪。

得到神示，
传谕阿骨打，
选出完颜部
　　大小萨玛九名，
从此，完颜部虽然
　　布懒特钦玛发走了，
完颜部的萨玛祭礼
　　在苏木的帮助下，
年年春秋两季，
一直延续下来。
克力钵在神鼓声中，
缓缓苏醒，
身体很快恢复过来，
阿骨打和苏木
　　向他叩头谢罪，
禀明在他患病期间
　　所自行主张办的事，
又有完颜部
　　众多的男女老少
　　齐来为阿骨打说情，
衷心感谢
　　苏木的热心帮助，
使阖族一切平安。
克力钵
　　亲身经历这件事，
又看到了族中一片
　　安静和兴旺的气氛，
早已经转怒为喜，
称赞阿骨打和苏木，
并准允
　　唐阔罗哈喇的苏木，
现在承担完颜部的萨玛，
命她带领

　　新培训的小萨玛们，
不要忘记
　　诸申的利益，
按时祭祀，
不可搪塞，
萨玛的神歌、神舞
　　在完颜部热烈地
　　传播开来。
苏木不仅成为
完颜部的著名萨玛，
而且她在各个方面
　　帮助了完颜部，
成为重要的管家人。
她更是克力钵
　　和阿骨打
　　非常器重的
　　谋士和助手。
苏木办事稳重，
素有耐心，
部下多少人
　　不管有什么样脾气，
在苏木面前
　　即使有天大的怒火，
见了苏木
　　就会烟消云散，
心平气和。
完颜部的众兵马将士，
从来没见过苏木
　　发过火、
发过脾气。
完颜阿骨打兄弟，
喜欢喝酒，
常常一坛一罐地喝，

酒后大醉
　　互相跤斗谩骂，
不分老少、辈分，
常为一些话语
　　拼争起来，
部将们个个
　　都胆战心惊，
惟有这时
　　能化解酒醉的人，
就是苏木。
苏木是阿骨打的
　　心上人，
有着崇高的地位，
人人敬慕，
人们呼唤她
　　不叫格格，
而亲切地称她“阿莎[1]”。
比她岁数大的人，
称她“阿济格嫩[2]”。
阿骨打脾气也暴烈，
别人说话他不服，
但他慑于
　　苏木的有神的眼睛，
众兵将也都慑于苏木，
苏木成了
　　阿骨打兵将中
　　没有令牌的
　　“无名统帅。”
就因为苏木会
　　因人施教，

① 阿莎：满语，嫂子。
② 阿济格嫩：满语，小妹妹。

循循善导，
温情脉脉，
规劝了兵将们
　　勇于杀敌，
严禁烈酒，
不犯妻女，
循规蹈矩。
只要苏木在的地方，
烈酒坛子会
　　永远是封着的。
苏木曾经
　　跟随阿骨打远去
　　松阿里中游的
　　通肯比拉，
去降服一个部落，
部落的酋长
　　长着一脸蓬松的胡须，
双耳戴着大银环，
嗜杀成性，
外号叫“萨哈连亚克哈[1]”，
他部落的人
　　曾经跟辽兵厮斗，
因为悍勇，
几次打败过辽兵，
日久天长，
有些目空一切，
看不起完颜部，
自己本来是个
　　很小的小部落，
兵马不强，
刀枪不多，

---

① 萨哈连亚克哈：满语，黑豹子。

仅凭着
　　一股冲天的勇气，
缺少聪明和智慧，
就这样，
他还悄悄的
　　对完颜部说三道四，
还想利用可乘之机，
抢掠完颜部。
完颜部深觉
　　这是后院之害，
不利于应付
　　辽兵的暴政，
必须速速平复
　　通肯这伙逆人，
安抚团结，
亲如一家，
共同对辽。
阿骨打有些傲气，
觉得这是女真中的
　　一伙不争气的族众，
只能强取，
不可安抚，
想领着强兵强将，
快马征讨，
收复黑豹子。
苏木献策说：
“畏根，你不可这样，
那是咱们的
　　诸申兄弟啊！
你不是愿意
　　广交天下人吗？
不可以强欺弱，
不能有征服之心，

那要是黑豹子
　　与我结仇，
成了辽兵的帮凶，
他还怎能与辽兵争斗？
咱们的家室
　　可要真正起火了！”
阿骨打深解爱妻之意，
便委苏木为先锋，
阿骨打为后军，
连夜赶向“通肯比拉”。
苏木并没让自己
　　所带的兵马出现在
　　黑豹子面前，
而是换了
　　一身夫人装，
以阿骨打将领的家室
　　带领着贵重礼品，
赶着牛群、羊群，
还有三坛
　　苏木自己新酿
　　的米尔酒。
敲锣打鼓，
呜唱着去叩见
　　通肯河大寨。
通肯河大寨完全是
　　用松木为栅围城的，
有东西南北四门，
全由兵将把守，
萨哈连亚克哈
　　在楼上望见
　　远处兵马赶来，
开到了跟前。
少顷，又见来者将兵马

隐匿在林中，
不解有何阴谋，
他分外警惕。
别看萨哈连亚克哈
这个人心直、
头脑简单，
在部落纷争中，
也吃过不少苦头，
甚有御敌经略，
心中在暗暗思忖：
从旗子来看，
从方才我的探马
传报来看，
这是阿骨打的兵马，
平日里从来没见过。
阿骨打派着重兵赶来，
这是何意？
安何居心？
难道完颜部
要收降我不成？
他想到这里，
一股无名火起，
心中暗暗自语道：
“阿骨打呀，阿骨打，
真正狂妄至极。
大胆大胆，
岂有此理！
难道我怕你不成！”
所以，萨哈连亚克哈
早已命部下丁勇们，
把山门全部关严，
然后，将寨中兵马埋伏起来，
想决一个你死我活，

以定胜负。
没想到，就在他紧张时，
苏木已经快来到
通肯河大寨跟前，
把自己所率兵马
隐藏在森林之中，
等待阿骨打
带兵马赶来。
阿骨打当时
还没解其意，
还埋怨苏木
为何不速速进城，
在此逗留？
苏木知阿骨打求胜心切，
见阿骨打赶来，先将
自己的心意和计谋，
耐心地解释，
使阿骨打能够领会，
说：“大将军，
咱俩应该
一同进城，
不应该
以兵戎相见，
你是完颜部
有名望的年轻将军，
想黑豹子他也是
非常佩服你的，
我们带着厚礼
不远百里，
来拜谒他，
这是礼贤下士，
他会非常感动的，
也是他事先

绝不会想到的。
他必认为
我们领兵进犯他。
今日反而双双求见，
堂堂的完颜部，
能这样对待
一个小小的部落，
他必会感激不尽的。
只有这样，
他会真心向你，
会成为你的人，
会处处听你的调遣，
咱们这不是又多了
一个朋友和兵源吗！”
阿骨打非常佩服
苏木的一席话，
他们夫妻就这样
携手带着礼品，
来到
黑豹子的寨下，
黑豹子一看带的礼品，
倍加感动，
城门四开，
出来叩拜迎接
小英雄——阿骨打，
要知道，
完颜部的名声
如雷贯耳，
能亲来看望
是多么荣耀啊。
就这样，
没费吹灰之力，
兵马未动，

就收降了通肯比拉的
　　萨哈连亚克哈将军。
此事在完颜部
　　颇有影响，
使阿骨打
　　由衷地钦佩苏木，
处处更加敬重苏木。
后来，阿骨打
　　为反辽起兵，
积蓄力量，
苏木助阿骨打秘密
　　联络女真诸申各部，
采购粮草、马匹，
用金银财宝
　　贿赂辽朝官员，
得一车车的镔铁，
打造兵刃、车辆，
完颜部日益壮大，
苏木在阿骨打
　　厉兵秣马中，
成为他最亲密的
　　军师和知己。
苏木的名字
　　如日月中天，
越来越受到
　　更多人的敬仰。
唐古里，哈里里，
　　哈嘎勒哈里里——
唐古里，哈里里，
　　哈嘎勒哈里里——

唐古里，哈里里，
　　哈嘎勒哈里里——
唐古里，哈里里，
　　哈嘎勒哈里里——
大辽天会四年，
阿骨打因为
　　不满辽王朝，
对诸申人的欺压，
年年岁岁，
威逼诸申
　　进各样的贡赋，
无休无止，
而且年年加重额数，
使诸申们无法生存，
逼入死路。
更有甚者，
辽王使者
　　到女真各部来
　　为所欲为，
随便呼唤
　　诸申家的子女，
为侍奉他们，
任其蹂躏。
更让诸申人
　　无可容忍地是，
诸申家里
　　新婚美妻，
或家有爱妾，

辽王使者，
俗称“银牌使者”，
可以随意呼唤
　　诸申家族的
　　妻室、爱妾，
必得首先陪睡。
诸申各部
　　怒涛翻涌，
誓灭辽寇，
以雪奇耻大辱。
于是，在大辽
　　天庆四年九月，
阿骨打与众兄弟，
在苏木神鼓声中，
祭拜祖先堂子，
誓师兴兵，
完颜部女真人
　　以野花为号，
燃起反辽怒火，
积压多少代的
　　仇恨啊，
完全崩发开来了！
那是最难忘的
　　诸申们，
最开怀之
　　“依浓给”[①] 啊！
一夜之间
　　从四面八方，
像海涛万丈，
席卷而来。
阿骨打起兵伐辽，

---

① 依浓给：满语，日子。

正应天时、人和、地利，
辽兵顿时岌岌可危。
辽王乍开始
　　还没有在意呐，
可是阿骨打
　　兵威将勇，
打败了
　　来平乱的辽兵。
十月，很快攻陷宁江城，
抓俘了辽将，
士气大振，
接着破宾州、
下祥州、占咸州。
大辽天庆五年春正月，
阿骨打称帝，国号大金。
反辽大军，
乘胜前进，
直逼黄龙府，
二月，黄龙府很快被
　　阿骨打兵马所占。

唐古里，哈里里，
　　哈嘎勒哈里里——
唐古里，哈里里，
　　哈嘎勒哈里里——
在阿骨打反辽鏖战中，
苏木始终
　　跟随阿骨打，
侍奉阿骨打，
是阿骨打最知己的
　　心腹战友。
苏木在反辽征战中，
组织诸申男女，

形成庞大的
　　给养后勤军，
为前方子弟运送
　　猪、羊、鸡、
鸭、鱼肉，
他们没早没晚的
　　日夜操劳，
苏木并组织
　　诸申妇女，
到山里采集
　　野菜、野果，
还选择
　　平地种植瓜菜。
在征战中，
辽朝兵马
　　平时一日三餐
　　不能得到接济，
常常饥饿征战，
而完颜部的
　　兵马后勤，
给养充足，
个个酒足饭饱，
身强体壮，
征杀辽兵
　　势如猛虎。
苏木自己，
还采集到
　　很多野白菜的菜籽，
领着族人，
在松阿里
　　河岸的一片林中，
遍山遍野地撒种，
精心侍弄，

不几天，
就长出小白菜，
绿茵茵的，
油绿油绿的，
非常惹人喜爱。
苏木和族人，
经过几个月的辛劳，
小白菜
　　终于长成大棵儿的菜。
苏木又和族人们
　　做成许多单轮小车，
装好山上的白菜，
一车车地推着，
像一字长蛇阵似的
　　送往反辽前线。
辽兵在长期
　　与阿骨打的征战中，
他们也偷偷地
　　发现了秘密。
完颜部为什么
　　这么勇猛，
势如破竹，
不怕万难，
勇猛攻击大辽，
使辽兵损失惨重，
辽兵“哈番”们秘密地
　　安排一个阴险的计划，
他们知道
　　要使阿骨打大兵枯竭，
没有征杀辽兵的力量，
惟有一个办法，
那就是扼断
　　支援阿骨打的

后方补给力量，
就要想方设法
捉住阿骨打的
心腹苏木，
杀掉她，
铲除她，
她是反辽一患。
在辽兵的秘密侦察、
策划之下，
在一个无名的山头，
辽兵的伏兵，
发现了苏木率领的
运送物资的小轮车，
有数百辆之多，
苏木在前，
大声疾呼地
呼喊着，
带着族众
往前方运送给养。
苏木这时并没有发觉
有上千多的辽兵
埋伏在
他们运送给养的
山路的两旁，
因为他们都藏在
高高的蒿草之中，
鸦雀无声，
所以没引起急于
往前方运送给养的
苏木的注意，
就在这紧要之时，
正赶上深秋季节，
连遭数十日没有下雨，

树和草木一片焦干，
蒿草已经枯黄，
辽兵们从密林和
　　蒿草深处，
遥见苏木的
　　运输小车，
已经都爬上了山冈，
全在他们的包围之中。
他们一声令下，
吹响了螺号，
辽兵的马群，
辽兵扬着大刀，
疯狂地从道路两面
　　冲击苏木。
因为辽兵太多了，
遍山遍野都是辽兵，
何况苏木的
　　运输小轮车，
只推着运输的物资，
没带兵刃，
苏木因急于
　　要把物资送到
　　阿骨打的前线，
也没求阿骨打
　　派兵保护，
她现在多么心疼
　　阿骨打兵马啊，
他在前线反辽，
需要更多的人手，
怎能让前线征杀的
　　将士来保护自己呢，
她没有这么做。
阿骨打一直嘱咐她

要有兵士保护，
可是，苏木不听，
她知道虽然危险，
但她想到自己的
　　畏根阿骨打，
比自己还危险，
要说危险，
自己的畏根阿骨打
　　最危险。
危险应该
　　留给我苏木，
不能留给
　　诸申的前线亲人们，
她确实这么做了。
就在这紧急关头，
狂妄的辽兵点燃起
　　已经干燥的引火即焚的
　　荒蒿野木，
顿时，整个的
　　阿布达里山冈，
变成了一片火海，
红红的火焰，
染红了整个天际，
山野热得
　　像一座令人
　　窒息的火炉。
辽兵们见着
　　火焰燃烧的势头，
知道苏木和她所有的
　　随从都不会
　　逃出这片火海，
必死无疑了。
便速速吹响螺号，

像窝蜂似的
　　撤出了这片
　　危险的山冈，
不知去向。
可怜的苏木
　　和族人们完全
　　被大火吞没，
火连续燃烧了
　　三个日落日出，
等阿骨打知道了
　　这个骇人听闻的信息后，
率师飞马
　　赶来阿布达里山冈，
火焰仍在燃烧着，
被烧焦的人肉的
　　气味充塞满天。
阿骨打和他的弟兄们，
哭喊着遍山寻找
　　尸骨、残骸，
在那片黑骨残骸上，
能分辨出是苏木么？
或是分辨出
　　诸申族人的躯体。
然而，事情就是
　　如此地残酷。
阿骨打满含热泪，
跪在地上，
哭喊着，
所有部下的人，
安慰着、搀扶着，
将统帅阿骨打搀起。
大家就将阿布达里山上的
　　所有的尸骨，

全收集到一起。
这就是金代
　　著名的“骨头山”，
俗名“几蓝给阿林”。
就在“几蓝给阿林”
　　沟壑之中，
还有许多残存的
　　运送剩下的瓜菜。
因烈火后，
天又突降暴雨，
将罪恶的大火扑灭。
可怜的土地上，
变成血河。
在血河中，
泛着红光，
已经泡成了
　　红色的大地，
散发着辛酸的气味。
后人在这片地上，
发现苏木在运菜时，
撒下的许多烧焦的菜。
太阳照晒，就变成
　　这种辛酸的菜，
人们称它为
“朱顺索给[1]”。
“朱顺索给”后来
　　渐渐演化成为
　　北方民间一种菜肴。
秋季时，人们将
　　白菜泡渍，
而酿成一种

① 朱顺索给：满语，酸的菜。

滋味鲜美的“酸菜”，
满族人家称其
“朱顺巴”。
为纪念苏木，后世
都喜好这种菜，
留下已近数百年。
据传，阿骨打称帝后，
还亲切地封
苏木是“渍菜神”。
后世，对她日加崇拜，
苏木神名日增，
称她是著名的萨满神，
一位护宅神，
一位药神，
一位烹饪神，
可钦可敬的
“苏木妈妈”。
年年岁岁，
岁岁年年，
永亨女真诸申的
四季奉祭。
直到如今，
在满族诸姓氏
萨玛祭礼中，
专有火祭。
因为苏木妈妈是
被葬身于火海中的。
族人们都在火祭中，
迎请苏木妈妈的神灵，
到神堂享受
后世子孙献上的
丰盛供果，
聆听后世子孙

　　对她的颂歌。
祭坛篝火中，
投入各种牺牲、糕果，
苏木妈妈会乘坐火云驹，
与族人同欢的。
唐古里，哈里里，
　　哈嘎勒哈里里——
唐古里，哈里里，
　　哈嘎勒哈里里——

2008年11月17日

目录

《创世神话及传说》

满族说部“故事岔子”及其传承概述

富育光

在满族恢宏壮阔的传统说部文化遗产中，值得提及的是，还有一大批小巧玲珑的口碑精品，在为说部的传唱增添着无穷的艺术魅力。这部分口碑艺术的产生，是属于说部艺术讲唱者，在为族众讲唱长篇故事过程中，讲述者为了消除听众长时间专听单一故事，所容易产生的沉闷、单调或疲劳的思绪，利用在讲唱核心说部故事的情节转折或间歇的机会，偶尔会巧妙地转换听众的兴奋点，灵机一动，即兴添加某一段古曲、古谣，或者口若悬河，借题发挥，讲唱一段游离于核心说部之外的故事小段。这些小段，都是相对独立完整的故事，情趣横生，仿佛一缕清风入室，听众群情激起之后，讲述者自如地言归正传，陶醉于中心说部的故事迷津之中。

在这些长篇说部中，讲述者所即兴发挥，加入的一些辅助故事，俗称“小段子”，满语称“赫突离朱勃”（Heturi jure），汉意即“故事岔子”。在满族说部讲唱中，巧妙运用“故事岔子”，可大有讲究。它是北方各族群众，在民间讲唱时很普遍采用的表演方法，能够焕起人们更多的情趣，起着活跃现场、调节气氛的良好艺术效果。黑龙江省爱辉地区，满族著名民间艺术家、说部传承人杨青山老人，在20世纪20—60年代中间，是当地深孚众望的满族说部传承人，由他讲唱的大小说部故事太多了。只要是他讲唱说部，各族的人们准都喜欢来听。这不单单因为杨青山老人嗓音洪亮，唱得甜美，模仿啥像啥之外，他最拿手的抓人本领就是知识渊博，满肚子故事，善于临场发挥，看听众的眼神和情态是喜是躁，他就马上调换嗓门，变幻说部“路子”，不是用熟练的曲调唱故事，就是手舞足蹈，模仿各种鸟雀觅食、寻子的可笑动作，或者引出一段从未听过的新奇故事。杨青山老人常说：“讲古，那可是大学问，非得多知道一些能打人的故事才行，随机应变，见景生情，总让听故事的人跟着我的嘴在想在转，感觉好奇、听也听不够的那种滋味。”[①] 富希陆先生也曾谈过讲唱说部的体会，他说：“凡是能说些‘故事岔子’，那多半是经验丰富的老师傅，见识广，古趣儿多，能掌握火候，‘故事岔子’何时穿插其间，长短大小、主次要分清。所讲述的故事，在情节上与中心说部内容，必须有一定的内在联系，使之巧妙安排，妙趣横生，但不能喧宾夺主。这样讲起来才很自如，很随和，紧扣主题，相辅相承，真正起到推波助澜的作用。讲唱者若要继续讲说部，也好马上收回来，顺利转入正题，不显得被动拖沓。”可见，“故事岔子”都是讲唱者事先精心安排设计好了的，可长可短，自由调节，以此营造最佳的欢笑气氛，尤显活泼可亲。

在满族诸姓氏漫长的说部传讲过程中，“故事岔子”的材料来源，有的是讲述者撷选自民间流传的优秀故事，有不少则是讲述者临时的天才发挥，创作出众多脍炙人口、情趣盎然的“赫突离朱勃”，荟萃成满族及其先民古昔生活的万花筒，“故事岔子”也最易在民众中生根和传播下来，永远焕发着艺术之光。所以，在满族说部传讲中，历代流传下来众多的、动听的、为本民族喜爱的“故事岔子”。往昔，在北方漫长的冬夜里，族人们阖家围坐在红红的火盆前，嚼着冻果，聆听着爷爷、奶奶、叔叔、姑姑们，给讲唱动听的各种“故事岔子”，年年岁岁听不够。这些“故事岔子”，也恰是满族传统民间口碑文化遗产中值得重视的组成部分之一，对于今天我们在挖掘、抢救、研究满族说部艺术，具有着不容忽视的重要意义。

20世纪70年代末，本人在吉林省社会科学院从事中国满族等北方诸民族文化的挖掘、抢救、整理与研究工作，便与同志们投入中国满族传统说部的挖掘、征集与调查工作。这期间我将本人从童年时代经我的长辈们讲述后记忆整理的部分很有代表性的“故事岔子”，汇集成册，于1982年由吉林人民出版社出版了满族民间故事选《七彩神火》。该书的正式出版，是我们当时开始进行的满族传统说部科研项目的先导工程之一，始终得到已故恩师王承礼副院长的热心帮助和鼓励。今天，我怀着无限敬仰和缅怀之情，在已出版的《七彩神火》一书中，撷选颇有代表性的满族传统说部精彩“故事岔子”，如《勇敢的阿浑德》、《太阳和月亮的传说》、《白云格格》、《多罗甘珠》、《蓝衫泪》、《蚕姑姑》、《白

① 引语摘自本人1966年10月《故乡民俗采录记》第三本。

鹊》、《泼勒坤雀的故事》、《塔娜格格》、《骄傲的鲤鱼》、《貉子和獾》等二十余篇，对部分故事进行复原和补充，由本人讲述，重新在《满族口头遗产传统说部丛书》中公布于世。在该书《后记》中，本人概述了这些原为说部“故事岔子”的征集始末：“我的童年和青年时代，是在满族聚居区域的黑龙江边的农村中度过的。从小就受本民族文化和风习的熏陶。父亲在故乡小学任教时，就非常注意搜集和调查本民族的历史传闻、人物风情以及记录传说故事。我的奶奶和母亲以及众亲属长辈，都很擅长讲述故事，使自己有机会记录了许多优美迷人的满族民间传说。后来，我从大学毕业，留在吉林省工作，……接触了众多的同族老人，掌握不少吉林省满族的文化遗产，对于探讨和研究我国北方地理、历史、经济以及民族迁徙、社会风情，都是难得的宝贵资料。”

此次出版这些满族家乡父老故事，均为满族诸姓在历年讲唱说部时，所流传下来脍炙人口的精彩的“故事岔子”。如，满族古老的《多罗甘珠》和《冰灯的来历》，是我的父亲富希陆先生童年时代，家族祭祖，他的父亲穆昆达德连老人，在讲唱《萨大人传》时插话讲出来的故事，从此流传下来。《七彩神火》和《音德布马彦》、《库尔金学艺》、《千里寻亲》、《红蛤蜊》等脍炙人口的故事，都是我族著名讲唱说部色夫张石头，在屡次讲唱说部时，即兴讲唱，并被族人喜爱而传播下来。其他讲述者还有我的奶奶富察郭霍洛·美荣、父亲富希陆、母亲富察郭霍洛·景霞、著名满族说部色夫杨青山、住依兰的本族远亲、赫哲族孙震玉爷爷、我们富察氏家族久住吉林乌拉的满族98岁老寿星傅吉祥爷爷等讲唱“故事岔子”，均各有特色，百听不厌。

2008年12月7日

勇敢的阿浑德[①]

——松阿哩乌拉和诺温江的传说

挂在梁上的铜钩，摆呀摆，
铜钩下的烫金摇车，飞呀飞，
小小阿哥，巴布哩，巴布哩，
哈哈济，赞汗济[②]，
你们老实坐着，别吵了，别闹哩，
小阿哥睡嘞，奶奶我的古曲开讲嘞……

说起来，咱们先辈的祖爷刚刚下生的时候，山哪，河啊，沟啊，岭啊，都还没有名字呢，遍地净是白雾、湖沼、塔头甸子。那咱没有松阿哩乌拉的说法，只有一条羊肠细水，都叫珊延毕尔罕[③]。这珊延毕尔罕是一条白白的细流，在莽莽的林海里，盘根古木里东钻西淌，往前流着。那时候，因为树林子非常多，细流显得特别窄，小兔能搁细流跳过去，黄毛野猪能从细流跨过来。有的时候天大旱，水源不足，有的地方成天飞沙走石。我们的祖爷们，那时只能靠山坡、河口，挖地搭棚，生儿养女。几代人过去了，树林子中的树被伐的就多了。树一伐掉，河流就越来越宽了，细流的珊延毕尔罕变成了松阿哩乌拉，变成了宽阔的松花江。我们的祖爷就是在这样的河口旁边搭棚居住，房子也越来越多了。几代人过去以后，那就像鹌鹑孵崽一样，子孙很快就多起来了，新出现的屯子朝呼鲁[④]，像天上的星星，地上的荠荠菜，数都数不清。俗话说："一罐清水十人喝不了，要百人喝得抢破了头。"那个时候，朝呼鲁之间，常常为了水，抢占水源，年年争杀不息。在山洞里、树杈上葬[⑤]满了尸骨，朝呼鲁像风吹枯草，今天逃到东，明天躲到西。

在难解难分的争杀中，部落里出了位女头领，叫西伦妈妈，她聪

---

① 阿浑德：满语，兄弟。松阿哩乌拉即松花江；诺温江即嫩江。

② 哈哈济，赞汗济：满语，即小小子，小姑娘。

③ 珊延毕尔罕：满语，白色的细流。

④ 朝呼鲁：满语，屯子。

⑤ 树葬：满族旧时的葬俗。

明、灵巧，管家有功，她所率领的朝呼鲁，就是我们祖先的部落，日益兴旺。附近的小部落看我们一壮大，有吃的、有住的、有温饱，就都归附过来。这样不到多长时间，我们由200口子哈哈、赫赫[①]，发展到600口子、800口子哈哈、赫赫，就有这么些人。后来发展成有90群牛马，上百个鱼泡子。西伦妈妈力大无穷，她老人家一顿饭能吃九只鸭子，抡起石头能抛过九个山头。她勤劳勇敢，部落里的人都敬佩她。大伙有了她以后，就再不像瞎虻一样乱飞了，而像梅花鹿一样聚群了。他们整天磨箭放牧，打雁熟皮子，生活安稳、舒适了，有歌有舞。我们族上祖先的生活就这样越来越发展了。

在珊延乌拉那块，有这么一天珊延毕尔罕突然刮起了暴风，搅得昏天黑地，天像裂开一样呼隆隆响。在一片亮光中，打北方蹿出一条怪龙，张牙舞爪，从龙嘴里，龙鳞里，龙爪上喷着烈火，把湖水烧干了，青草全给烧焦啦，遍地就像个大蒸笼一样，牛、马、猪、羊热得边跑边叫唤。山林、湖海烤得直冒烟，人被烫得就像掉进大火坑那样难受。

西伦妈妈带领部落里的男女老少，赶着牛群、马群往远处逃啊，躲啊，躲啊。怪龙不但喷火，还吞吃人畜，到处是火光、哭声。逃难的人们跟着西伦妈妈逃啊、逃，逃到虎豹成群的索里哈达[②]。正愁在哪棵树下落脚呐，忽然听到天上一对白鹭鸶朝着西伦妈妈嘎嘎地叫着说："东走喀！东走喀！"

西伦妈妈高兴了，说："鹭鸶叫，水草鲜，走喀，走喀，顺着鹭鸶飞去的方向走喀！"于是，大伙爬山过岭，跟着鹭鸶走。

到了鹭鸶飞落的地方，大家一看，这里环山有一条小河，立陡的石崖当腰，露出黑森森的一个山洞。洞口蹲着一只金色猛虎。这只猛虎见了西伦妈妈点头下拜，然后仰起头，张开嘴，"诺——温，诺——温"地一个劲直叫唤，两只大梅花爪子刨得石块乱飞。西伦妈妈觉得这虎叫声像在召唤她，于是，她攀上石崖，来到洞前，忽然被一块突起的大石块挡住了。这块大石头可真大，三个人也搂不过来。西伦妈妈用手搬啊，搬，两只手抠得石粉唰唰直落，石头才被搬掉了。她走到洞里，老虎却不见了，只看见虎窝里，坐着一个身裹黄色虎皮兜肚、红脸膛的胖小子，见西伦妈妈来了，张张小手，爬过来。西伦妈妈乐得抱起孩子，

---

① 哈哈、赫赫：满语，就是男的女的意思。

② 索里哈达：满语，山峰。

跑出洞口，给部落里的人看，说："阿布卡恩都力赐给我们一位巴图鲁!"她是说天神给我们送来一个小英雄。

逃难的人群，正想下山往松林里走，忽然，从东天边飘来一朵莲花云，云里飞来一只白雕，越飞越快，越飞越近。白亮亮的大翅膀，遮住了天。白雕慢悠悠、慢悠悠地落下来，身上驮着一个身裹白羽毛兜肚、红脸膛的胖小子。大雕看见西伦妈妈，就"阿——哩，阿——哩"地叫了两声，翅膀一栽楞，把孩子轻轻放到山根的草地上，一扇动两个大翅膀，腾空飞走了。

部落的人在这重重灾难中，连得了两个眉清目秀的哈哈济，一个个心里分外高兴，都忘了忧愁。这个时候，西伦妈妈飞身下马来到草地上，把这个孩子也抱了起来，骑上马，一手抱一个，带领大家继续朝前走。

这两个小孩，看上去只有六七个月的模样，系白羽毛兜肚的孩子大一点，按白雕的叫声，给他起名叫"阿哩"；系黄虎皮兜肚的小孩，小一点，按老虎的叫声，给他起名叫"诺温"。

西伦妈妈叫人砍来黄菠萝树做板，水冬瓜树做梁，用30根鹿筋搓成绳，猪血喷的漆花，野藤围成云字边，放在火上煨，拿到石上磨，做了两个花摇车，挂在树丫巴上。把两个孩子分别放在摇车里，西伦妈妈亲手摇啊，摇，一边摇来一边哼：

"悠啊，悠，巴布噢，狼啊蛇啊，
逃啦逃啦——
悠啊，悠，巴布噢，云来月照，
长噢长噢——"

阿哩和诺温兄弟俩，有日光晒，热风吹，长得挺硬实。部落的人把打来的野兽挑最好的给西伦妈妈送去，西伦妈妈自己舍不得吃，全给小兄弟俩吃啦，自己渴了喝口水，饿了嚼口野果。人们见西伦妈妈瘦多啦，可是转眼间小兄弟俩就长成了又高又壮的小伙子。

这一天，兄弟俩忽然跳下摇车，走到西伦妈妈跟前，西伦妈妈大吃一惊，只见眼前站着的是两个勇士，像矗立着两棵大树，膀大腰圆，说话声音像打雷一般。兄弟俩一下地，一顿饭就吃掉两条马鹿，五只野猪，还喝了一槽子马血。吃完了饭，小哥俩劲更足了，就跪在西伦妈妈跟前，阿哩说："额姆[1]，我们不瞒您说，我哥俩都是天神的儿子，我阿玛[2]是北海的雕神，他阿玛是东海的虎神，派我们来治理江山，降伏怪龙，我俩这就要走了！"

西伦妈妈担心地说："怪龙十分凶恶，你们兄弟俩咋能行啊？"

阿哩说："不，我来时，阿玛给我一根白羽翎，有了它，我能力拔大山，飞腾万里。"说着，阿哩拿出一根白羽翎给西伦妈妈看。

诺温也从兜里拿出一根虎须说："这是阿玛送给我的神枪，有了它，我就能扎死怪龙。"

西伦妈妈听了非常感激兄弟俩，便忙叫人准备送行。朝呼鲁的人都忙活开了。西伦妈妈说："要使超凡的力气永不枯竭，就得喝熊血；要使除妖的胆气震慑山丘，就得吃熊肉！"她亲自钻进老林子里，打死了一只花脖大熊，倒了满满一大槽子熊血。阿哩和诺温舀了一勺，洒向青天，敬给阿布卡恩都力；又舀了一勺，泼洒大地，敬给巴那其[3]；第三勺双手捧给额姆，西伦妈妈一饮而尽；第四勺敬给受灾难的部落；第五勺兄弟俩咕咚咚一口气干了下去。这才告别了众人，朝怪龙住的地方大步走去。

怪龙住在东面大山顶上的一个山洞里，每天出来祸害人畜。勇敢的阿哩和诺温到了大山洞跟前，怪龙见人来了，就喷火焰想烧死他们。阿哩忙拿出白雕翎往身上一插，立刻生出两个大翅，飞上了天空；诺温把虎须一晃，马上化朵彩云，跨上了云头。怪龙发怒了，朝天空呼呼喷着火焰，顿时聚成了百丈高的大火柱，滚来滚去，可就是烧不着阿哩和诺温。怪龙越加暴跳地喷着火焰，整个大地洒着火雨，山石横飞。阿哩和诺温瞧这情景，两人一合计，要打败恶龙，非得用水填平怪龙藏身的烈火洞不可！于是，阿哩飞到很远很远的地方，拼命地扇动着翅膀，背来九江八河的水，不歇脚地灌着洞口，灌啊，灌个不停。诺温用虎须枪狠劲地撬下山石，不停地往洞里填石土，大洞很深，黑烟直冲天上，火焰翻飞。九江八河的水不够用，阿哩就飞回阿玛居住的北海，到那里背来北海的冰水，十趟，百趟，千趟……，日夜不闲。怪龙在洞里可吓坏啦，洞口眼看让小哥俩塞满了，就慌慌张张飞上了天，发现阿哩正拼命

① 额姆：满语，即母亲。
② 阿玛：满语，即父亲。
③ 巴那其：满语，即土地之神。

地运着冰水，使劲一甩身子，龙尾巴一下子就把阿哩缠住了。诺温见阿哩被怪龙抓住了，忙把虎须一抖，马上变成一杆光芒照眼的“嘀哒”枪[1]，刚想扬矛抛过去，一看怪龙死死缠住阿哩不放，要是把虎须枪抛过去，阿哩也会被枪扎死。正在这万分紧急时，阿哩大声喊：“诺温，诺温，快！快——扎呀！”诺温只是迟疑不决，不肯抛出虎须枪。阿哩又呼喊着诺温，让他快抛出虎须枪。诺温这才把虎须枪投向怪龙。神枪非常厉害！穿透了怪龙的躯体，又从阿哩的胸膛钻了出来，呼隆隆一声巨响，天崩地裂。阿哩背上的冰块被射得粉碎，散落四野。阿哩的鲜血染红了大地。诺温扑上前去，从射掉下来的龙尾巴上抱下阿哩时，阿哩早已不省人事……

诺温见哥哥死去了，像万箭穿心，愤怒地跳到伤龙身上。怪龙虽断了下半截身子，疼得它拖着两只大龙爪，一溜火光朝北猛逃。龙爪死死抠进地里，从山顶到山下，硬是豁开一条曲曲弯弯、又深又宽的大沟。诺温不顾龙鳞喷火，紧卡住龙发。怪龙疼得蒙头转向，龙爪子东挠一条沟，西开一条壕，累死在肯特哈达[2]。龙骨堆在平原上，变成了小兴安岭。诺温为替阿哥报仇，同伤龙拼死厮斗，虽征服了怪龙，终因自己烧伤严重，也闭上了双眼。

人们都说，郭勒敏珊延阿林[3]顶上的天池，就是阿哩迢迢万里搬来的九江八河和北海的冰水，汇成了飞瀑，永世流不尽。天河水直泻怪龙豁开的宽沟里，日久天长，成了今天碧波荡漾的松阿哩乌拉。诺温骑着伤龙，在平原上挣扎，豁出条条细沟，后来就变成了诺温江。怪龙受伤剧疼，龙爪在山顶划出不少沟岔，变成了溪流。所以松阿哩乌拉源头多，形成几条白河；阿哩的热血溅在长白山上，至今山顶上有不少红土和红石头。阿哩憎恨怪龙凶狂暴虐，痛惜自己没有完成除害救民的夙愿，没能亲手杀死怪龙，死后化成了一团团白雾，永远围着洞口飘游着。至今还可望到长白山顶白雾蒙蒙，那是阿哩的英灵呐！

单说西伦妈妈还天天站在山头上，盼望勇敢的阿哩和诺温早日回来。毕牙[4]圆了又缺，缺了又圆，可是还不见阿浑德的踪影。西伦妈妈离开部落的人，去找兄弟俩。她走呀，走，啊呀！大吃一惊，原来的小

---

① “嘀哒”枪：满语，即矛，扎枪。

② 肯特哈达：北方民族崇仰的名山肯特山。

③ 郭勒敏珊延阿林：满语，长白山。

④ 毕牙：满语，即月亮。

河不见了，眼前出现一条又宽又清的大江，遍野黄沙都让新长起来的绿林盖上啦！西伦妈妈笑啦，孽龙除掉啦！可是小兄弟俩在哪儿呐？她顺着江往上游找啊找，大声地呼喊着。她爬上山顶，洞口还喷着热气。西伦妈妈被一股股热气熏倒，死在石崖下。她日夜仍在想念部落和兄弟俩，心永远是火热火热的。所以，她死的地方涌出泉水，成了温泉，这就是著名的长白山温泉。

人们为纪念阿哩和诺温兄弟俩，从长白山顶流下的江叫阿哩，满族人表示敬意，加一个“松”字，叫成松阿哩乌拉，即天河，也就是今天的松花江；诺温追杀怪龙，厮斗豁开的沟，变成了小一点的江，后人叫诺温江，即今天的嫩江。打那以后，人们再不为水源征杀啦。两条大江滋润着肥田沃土和茂密的林海。诸申[1]们沿千里水滨盖房造田，渐渐人畜兴旺、五谷丰登。阿哩和诺温的名字，也世世代代流传下来。

---

① 诸申：女真语，泛指女真人。

传说，刚有天刚有地那阵子，天上地上都是黑糊糊、混浆浆的！阿布卡恩都力身边有两个非常疼爱的格格，都是很有能耐的神女，帮助阿布卡恩都力炼出了 33333 个小托里。小托里一个个光芒闪射，像热火珠子。她俩把炼出来的托里，往天上一抛，闪出一个火星子，怪好玩的。她俩就这样炼出一个往天上抛一个，抛啊抛，这些托里飞到天上啦。于是，天上才出现了像梅花鹿身上似的片片斑点，从此有了万星和北斗。

阿布卡恩都力闷头日夜磨炼，最后炼出来几个又大又红的火焰托里。托里光芒能照彻天地，又亮又热。两个神女喜爱稀奇的珍宝，爱不释手地看着，姐姐忽然想，若用托里往地上照一照，该会什么样子呢？于是，她拿起来往天上地下照一照，嘿，天马上明亮了，地上的树、动物、人啦，都看得清清楚楚，再不是黑糊糊，混浆浆的了！妹妹一看，怪好玩的，也拿起自己手上的火焰托里跑出去照。嘿！这回天上地下可像个火堆喽。十个日头在天上转，天上地下变成个大火炉，热得大地上的兽东跑西躲，嗷嗷怪叫；热得江河里的鱼都沉到了水底下，不敢伸头；长翅膀的鸟热得不敢飞出树林子，有的鸟慌慌张张一头扎进水里，变成了老甫鸟、天鹅。地上的人呐，不能上树，又不能下水，就躲进密林里，在山当腰挖坑打地窨子。

阿布卡恩都力不知天上多了火焰托里，他生气人为什么变得这么懒，老躲到石洞、地下不出来干活？就撒了一把沙子，全变成苍蝇啦，谁躺着不动弹，就叮得谁直痒痒，以后大地上就有了很多苍蝇，专叮懒人。

十个火焰托里在天上照着，一股劲地烧啊，烤啊，带毛的野兽们受不了啦，就想祈求阿布卡恩都力快发善心，别叫这么多火焰托里在天上飞啦。可是派谁去求情呐？

老虎去？老虎粗声粗气地说：“不行，不行，我这个大眼珠子，大爪子，说不好！”

熊瞎子去？熊瞎子嗷嗷叫着说：“不行，不行，热得我光顾伸半尺舌头，笨得像泥鳅蛋，说不好！”

狍子和鹿去？狍子和鹿扑棱着长角说：“哪里，哪里，瞧我们姐妹长的枝杈脑袋吧，去不得，去不得！”

推来推去，都说该狐狸和小黄鼠去，大伙说：“还是你们哥们儿去一趟吧，能说会道的！”

狐狸奸滑，就想推黄鼠狼子去，说：“不，不，叫黄鼠狼子去吧，它是个小勤快，阿布卡恩都力一定能高兴的！”

可是，百兽都说：“唉，你俩去吧，要说好啦，我们每个身上都给你个好东西作酬劳！”

于是，狐狸在后，黄鼠在前，去见阿布卡恩都力。狐狸转了转眼珠子，教给黄鼠子一些嗑儿，就躲在树棵子里听着。小黄鼠跳过来，蹲在地上，得扮个人样啊，没啥找的，唉，见道上正好有两个驴粪蛋儿，就顶在脑袋上当做小凉帽，前爪一合，仰着小头，朝着老天拜啊拜，说道：“好心的阿布卡恩都力，开开恩吧，十个托里烤透了皮，收回去吧，收回去吧，饶饶地上的生灵吧！”

阿布卡恩都力在天上没有看清楚，因为小黄鼠小得像蚊子。天照样热得像开锅水。

住在地下的人最聪明，砍来大树做弓，用椴树里皮和藤条做弦，“咕嗡嗡，咕嗡嗡”，发箭射托里，一直射到天上只剩两个火焰托里，惊动了阿布卡恩都力。他看见两个格格还往下照呐，生气了，于是阿布卡恩都力就把两个格格给分开了，永远不叫她们见面。叫大姐到远远的天上去，永远拿着托里，给天上照亮，送暖，不准闲着，所以她的火焰总是亮啊亮，烈火熊熊地烧着，就管她叫“顺”，就是太阳；又把二格格托里的火焰给收回去，罚她不准跟姐姐在一起，叫她永远永远要在天上照亮。让她姐妹俩互相替换着照亮。因为托里还热啊，阿布卡恩都力命令二格格用手擦，要天天不停。二格格从此只有了发黄色光的托里了，天天用手擦啊擦，都擦出黑麻子点了，从此有了日夜，有了月亮。因为擦啊擦，磨啊磨，那响声像“毕牙、毕牙”的声音，所以满语管月亮叫“毕牙”。二格格用手在托里上擦，有时全遮上了，有时剩条弧光，有时都露着，因此才有了月缺月圆。

阿布卡恩都力，望见地上越来越变冷了，有时大雪连天，冰冻十尺，地上的人冬天可咋办啊？可已经定了，不好改悔。他知道原来是野兽们告的状，于是就罚野兽们年年供给人皮袍穿，用啥给啥。从此，人们才到冬天穿皮袍子。这帮野兽也有一肚子火啊，狐狸和黄鼠还总是要报酬。野兽们很恼火，说：“唉，给你呐，给你个屁吧！”所以，狐狸、黄鼠狼都有骚臭味，一追就放骚，都说是告天状挣来的！

白云格格

兴安岭山河沟岔，为啥盛产黄金？为啥人们喜爱白桦树？从翁古玛法[①]，传到宗祖太爷爷，又从太爷爷传到爷爷、阿玛，代代传诵着古老的白云格格[②]的故事。

传说，天地初开的时候，天连水，水连天，天是黄的，地是白的。渐渐，渐渐，世上才有了人呀，鸟呀，鱼呀，兽呀，虫呀。住在九层天上的天神阿布卡恩都力，瞧见地上出现奇怪的生灵，大发雷霆，要把地上所有的生物统统收回天上喀。于是，他叫雷神妈妈、风神妈妈、雹神妈妈、雨神妈妈，朝地下猛劲地刮起暴风，呜呜的风啊，洒下暴雨，落下冰雹，哈哈的；他又派把守东海的龙王，打开水眼，洪水从天上哗哗地灌下来，一连3336个日日夜夜，遍地汪洋，白浪滔天。人呀，鸟兽呀，混在一块漂流，谁也顾不得伤害谁，都在黑浪里嚎叫、挣扎……拼命找地方活命。

地上生灵遭受到的灾难，深深地感动了天上善良的白云格格。

白云格格是天神阿布卡恩都力的小女儿。老辈人讲，阿布卡恩都力有三个沙里甘追[③]：即，顺[④]、毕牙和白云格格。白云格格排行老三，是小女儿。她长得美丽端庄、聪明伶俐、善良贤惠，天神就给她取个名子叫伊兰吉格格。伊兰吉也是满语，是三的意思。伊兰吉格格，她身披99朵雪花云镶成的银光衫，神采奕奕、楚楚动人。在天上的众神中没有不喜欢她的，没有不追求她的，没有不奉承她的。阿布卡恩都力，非常喜欢三女儿白云格格，平日总是让她陪着自己，生活才有乐趣。女儿都长大了，阿布卡恩都力送给大女儿顺大格格、毕牙二格格每人一个托里，就是大铜镜，出嫁后主管着天地的温暖和光明。身边只剩下心爱的小女儿白云格格了，怎么办呢？白云格格，非常爱自己的父亲阿布卡恩都力，不愿意远离天神，情愿一辈子侍奉阿玛，终身陪伴在阿布卡恩都

---

① 翁古玛法：满语，曾祖。

② 格格：满语，姐姐，在这里是公主的意思。

③ 沙里甘追：满语，姑娘。

④ 顺：满语，太阳。

力的身边。阿布卡恩都力格外宠爱她的小女儿，信任她，娇爱她，给她无限的权力，让她掌管着天上的聚宝宫。天上最珍贵的东西都在聚宝宫里，把它交给三女儿伊兰吉格格掌握，这是多么器重她呀。要知道掌握聚宝宫，就是掌握天上的财富和权力。所以天上的众神都敬重、喜爱美貌多姿的白云格格，她是天上很有影响的一位女神。

单说有一天，白云格格走出云宫，想要摘几朵玛瑙云，给阿布卡恩都力裁剪梅花宝帐。忽然地下传来喳喳喳的喜鹊叫声，她往下一看，嚇，这云彩上头，飞着那么多的喜鹊，上下翻飞，闹得她心烦，意乱。她摘了朵红云彩，剪了个宝云船，跳上去，划出了宫殿，想看个究竟，为啥喜鹊在下面这么喳喳喳的闹腾。她划着宝云船，划呀划，往下一看，大吃一惊，她看到脚下是白亮亮的汪洋水，又见一帮花脖喜鹊，扑棱着湿淋淋的翅膀，挣扎着飞来飞去，向青天哀叫着，累得眼看要掉进大浪里啦。

白云格格瞧见这种情景，忙呼喊着："喜鹊、喜鹊，快上我的宝船来。"

这些喜鹊一听呼喊它们，这个高兴呀，它们望见美丽的白云格格来了，真是遇到了救星，小喜鹊扑啦啦就全飞上了小船。

没等白云格格问它们是怎么回事，地下出什么事了，喜鹊们滴答着眼泪，跟三格格告状说："善良的伊兰吉格格，阿布卡恩都力要毁掉地上的欢乐，快救救下边的生命吧！我们没吃的啦，没住的啦，连块歇爪的地方都找不到啦。"

白云格格听后望望大地上滚滚翻动的白水，她又气又恨，不知这是谁干的？她想起来了，没别人，准是自己的阿玛。阿玛太专横了，怎么不体谅下头这些生灵的艰难呢！白云格格看了心里难受，于是产生同情之心。她从宝云船上，拣起几根小树枝，扔了下去，说："去吧，用小木枝絮自己的幸福窝吧。快去！"

喜鹊感激白云格格的热心肠，扇着翅膀，从宝云船上飞下来。这时候三格格往水里扔下的小树枝，在大水里一下子变成千根、万根巨树。人啊，一看这洪水里有巨树了，有大木头了，都爬过去。很快都爬到水中的绿树上，抓住这些绿树，凿成威呼[1]逃命。鸟啊，在大浪里，捡到小树枝，叼着小细枝，在高树上絮窝；虫啊，野兽啊，爬到木头上，漂

① 威呼：满语，小船。

啊，漂，漂到远处藏身。剩下的枝杈，在浅滩扎根，慢慢、慢慢变成了北方的兴安岭松林窝集[1]。

白云格格救了人，救了百兽，救了众禽，又救了各种虫，留下了生命。白云格格回到天宫，还觉不放心，惦念着地上猛涨的洪水，心想，光扔几根小树枝咋行呀！只有把地上的洪水收住了，地上的生灵才能得救。善良的白云格格，想啊想，想到掌管在自己手里的万宝匣。这是阿玛让她管的万宝匣，万宝匣有拯救地上生灵的各种宝物。她又一想，万宝匣是由她掌管，可不能随便开万宝匣呀，要开万宝匣必须经过阿布卡恩都力天神的允许。如果私开，那是违犯家法天规呀，威严的阿玛，绝不会饶恕的。白云格格狠狠心，宁愿受到阿玛的制裁，也要搭救地上的万物。可又一转念，万宝匣全锁在聚宝宫里，没有阿玛的开天钥匙，也拿不到万宝匣呀，怎么办，可把白云格格急坏了。是呀，阿玛的开天钥匙，是绝对不会给的，由他亲自掌握着，这可怎么办是好？下边洪水泛滥，生命遭殃，在这紧急的时刻，得尽快把阿玛的开天钥匙弄到手。要跟阿玛讲，阿玛绝对不会给的，这可怎么办呢？白云格格急得团团转，想来想去，想不出办法。聪明的白云格格，眼珠子转来转去，有了，她心想，何不趁阿玛睡晌觉的时候，去偷开天钥匙，也只有这一个办法了。白云格格回到天宫，一直等到晌午的时候，阿布卡恩都力果然躺下睡着了。她就悄悄的小心地来到阿玛睡觉的寝宫。

走着，走着，寝宫的石桥一下子化成一条大火龙，白云格格没有怕，昂首挺胸往里走，火龙被白云格格的一片决心压退，白云格格冲了过去。

走着，走着，寝宫的门栓一下子变成恶鬼的大嘴，利齿狼牙的想要吞吃白云格格，白云格格没有后退，她的勇猛和刚强意志把魔鬼的大嘴给镇住了。白云格格大步地钻了过去。

阿布卡恩都力每天晌午都要睡一觉，今天他睡得很实诚。阿布卡恩都力怕有其他的神侵犯他，他睡觉时有自己防范敌人的办法，谁也不能到他跟前去。什么办法呢？他睡觉的时候鼾声相当大啦，就像 99 条瀑布声汇在一起那么响，让人震耳欲聋。任何众神和其他精灵听到这声音马上被震成轻烟消散，就这么厉害。众神谁想偷偷贴近他，都会被震成轻烟死掉。白云格格是阿布卡恩都力最小的宝贝丫头、小心肝，为了使

① 窝集：满语，即密林，林海。

她永远呆在阿玛的身边，阿玛就赏给她一个镇耳珠，所以白云格格，不怕阿玛的鼾声震耳，再大的鼾声震不坏她，震不死她，可以平平安安地走到阿玛的身旁。白云格格悄悄地走到自己阿玛的身边，解下了挂在他胸口窝上的那把开天钥匙。然后，悄悄地扭身溜出了寝宫。走到外头，打开了金光夺目的聚宝宫，她头一次私进聚宝宫。进到里头是大开眼界，哎呀，那么多各式各样的宝匣呀，都闪着不同的、奇异的光亮。她望了望，找了找，愣住了，没想到聚宝宫里的宝匣是一排排、一叠叠的有三千三百三十多个。面对这些宝匣，她犯了愁，她想啊，哪个宝匣能够治住地下的洪水呢？心里想，我究竟应该打开哪个宝匣，能收尽地下的洪水呢，她又怕自己动作太慢了，再一找起来，时间长了，阿玛要是醒了怎么办。这时她又急又慌，突然，瞧见眼前两个匣子，打开用手指捻了捻，一个是金黄色，一个是黑黄色，都干刷刷的直耀眼。她心想，哎，这两个宝匣，可能有用，说不准是黄沙土呢。对，水怕土掩，快把这两匣子土撒下喀吧！她不敢再误了时辰，抱起两个万宝匣就跑出了聚宝宫。

白云格格乘上宝云船，望着地下的洪水，先打开一匣，往下一倒，只听呼隆一声，从天上，把这个宝匣里金黄色的土全都倒下去，停了停，她看地上的水不见消，这是怎么回事呢？又把另一匣黑黄黑黄的土，也哗啦啦地倒到地上。不大一会儿，她就乐了。嘿，这一倒，地下白亮亮的水，白浪滔天，马上就变样了，变成大地了。白亮的水全挤进沟壑里了，变成江河、泡子。其他地方都变成平坦的土地。白云格格由于心慌撒得不匀，有的高点，有的厚点，有的薄点，所以大地上就高一块，低一块，凹一块，就出现了一条条山丘和平地、凹地，土少的地方就变成一片平川。白云格格撒在大地上的两个万宝匣子里的土，大地可就变成了宝藏，变成沃土。一个匣子装的金黄色的土，那是黄金，把黄金撒下去了。一个匣子里的黑黄色的土，是黑油沙土，正是庄稼院里，需要的庄稼土，肥土，沃土。后来人们都说兴安岭山不陡，土质肥，就是白云格格留下的。而且，我们住的地方金子多，刨土筛沙，能得狗头金呐。北方平地，这么肥沃，都是白云格格从她阿玛的聚宝宫里偷出来的。

单说，雷、风、雹、雨四神，往地上施展神威，可是仔细瞅瞅，很惊奇，白浪已经变成黑地啦。她们赶紧禀告阿布卡恩都力。阿布卡恩都力刚睡醒，慌忙朝地下一瞅，大发脾气，一摸聚宝宫的钥匙丢了，愤怒地说："这不用说，准是伊兰吉格格干的坏事，把她给我抓回来！抓回来！她把我的宝钥匙偷走了，下边事肯定是她干的。"众神一听阿布卡恩都力下了令，赶紧去抓伊兰吉格格。

伊兰吉格格撒完土之后，也知道闯下了大祸，阿玛肯定会怪罪下来，绝不会轻易饶她，这是违犯天规、家法的大事。知道自己的阿玛，是非常严厉，绝不会善罢甘休。她心里想这可怎么办？我不能在天宫呆了，我得赶紧跑哇。天宫广阔，可往哪里躲？往哪里藏呢？她跑去哀告顺大格格，就是太阳神。顺大格格瞪着眼睛瞅着她，非常恼恨自己的小妹妹真糊涂，阿玛对你那么好，你怎么背着阿玛干这种事情，违犯天条，违犯家规，我怎么敢收留你，我不仅不能收留你，还得用我的烈火烧你。于是用太阳的光芒射她。白云格格没法办，就从大姐那逃跑了，去找毕牙二格格，让二姐宽量她，帮助她。二姐这个人非常好，疼爱小妹妹，知道小妹妹心地善良，为解救地下生灵才干出这种事。但是，毕牙二格格也惧怕阿玛的神威呀，觉得自己也保护不了她。就催促小妹妹赶紧逃吧！白云格格，眼含热泪，穿好雪白的银光衫，围上红霞披肩，勒紧黄云彩带，拴上粉云荷包，一狠心飘呀、飘，飘到大地上。三格格从天宫逃到了地上。

这时候，天上的阿布卡恩都力，得知心爱的格格私逃了，十分震怒。让雷神妈妈打着炸雷，风神妈妈刮着飓风，雹神妈妈抛着冰坨子，雨神妈妈淋着洪水，一齐追撵着白云格格。白云格格逃到哪里，雷、风、雹、雨就跑到哪儿。她正在跑着，看到地上开出了一片铃铛花，白云格格灵机一动，摘了一朵插在头上，躲在花丛里。众神找了一大阵子，只见花草，不见格格。她们只好回天宫了。

阿布卡恩都力一听，没抓到白云格格，大怒，一定要把违反天规的伊兰吉格格，给我抓回来，我一定重罚不饶。于是，又派雪神，降雪，刮寒风，冻死地上的所有花草，使白云格格没处藏身。大雪铺天盖地，树有多高雪就有多深。百花凋零了，大树上绿叶全都掉下来了。阿布卡恩都力很得意，心想，伊兰吉格格看你还往哪跑，看你还往哪藏。这回我的女儿呀，准能回到我跟前，向我请罪了，你逃不到哪去，也逃不出我的手心。谁料想，冒烟雪日日夜夜呼啸着，白云格格踪影难寻。阿布卡恩都力，看到实在没法办了，他多么喜欢自己的宝贝小丫头，自己的三姑娘，这回他就说软话了。心想，我的三格格这么倔，说啥不回来，我挺想的，所以，他心疼自己的小女儿，日日夜夜思念着。后来他实在耐不住了，就对着雪地哀求说：“伊兰甘追，伊兰甘追，你认个错，回天上吧！阿玛饶你啦，不然，你再不回来，我要一年下半年的雪，世代不变，那时候，我看你怎么办呐。”

可是，刚强、正义、善良的白云格格，想到自己是为了搭救地上的生灵，宁可尝尽地下的寒苦，也不向阿玛认错。大雪越下越猛，年年这么下，一年下半年，白云格格就在冰雪瓮子里冻着，冰着，从不说软话。雪还在下，白云格格就把自己的银光衫裹一层又一层，绕了一圈又一圈，冻呀，冻呀，最后把自己冻成一棵身穿白纱、木质洁白的树，永世长存在大地上。后人都管这种树叫白桦树。白桦树，它的皮是一层一层，就是这种白纱卷成的。那就是伊兰吉格格变成的。至今，兴安岭是年年、月月风雪不断，你若是在暴风雪中，侧耳细听，从白桦树林里还传出“不回咯！”“不回咯！”的回声哩！那就是白云格格在白桦树林里，传出千古不变的心声。

顺大格格非常懊恨自己对小妹妹的冷酷，她年年、月月用阳光融化大地上的雪；毕牙二格格怕小妹妹在地下黑夜寂寞，送下来一片片明亮的月光。白云格格变成白桦树，心还向着世上人。人们用她的躯体做爬犁辕，盖漂亮的哈什，就是仓房和苞米楼子，用她身上一层层的银衫——白桦皮，编筐织篓；夏天，过路人口渴，在树上划个小口，插根细棍，喝她胸膛里的水汁，清甜润口。

北方人家都喜爱白桦树！赞美白桦树！

白喜鹊

"查思哈，查思哈[①]，
喳呀喳呀叫个啥?"
"南山瞧见银子啦，
十三个小伙哈哈刨喀啦，
十三个喝喝姑娘背喀啦，
巴彦[②]赶着瘸驴抢喀啦!"

这是当时唱的乌春。

白脖子喜鹊为啥世世代代招人喜爱呢？传说喜鹊给人找到了银子……

很古很古的时候，天上有个石神妈妈，喜欢地上的山水，带着100个儿女，从天上下来，到了地上，住在森林茂密的大窝集里。这100个儿女，名字起得都很奇巧，哈哈济[③]们就叫虎，叫豹，叫鹿，叫兔；沙里甘追[④]们就叫雀鹰，叫画眉，叫莺哥。最小的格格叫喜鹊。兄妹里，要数喜鹊最聪明伶俐。

有一天石神妈妈在山里巡游，遇见一窝白乎乎的猪羔子，一个个短粗粗，肉墩墩，像一朵朵白云团，忽而飘向东，忽尔游到西，真叫人喜爱。天天日落的时候，石神妈妈就能看见白猪羔，哼哼哼地叫呀，闹呀，蹦呀。可是，天一亮猪羔就不见啦！

石神妈妈把100个儿女叫到跟前说："我年岁大了，你们该独立生活啦！我见到一窝猪羔，那是阿布卡恩都力送给大地的财宝，只有不怕难，能吃苦的人才能找到它。"

石神妈妈先把虎、豹、鹿、兔哥几个叫到跟前，说："你们去寻找白猪羔的窝，自己生活喀吧！"

---

① 查思哈：满语，喜鹊。
② 巴彦：满语，富，富人的意思。
③ 哈哈济：满语，男孩子。
④ 沙里甘追：满语，女孩子。

哥几个傍日落山，就到后面柳毛甸子里蹲着，等啊等，果不然，一帮小白猪羔子哼哼哼地出来啦。天一亮，就见白猪羔往西山里哼哼哼地走啦。哥四个心想：额姆真大惊小怪，几个猪羔算啥财宝，这还不容易得到？它们在后边追呀，追。追追，追饿了，哥几个脚步慢了，进到大山林里，除了山洞就是石岩。

虎阿哥说："额姆叫咱们找到猪羔的窝，谁知道得跟着追多远呐！"

豹兄弟说："是呀，追不着啦，在山洞里歇歇吧！"

几个小兄弟，听哥哥讲得有理，撵得怪累的，歇口气吧！哥几个就在山洞里歇着，睡了一宿。它们找不到猪羔，没有脸面再见额姆，从此，虎啊、豹啊、鹿啊、兔啊，就老在荒山里居住下去啦！

石神妈妈不见哥几个回来报喜，叹口气，就把身边的几个小丫头雀鹰、画眉、莺哥等姊妹叫了过来，说："好孩子，你们去寻找财宝，自己生活喀吧！"

姐几个听完，就遵着石神妈妈的嘱咐，傍日头落山，到后通柳毛甸子里蹲着，等呀，等，果然看见一帮白猪羔子出来啦。天一亮，就朝西山里哼哼哼地走啦！姐妹几个，张开翅膀，飞上了天，往下盯着白猪羔，跟着飞呀，飞。飞出老远老远，前边有座很高很大的山，雾茫茫，绿汪汪。姐几个细找，白猪羔不知去向了。姐几个在天上盘旋了十几圈，累得筋疲力尽，也没见到小猪羔的影儿。

雀鹰格格说："姐妹们哪，到山尖歇歇吧，谁知猪羔藏哪喀啦！"

画眉忙应声说："对呀，对呀，这块山景多么秀美，咱们歇歇脚吧，歇歇脚吧！"

她们几个小姊妹都同意地点点头，就在当地，歇了一宿。这四个小姊妹也没找到财宝，再也不好意思见额姆。从此，姊妹们便世世代代住在山林里啦！

石神妈妈，一连唤过 99 个儿女，都没有找到小白猪羔。一个一个孩子走了之后，也都没有回来。她的身边最后剩下最小的一个孩子，小喜鹊，小喳喳。小喳喳成天围着妈妈的身前身后，转呀，跟着，喳喳喳，喳喳喳的。石神妈妈挺喜欢小喜鹊，长的小巧伶俐，身上非常干净好看，常常扇呼着小翅膀，跑进额姆的怀里去。还说："额姆呀，格格和阿哥们都找喀啦，这回该让我找去啦！"

石神妈妈想了想，摇摇头说："小小的喳喳，喜鹊，你飞得不高，你跳得不远，连你哥哥姐姐们都没找到，你太小，娘不放心，别去啦！"

"不，不，我能找到！我能找到！"小喜鹊扇动着小翅膀，喳喳地向石神妈妈说。

石神妈妈一听非常高兴，可又格外疼爱口齿伶俐的小喜鹊，就不让去，但挨不住磨呀，只好说："那就去吧！去吧！"

石神妈妈嘴说去吧，但心里还是舍不得宝贝的小喜鹊离开自己，也怕她走了以后回不来。

小喜鹊听了石神妈妈的话以后，高兴坏了，扑棱扑棱翅膀就飞走了，飞呀，飞，飞了几天几夜。她头一次瞧见这么大的森林，只见一片古松林里有座大石山。它飞呀，飞呀，飞到大石山下，看见一个大石洞。小喜鹊落在树枝上，她等啊等，等到天黑，也没看见白猪羔。小喜鹊有耐性，一连风吹雨打，挨饿受冻，熬了 33 个白天黑夜，小喜鹊，终于等出了希望，只见从大石洞里钻出了一窝雪白雪白的小猪羔子，等到天亮，小白猪羔子又钻回洞里。小喜鹊寻思，石洞里准是小白猪羔子的窝呀，我可怎么进去呐？她仔细地瞅了瞅，这才看清，里面有两条像缸粗的大长虫，蟒蛇守住洞口呐。那蟒蛇张着大嘴，吐着红舌，看那架式，就是 1000 只喜鹊也能一口吞进它那红嘴红肚里去，阴森森，真可怕！

怎么办呢？小喜鹊想了想，有了，她扇动着小翅膀飞呀飞，飞到两个长虫头顶上面说："蛇王爷，蛇王爷，别看你那么粗，那么有力，你爬不到我这么高。"

两个大长虫一望，是只小喜鹊，嘿嘿笑啦，没瞧得起。可是，小喜鹊，总是喳呀喳呀的在上面飞。两个大长虫磨不过叽叽喳喳叫的喜鹊，长虫生气了，说："你有啥能耐？说一说，叫我们蛇爷听听。"

小喜鹊说："你们俩敢跟我玩嘎拉哈①吗？看谁赢？看谁输？"

两个长虫不懂，问："啥，嘎拉哈？"

小喜鹊掏出嘎拉哈，说："咱们比一比，扔一把都是'字'就赢，扔一把都是'蔓'就输。"

两个长虫一瞧，是一把鹿骨头，说："这个呀，谁不会！"

小喜鹊往地上一抛嘎拉哈，骨坑朝上，全是"字"，赢了。小喜鹊扇着小翅膀高兴地叫："我赢了，我赢了。"两个笨长虫，拿过来嘎拉哈，也这么一扔，都是骨坑朝下，是"蔓"全输了。小喜鹊扇动着小翅

① 嘎拉哈：满语，用猪、羊、鹿膝盖骨制的玩具。

膀，喳呀，喳呀地叫，“你输了，输了！”这时小喜鹊又看了看那两个大粗蛇笑了笑说：“蛇王爷，蛇王爷，还敢小瞧我这小喜鹊吗？”

两个笨长虫不服地说：“这算啥本事？再高的树，我们能飞上去，我们刮起了大风，山也倒，树也折呀！你要有能耐，咱们比试比试！”

两个大长虫又说：“小喜鹊，要是你比输了可怎么办呐？”

小喜鹊扇着小翅膀，喳喳喳的连蹦带叫唤：“蛇王爷爬树吧。谁能爬到树梢上去，谁就吃我喜鹊肉。”

两个长虫一听，乐了。心想，这还不容易，就往树上爬呗。两个长虫都想吞到胖胖的小喜鹊。岂知，长虫光顾往树上爬，没注意喜鹊早在自己落的树枝上吊个“马粪包①”。两个长虫刚爬到树梢，就张开大嘴咬，谁知一口把马粪包咬破了，“噗”地一下飞起黄澄澄的粉末。小喜鹊乘机把身子一缩，一个倒卷，飞进了洞里。两个长虫找不到小喜鹊，让马粪包迷了眼，呛了嗓子，分辨不出来东西南北，吧嗒嗒，吧嗒嗒从树梢上摔了下来，树杈刮烂了蛇身，死在山涧里。

聪明、伶俐的小喳喳欢欢喜喜地飞进了又黑又长的山洞里，不知转悠了多少弯，迷了多少时辰，冷丁，瞧见了亮光。仔细一看，是一条玉带般的银河映射出来的。银河滚着白亮亮的水浪，浪珠跳跃，形状很像可爱的小白猪羔。小喜鹊高兴了，一窝白猪羔原来是一江银子！可乐坏了小喳喳，就在这银河上扇动着小翅膀，唱着歌狂舞着。羽毛一下子点了几滴银河水，嘿，焦热滚烫的，小喜鹊喳喳地叫着飞出了洞。飞呀，飞，给石神妈妈报喜咯！回来一看，石神妈妈开出了一片片绿色庄田后回天宫去了，留下不少男女老少在地里播种呐。小喜鹊就落在榆树枝上，日日夜夜朝着种田人喳喳地叫：“南山瞧见银子啦，快去取咯，快去采咯！”

从此，喜鹊脖子上、肚子上被银河水染成白色，尾巴让银河水涮掉不少毛，就剩下长长的几根翎了。白脖白肚长尾巴的小喜鹊，变得更美丽，更惹人喜爱啦！她天天呼唤人们快刨银子去，所以总爱在树上高声叫个不停。喜鹊的喳喳叫，那就是在召唤人们热爱劳动，去刨银子咯！

① 马粪包：一种野生植物，成熟后用脚一踩，会喷起黄褐色的烟尘。

泼勒坤雀的故事

在北方，一到雪后，打老远的东北边，飞来成群成群的泼勒坤雀。这种小雀，全身灰褐色，脑瓜顶上还长一撮漂亮的红羽毛，很像点着红头囟儿，又像戴着小红顶子，活泼可爱。家家户户都喜欢养几只，叫起来可好听哩！小雀爱叨吃苏籽，所以，汉话叫“苏雀”或“千里红”。过去，老年人一瞧见泼勒坤雀飞来了，都高兴地说：“好啊，泼勒坤回门寻亲来哩！”泼勒坤雀为啥惹人怀念呐？这里有一个扣人心弦的古老传说。

很早很早的时候，游猎在黑龙江两岸的诸申[1]，常到冰雪盖地的极北边打鹰。那咱，讲究鹰马并重。家家养龙驹，户户藏名雕。炕上铺的，头上戴的，身上披的，没有雕翎鹰羽不上数。越在冷的地方逮雕，雕越凶猛，翎羽越显得珍贵。有的部落专靠捉雕谋生，赶着大轱辘车，携儿带女，朝北方不停脚地走啊走，在哪儿见到鹰踪雕影，就在哪儿支锅落脚。唱着乌春，吹响桦哨，在鹰达[2]摊派下开始捕雕喽！

满族先人管做这种营生的部落，叫“达敏包”，也就是“鹰家”或“鹰户”的意思。据说到了辽代，“达敏包”噩运降临啦！“达敏包”里再也听不到唱乌春了，欢乐和自由被夺走了。残暴贪婪的大辽王啊，最喜爱的珍宝，一是美女，二是名雕，逼得女真部落天天得不到安生。官家像追赶香獐子似的，派兵在密林里包剿“达敏包”。让大辽王捉住的诸申，跟喂狗一般，圈在木笼子里，年年岁岁，替辽王捉鹰雕。捕鹰人先发“鹰牌”，牌上标明鹰的种类、数额、缴鹰的期限。捕鹰发牌这天，真像过鬼门关呐！辽兵逼着诸申们头上套上猪皮囊，跪在地上爬到虎头铜箱里，摸鹰牌，谁摸到令牌就得去。大辽官府怕捉鹰的人半路逃跑，扣下他们的妻小做“人票”，缴足了鹰，“人票”才能赎回去。一道道鹰牌是一把把催命刀，不按照令牌的鹰类、额数献贡，说埋就埋，说砍就砍，妻女被侮，邪乎着呐！逼得诸申咬牙切齿，一有机会就拼死逃命。

① 诸申：在此泛指女真人。

② 达：满语，头的意思，鹰达即鹰的头领。

单说“达敏包”中，有个老鹰达，带着三个儿子和1个小女儿从虎口里逃出来。老鹰达性格倔强、刚直，别看黑龙江的霜雪洗白了他的满头黑发，兴安岭的寒风吹起了他满脸皱纹，但是他体格壮实，攀登山路比走马还快。捕鹰更在全部落闻名。他只要看看枝叶摇晃的风向，望望头上的彩云，就知道是否有鹰飞过，飞着什么鹰，盘旋在哪层云彩里，于是下好鬃丝网，学着兔鹿争食、逗架、唤群的声调，叫呀，叫呀，叫得机灵眼尖的雄鹰俯冲下来，落网啦，真是人人敬佩！

这一天，老鹰达实在憋不住了，带着三个儿子走出山林，单留下小女儿库勒坤守家补衣做饭。鸟不离山，马不离群。老鹰达牵挂着苦难的弟兄们。路上，他叮咛着孩子们，说：“光顾个人安生是畜牲，肯帮助众人才是好汉。出了山，要留神，咱们把部落的人救出来！”爷四个走着，走着，正巧，迎面林子里传出哭喊声。老人家大步赶过去，趴在老鸹眼树丛里一瞧，哎呀，正是自己部落的捕鹰手。一伙辽兵怀抱鬼头刀，几匹马上绑着哭哭啼啼的女孩，辽兵从车上扯下3个壮汉，推到河边，准备砍头，车马后边跪着男女老少，边哭边喊边烧香，给死人送行。老鹰达气得两眼冒火，再也没心思躲藏了，站起身撵过去，大喊：“兔崽子，快放下刀！”

老鹰达喊着，随手抛出一块石子，唰地飞出去，正打在辽兵快落下去的砍刀上，哐啷一声把刀打飞啦。

部落的人，见到老鹰达来了，真像乌云里见了太阳，不顾辽兵阻挡，哭喊着跑过来，围住老人。老鹰达捋着白须，摸着身边的男男女女，斥责辽王采雕使说：“我是鹰达，这是我的儿女，有账跟我老头子算吧！凭啥杀人？”

辽王采雕使，瞧见鹰达来啦，分明是自投罗网，心里很乐，怕他跑啊，忙喊：“好呀，敢躲在这里。快，给我绑上！”

老鹰达说：“绑什么？这不是来了么？”

采雕使说：“皇上宫里死了一只天雕，价值万金。一连下了百道鹰牌，从春到秋都没缴来天雕，皇上怪罪下来了。你说，咋办吧？”

老鹰达听了，心里一惊。所说的天雕哇，又叫玉爪雕。这种雕呀，是雕中的精品，凶猛矫健，善捕兔鹿，翎羽是天下奇宝。光听老辈的传闻，自己连见都没见过。据说，雷神能击死百鸟，击不着玉爪雕。因它飞起来快如闪电，真是十匹“九花虬”[1]换不了一只“玉爪”啊！这“玉爪”就这么雄健、珍贵。辽王让缴拿“玉爪”雕，这“玉爪”雕，可到哪去找啊？这比下海捉龙王还难上难呐。可是，老鹰达眼看部落要遭殃，他十分心疼，自己不能不去呀！就对采雕使说：“放了他们，我抓‘玉爪’喀！”

狡诈的采雕使不信：“你？你……”

老鹰达怒不可遏地说：“不是出人票么？缴不上‘玉爪’，我情愿砍我这把老骨头！”

部落的人，一看鹰达毅然答应去捉“玉爪”，悲伤难过，纷纷跪地哭着苦劝，说：“鹰达爷爷，你不能去呀，咱们死活在一起！”

采雕使嘿嘿奸笑，说：“有漂亮小妞吗？押上吧，哈哈……”接着，贼眼一瞪，“你去捉‘玉爪’？得押上两个人票。不然，依法从严，谁也活不了！”

老鹰达像刀剜着心，大声喊：“放人！我押上两个人票！”

采雕使偷眼观瞧，见一个个诸申，眼含泪珠，怒目剑眉，怕自己人单吃亏，又一想皇上催雕甚紧，只好如此，于是笑了笑，准了。

俗话说，十指连心呀。让哪个孩子留在辽营呢？老鹰达为难了。三个儿子跪在老头脚下，老大说：“阿玛，弟妹们年幼，我愿意留下做人票。”老二抢着说：“不，你俩体壮箭法高，跟阿玛去吧，我能吃苦，我做人票！”老三哭着说：“不，让阿浑们[2]去吧，我人小，不如做人票。”三个儿子，互争不让。部落里的人纷纷落泪，都纷纷跪下说：“让孩子们都跟去吧，我们宁愿全绑上，做人票！”

老鹰达甩动着雪白的长辫子，说：“祸福由我睛着，不许多言！老大、老二过去，让兔崽子们绑上。”老大、老二给阿玛磕了头，走过去让采雕使上绑。

采雕使愣了愣，接着向辽兵递了个眼色，辽兵扑上来，把兄弟俩绑上啦。然后，走到河边，松开马上捆着的姑娘和三个要被砍头的青年。

这时，人群呼啦拥过去，辽兵吓慌了。老鹰达趁机假装肚子疼，蹲在地上，嘴里发出“鹿群逃散”的暗号：

咴咴——咴！

---

① 九花虬：骏马的名称。

② 阿浑：满语，兄长，哥哥。

咴咴——咴！

咴咴——咴！

采雕使跟辽兵不知老头得了啥急症，吓得跑过来查看。部落里的人早懂了老鹰达的命令，但都不忍心走啊，依恋地看着老人，谁也不动。老鹰达愤怒了，向地下喊："出笼的鸟，远走高飞，入水的鱼，朝深汀里游！咴咴——咴！咴咴——咴！"

男女老少，这时像山雀子，呼啦啦东飞西散啦。等采雕使和辽兵们醒过腔来时已经晚了，一个也抓不住，早钻进树海，没影没踪啦！

老鹰达哈哈大笑。采雕使气得像疯狗，张牙舞爪拔出腰刀要劈老头。老鹰达走上去，撕开皮襟伸着脖子嚷："杀吧！你不怕断头，不要'玉爪'，就杀死我们爷四个！"

采雕使哭笑不得，砍老头吧，缴不上贡雕，辽王不饶；不杀老头，费力捉住的"达敏包"全跑光了，他气冲冲地跳上马，说："老妖精，抓不来'玉爪'先摘你两个哈哈济①的心，再把你这老鬼五马分尸！明年下雪前，必须送来'玉爪雕'！"

说完，辽兵们捆着两兄弟，护拥着采雕使，骑马走远了。兄弟俩哭唤着阿玛，连松林都忧伤地呜咽起来。

当夜，老鹰达收拾猎具，吃剩的汤肉，按照风俗撒给养育自己的山林。老三和库勒坤骑着马，老头赶着大轮车，心爱的大黄狗跟在马后，朝黄河②的上游出发了。这条黄河也叫金起里江，顺这条江一直往北走，就能到北海，这是捕鹰的好地方。老鹰达的车顺着这条河和大兴安岭陡峭的山峰一直朝北走，走着走着又向东拐去，奔向东北的亨滚河，沿着茫茫树海，白天夜里，大轱辘车，咕噜噜，咕噜噜，转个不停。

库勒坤眼泪汪汪，思念大哥和二哥，说："阿玛，蓝天没有个边，车轮子往哪转呀？大哥，二哥多咱能救出来？"

老三骑在马上，皱着眉，一声不吭。

老鹰达心事重重，姑娘问话啦，才说："打虎要找到山洞，捉鹰要找见鹰巢。咱们到你爷爷当年捕雕的地方去！"

老三和库勒坤听得高兴啦，忙说："爷爷捕雕的地方在哪呀？"

老鹰达吆喝着马，脸上愁容没啦，说："在遥远的东北边，那儿太

---

① 哈哈济：满语，小子。

② 黄河：黑龙江北岸的一条河，注入黑龙江。俄国称结雅河。

阳老挂在天上，空中有最好看的七彩神火，像美妙的仙境。你们爷爷就到那圪垯打过雕。传说，那儿有座高山叫费雅哈达[1]，太高了，白花花的，像一根根白桦树似的，顶天立地。天雕就在费雅哈达雪顶上安家。多少辈子啦，到那下网套雕的人，一伙又一伙，撂下不少尸骨。只要抓得到天雕，就装在银笼子里，进献给大辽皇上。你爷爷就死在那里。亨滚河总要流归大海，北飞的白云也会有个尽头，天雕的窝总会找到的！”

大轮车跟着白云，走呵走，晃啊晃，他们来到了亨滚河尽头，已到了极北地方。这个时候，天已经是一个颜色了，天上的七彩神火，照得地呀，山林呀，冰雪呀，人畜呀，红亮亮的像披着霞袍。太阳总是不落山，总在天上，费雅哈达，打老远望去像一棵钻进云雾里老粗老粗的白桦树，山上冰雪，年年化了冻，冻了化，像白亮亮的铠甲。老鹰达带着两个孩子在山下刨冰搭个地窨子。然后，让库勒坤小女儿守家，老鹰达带着老三和黄狗，脚蹬雪板，朝费雅哈达方向走去。在没腰深的雪上，父子俩滑过了一个山，又一个岭，遇上一堆堆尸骨，爷俩跪下祭奠酒肉，磕了头，将尸骨用雪土埋好，一连搜寻了三十多个山峰，熬过四十多个风雪夜。到了半夜，天总是明亮的，雪原雪山望得清清楚楚。他们父子俩这天来到费雅哈达的主峰，攀登到半山腰，山上坚冰像镜子，上不去啦。忽然，听到“吱由——”、“吱由——”鹰群争食的叫声，父子俩可乐坏了！天雕的窝巢找到啦！可怎么爬呐？老鹰达被折磨得四肢无力，老三在深雪里把阿玛一步一步背了回来。

第二天，老三说：“阿玛，我的鹰爪子已经长尖了，你老腿脚不济，让我去吧！我能爬上山顶！”

老鹰达躺在雪窨子里，心急如火。从来到这儿，日子已过了许多天，老大和老二还在辽营里被囚困着受苦役，交不上“玉爪雕”，就得用自己儿子的头祭刀。听老三这么一说，老人家叹口气道：“傻孩子，费雅哈达九坎十八磴，你黄嘴丫子小翅膀，说梦话哩！”

库勒坤心疼阿玛年老体衰，帮哥哥苦求，说：“阿玛病卧在炕，我库勒坤不能去，那么，就让哥哥带着黄狗去吧！不出圈的马驹子，啥时候能行千里路呀？”

老人拗不过兄妹苦求，拿出祖传的爬山用的救命锁链、鹰爪钩和鬃丝网，让儿子穿好雪板，说：“儿子呀，要格外小心，听到山上有淌水

---

[1] 费雅哈达：传说中北方有座高山，叫白桦峰。

声，那是雪崩；脚下有瓮声，那是暗涧；头上望见翻江黑云，要小心冰雹……”老人亲自给小儿子挎好箭囊、小刀、快斧，背好饽饽袋，上山啦。老鹰达亲了亲黄狗说：“黄啊，黄，好好领道，遇事早回来！”黄狗舔着老人满嘴的白胡须，摇晃着卷毛长尾，蹿进雪雾，追小主人去啦！

老三一去三天三夜，老鹰达和库勒坤朝天摆好饭桌碗筷，眼望灰蒙蒙、阴森森的费雅哈达，等呀，盼呀，风雪呜呜怪叫，野兽噢噢怒吼，鱼油灯熬干三碗啦，也不见老三回来。老鹰达坐卧不安，口里祈祷阿布卡恩都力保佑，念着念着，突然，一阵阵哀号，黄狗叼着老三的猞猁皮帽跑进门来，冲主人呜呜哭叫。老鹰达和库勒坤吓昏啦，狗叼回主人衣帽是身亡的噩耗。父女俩泣不成声。库勒坤披着皮衣说：“阿玛，你老不要伤心，让女儿去看看喀！”老鹰达哪舍得再失去一个女儿呀，挣扎起来说：“不，你要好好看家，我去！”

老鹰达收拾好行囊，蹬上雪板，说：“黄啊，黄，快带路，找我小儿子去！”老人像箭似的飞向费雅哈达，在山坡雪地里见到了小儿子僵硬的尸体。老人痛哭着，把儿子埋在山脚松树下，捡起鹰网、快斧，再也不回地窨子了，拼命往山上爬。风雪猛烈地撕扯着他的皮衣裳，憋得喘不过气来。老人凭着七十多年的经验，绕过了一道道冰墙暗涧，躲过了一回回冰塌雪崩，他用鹰爪钩卡住冰崖，一层层朝上攀，攀呀，攀呀，一直爬到七坎十六磴，眼看望到白茫茫的山顶啦，石砬子上松林里落满一堆堆鸟兽毛骨和鹰粪，山壁上露出一排排天雕洞。鹰群的叫闹声，听得很真切。老人乐啦，祖祖辈辈来费雅哈达，现在终于找到了天雕的窝巢，他想，捕雕先修路，后来人就可直上山顶。他不顾带来的饽饽吃没了，掏出斧锤凿石壁。老人的一腔热血全用在斧锤上，锤啊，凿呀，不知忙了多少天。黄狗在老人旁边可急坏了，汪汪叫着哀号着，扯着老人的皮袄把老人往后扯，往后拉，老人是拼命的凿啊，凿，终于凿出一条登天梯。老人干着，干着，口渴腹空，山腰上冰霜彻骨，最后死在悬崖上了……

库勒坤老丫头在家里等啊，等，等了几个夜晚，不见阿玛回来，就哭着沿父兄去的路往山里找去，七彩光里瞧见阿玛坐在山腰上，举斧锤凿石呐，她喊呐，也听不到声音，便顺着老人凿的石路往上跑，跑得满身汗。等走到跟前，她哭昏过去了。醒过来，又喊阿玛，阿玛，见阿玛已经冻死在悬崖上。黄狗舍不得主人，趴在老人脚下已经饿死了。库勒坤磕头，跪着痛哭，叫阿玛，阿玛不应；喊大黄，黄狗无声。姑娘哭着，眼前走过来一位身披七彩斗篷的女神，说："库勒坤，别哭啦，你们的一片赤心，感动了阿布卡恩都力，我是天上的神火格格，这满天的七彩光就是从我的宝匣放出来的！我给你一只世上最珍贵的玉爪雕，回去交鹰差吧，你会当上皇妃，金银财宝用不完。"说着，打开宝匣，宝匣里闪出一条金绳，飞上山顶要套天雕。库勒坤忙抓住神火格格的手说："格格，我什么都不要，我只想找条通向费雅哈达山顶的路！"

神火格格很吃惊，说："费雅哈达山顶高又高，可不是开玩笑，上去九死一生呀！"

库勒坤说："阿玛、阿哥为找到通山顶的路都不在啦，库勒坤要探明天雕的窝，一心要上到山顶，死也甘心乐意！"

神火格格瞧见库勒坤心坚志高，劝不了，说："唉，你实在要上去，可千万记住，山顶上有棵雪松，雕窝在雪松旁，你抓雕不可动树。我给你一株太阳梅，插头上吧，有了它，白雪刺不瞎你的双眼，再黑的冰雹云你能看清百里路！"

库勒坤高兴地接在手上，插在发髻上，拜辞了神火格格，拿着阿玛的网攀山。过了七坎十六磴，山路更难走了，正好路边长些野苏籽，干刷刷的。库勒坤采了把野苏籽，扬在冰上，边凿边朝上爬。太阳梅的七彩光，照化了冰雪，冰墙上出现了一条冰梯子。库勒坤踩着苏籽道往山上走，山上的白熊妖瞧见有人来啦，刮风啊，飞冰雹啊，库勒坤头上的太阳梅刷刷冒红光，风息了，冰雹散了，库勒坤终于到了费雅哈达的顶上。山顶上的天雕，头一次见到了人，"吱由"，"吱由"地叫着，从洞里飞出，张着大爪、金嘴、铁翅直扑库勒坤。可是，没到跟前，库勒坤头上的太阳梅闪着光，烤得雕群飞下了山，朝南飞走啦。

库勒坤高兴得竟忘了神火格格的嘱咐，太阳梅热焰熏熏，山顶上冰雪见到红光，马上融化。她抬头见到了开白花的雪松，越看越爱，手刚摸到花枝，雪枝最怕挨上人气，也马上融化啦，化成热流。费雅哈达是数百年来的冰山，遇到温热的水，呼隆隆，呼隆隆，也塌陷融化。库勒坤还没来得及下山，就被雪崩卷进冰海里……费雅哈达从此变成不高的山了。天雕喜欢在高山坚冰上歇脚，被库勒坤赶下了山，只好朝南飞，寻找高山。黑龙江、松花江、诺温江也飞来越来越多的天雕。从此，捕捉天雕不那么难啦！天雕来自亨滚河以东，满族话叫它"松昆罗"，意思是打亨滚河飞来的。汉语把它译成"海东青"。从此，海东青的名字到处传诵起来！传遍海内。

都传，亨滚河上游有个山崖，崖上有个石人很像老人凿石开路的模样，那就是追踪海东青的老鹰达；库勒坤姑娘被雪崩吞没，变成了一只泼勒坤雀，头顶的红羽毛是太阳梅花，由于她惦念大哥、二哥，总是年年南来寻亲；因她攀山时撒了苏籽，路才不滑。所以她平生最喜爱吃苏籽；又因她终于赶下天雕，使海东青容易捕捉，心里高兴，所以，唱得非常好听，那是向亲人报喜……

古拉玛珲宝石

嫩江，在早叫诺温江。在诺温江中出一种宝石，很珍贵，样子也非常好看，很像晶莹的玛瑙，在阳光下烁烁耀眼。把它镶在衣、帽、鞍鞒、刀柄、荷包上，就会烁烁发光，直耀眼睛。这种宝石能发出好几种颜色的光，好看极了，大家都叫它古拉玛珲宝石，满族话就是兔。戴上古拉玛珲宝石，象征着忠贞不渝，吉庆幸福。所以满族的青年男男女女，都想得到古拉玛珲宝石，都喜欢戴在身上。

传说，很早以前，有位长得比鲜花还俊俏的沙里甘追，名叫陶格洛是兴安贝勒的家生子①。陶格洛，因受不住凌辱和折磨，在昏黑的夜里从福晋屋的月亮窗逃出来。陶格洛起小儿伺候福晋，跪着长大，哪见过世间的高山、树林、草甸子呀，夜风如狼嗥鬼叫，举目无亲，往哪逃喀？河滩卧着一帮倒嚼的黄牛，陶格洛爬进牛群里，老黄牛温驯地贴着她，不顶她。等天亮啦，黄牛走啦。陶格洛来到一条大路旁，眼泪汪汪，急得不知往哪个方向奔好？头上，嘎嘎嘎大雁叫啦。陶格洛想，雁啊，雁，会不会是恩都力赐给我的引路神呀？对，跟着雁走吧！她望着北飞的雁群，沿着滚滚的松阿哩乌拉，拼命地逃啊，逃。贝勒的兵丁在后头撵，陶格洛两脚不闲地朝前跑啊，跑。饿啦，嚼一把苦哇哇的草，渴啦，趴在河沟咽口腥格囔的水，陶格洛不知逃出几条河套子，跑过几道白桦树通。追兵的马蹄子和狗叫声听不见啦，可是，陶格洛的两脚片子啊，让石头硌得翻胀胀的露着白骨头，像两个血萝卜。陶格洛伤心地哭啊，哭，筋疲力尽地瘫在地上。

她哭着，哭着，陶格洛就听头顶上的大雁说话啦："走喀，走喀，别歇脚，黄花甸子里去安家喀！"

陶格洛擦了擦眼泪，很觉奇怪，这时大雁抖落下来不少花翎羽毛，刮阵清风吹来不少乌拉草。陶格洛把草揉了揉，捡起羽毛，把脚裹上啦。陶格洛脚不疼了，浑身也有劲啦，爬起来，跟着雁群跑啊，跑，逃出了几百里，一直逃到开满野菊花的诺温江平原。浑身实在支撑不住

① 家生子：是奴才生的孩子，这孩子也是奴才。

啦，一头栽倒到菊花丛里……

不知过了多少时辰，陶格洛迷迷糊糊醒了过来。一看，很吃惊，自己躺在一个地窨子里，身边坐着个穿白褂半裤的哈哈[①]，正用江水给自己洗着脚，梳着头呐！陶格洛觉得这一洗，全身筋骨不疼啦，伤好啦，长发洗得乌黑闪亮，她很感激。

这时小阿哥向陶格洛说："灾难深深的陶格洛，我跟你一样，是诺温江上的独根草，你要乐意，咱俩一块在这过日子吧！"

陶格洛无依无靠，没有家呀！心里也很爱这个淳朴、热心的小阿哥。两个苦命人相遇挺亲热，于是，成了夫妻。这个小阿哥起早贪黑出去打鱼，勤快能干；陶格洛会掂掇做百样饭，温柔体贴，亲亲爱爱，小日子过得很甜蜜。

这天，陶格洛问小阿哥，"唉，额依根[②]，咱们过这么多天，怎么就看见你，咋见不到公婆、小叔、小姑们呐？怎么就你一个人呢？"

小阿哥犹豫半天，说："唉，怕你害怕，没敢告诉你。江对岸很远地方，住着一个残暴的千年雕精，害得诺温江日夜不宁。它吃掉的生灵，尸骨比江里的石头还多。我的父母、兄弟们全叫雕精抓走吃啦，就我逃到这里。陶格洛，你可记住，我不在家，不管谁来，你呀千万不要出喀！"小阿哥像还有话要说，含着泪，打鱼喀啦。

日子一天天过去。这天陶格洛在地窨子里正熟皮子，听见洞外边有哭泣声。这哭声一阵比一阵高。陶格洛的心乱得干不下去活啦。心想，在这大荒片子上，准是逃难的人碰到不幸的事啦。她心软啊，忘了丈夫的话，慌忙爬出地窨子，只见一个瞎眼睛老头在地上边哭边摸，嘴里喊着："阿布卡！阿布卡！我的拐杖摔哪喀啦？可咋回喀耶！"陶格洛忙走过来，搀起老人，说："苦命的沙克达[③]不要伤心，我帮你找。"她四处一寻摸，一根歪把蛇皮拐杖掉在草棵里啦。陶格洛高兴地说："玛法，拐杖在这呐！"她走过去拿，回头再看老头没啦，捡起来的手杖变成一条黄蛇，缠住了陶格洛。她刚喊"额——依——根——"，就被黄蛇搅起的旋风卷得没影没踪啦。

小阿哥听到呼喊，闻讯跑来，陶格洛已经不见了。小阿哥对着江水

---

① 哈哈：满语，男子。

② 额依根：满语，丈夫。

③ 沙克达：满语，老人。

哭喊着，哭喊着。原来这小阿哥，是诺温江边一只受欺凌的小白兔，陶格洛并不知道。小白兔一心要追找陶格洛，眼前的江水又宽又急，小白兔过不去。他沿着江岸上下狂跑，拼命呼唤着心爱的陶格洛，两眼窝哭出了血滴……

雕精抢来美貌如仙的陶格洛，要在魔洞里威逼成亲。陶格洛深爱着穷苦憨厚的额依根，誓死不变心。雕精说："诺温江上金银财宝任我用；诺温江上生灵的苦乐任我定；天宫神仙也比不了我。陶格洛，你答应吧！答应吧！"雕精赏她玉楼珠床，陶格洛不住，送上翡翠山珍陶格洛不稀罕，端来珍馐美筵陶格洛连瞧都不瞧。雕精火啦，把陶格洛送进冰霜洞，三天三夜后雕精一看，陶格洛的诚心把冰霜融化啦。雕精把陶格洛扔进百兽成群的血池子。血池子里有虎、豹、熊、蛇。陶格洛在池子里爬呀，爬，怪呀，这些兽和蛇都不咬她，不吃她！一只老金钱豹吧嗒、吧嗒奔过来，跟陶格洛说："陶格洛，陶格洛，你的一片诚心感动我们。唉，我们都是让雕精抓来的，都是它嘴里的菜呀！你要跑，我告诉你，雕精脖子上系个彩穗荷包，把这个宝贝弄到手吧！"

陶格洛谢过了金钱豹。黄蜂们给陶格洛送来"黄蜂针"。小雀给陶格洛叼来"老苍子"和"螯麻子"草。一切都备齐啦，她叫小妖传报：答应跟他成亲啦！

雕精一听陶格洛回心转意，高兴极了，忙把她接进宫里。陶格洛说："我呀，可以答应。不过，我做个梦，梦见大王有个宝。咱们是夫妻啦，我验验梦准不？大王若有，不给我看，我就不应允亲事。"

雕精哈哈大笑，说："好吧，我答应就是了。"

陶格洛说："我想看大王的彩穗荷包。"

雕精听后大吃一惊，半天才说："这个——没有。还是看别的宝贝吧。"

陶格洛转身就走，边说："心不诚实，还算啥夫妻？大王不给看，我情愿回血池子喀！"

雕精为难了，可又一想，反正你在我手里，逃不了，看看也无妨，忙说："行，行，给你看。这宝物太珍奇了，我修炼千年才把世间的幸福统统聚到里边的。光兴看，不能打开啊！"

陶格洛仔细看了看，认熟了，又给雕精挂在脖子上，说："行，成亲吧。"

陶格洛还回宝物，雕精更放心啦，忙叫摆好12碟12碗的酒宴。陶格洛在席上勤给雕精倒酒。雕精肚子大，贪吃，陶格洛偷偷在糖馅饽饽里，塞进了“老苍子”，净是钩刺，还带尖。雕精心里乐，狼吞虎咽，苍耳子都囫囵吞肚里了，扎得他肚子疼，捂着叫唤，躺下了。陶格洛抓出一把黄蜂针和螫麻子草，偷偷塞进雕精衣袍里。雕精肚疼难忍，又忽然浑身肿疼、奇痒，越滚越摸越邪乎，疼得眼睛冒泪睁不开。陶格洛趁他折腾打滚，悄悄把彩穗荷包从雕精脖子上解下来，拼命往外跑。

她打开彩穗荷包，说：“荷包，荷包，送我过江！”

只见荷包里飞出一条彩虹，唰地落在江上变个长桥。陶格洛恨坏了恶魔，惊喜荷包太珍贵啦，就忘了急着过江，大声说：

“荷包，荷包，烧死恶雕！
荷包，荷包，打开血池！
荷包，荷包，花开两岸！”

陶格洛喊声里，雕精让烈火烧着啦，血池里被困的昆虫、鸟、兽逃回旷野，两岸百花缤纷怒放，陶格洛乐着往桥上跑啊，她要寻找自己心爱的额依根。桥那边的小白兔，哭泣中看见江上出现一道彩桥，欣喜若狂，拼命跑啊，想过江见到陶格洛。夫妻刚刚手挨手，在桥上会面，哪知道雕精还没烧死，用爪子一抓彩桥，桥断了，陶格洛和白兔夫妻双双掉进翻滚的诺温江里……

从此，诺温江出一种红艳艳的亮宝石，很像白兔眼睛，又像陶格洛的红心。雕精夺走的人间幸福，回到了诺温江。都说，富饶的江湾可像彩穗荷包啦！

塔娜格格

清初时候，乌拉街打牲衙门里有一个西丹[①]叫阿斯哈，十几岁了，没见过阿玛一面。阿玛是个“披甲”，随龙入关了。阿斯哈跟额姆两人相依为命，日子过得很苦，天天盼，月月盼，额姆两眼都快要盼瞎啦，阿玛还是没有盼回来。

一天，一个哈番[②]带两个戈什哈[③]到家里来了，抱着一个小坛子。额姆一见坛子晕了过去，阿玛战死在准噶尔。坛子里装着一条辫子和几块骨灰。另外还捎回一封遗书，求旗下开恩，给阿斯哈补个缺，母子俩好靠粮饷度日。打牲丁里最苦最缺的名额是采珠奴。小西丹分到珠轩[④]里做了帮丁，干好了日后再转为正丁。

小西丹勤快伶俐，很快被珠轩达看中了，当了跟随。珠轩达是专管采珠的四品官，心眼挺好。他心疼阿斯哈孤儿寡母，经常赏赐点饭菜，小西丹都端回家孝敬病重的额姆。珠轩的人，没有不夸小西丹的，真是个懂得孝道的孩子。

这一年，春雪刚消，河里还淌冰块呐！珠轩达挑选了精壮的采珠奴，要出发啦。小西丹缠住珠轩达死死要去。珠轩达气得眼珠子瞪个溜圆，说：“嘿，小兔羔子，一点不懂好歹。采珠是玩嘎拉哈呀？金命银命抵不上一颗珠子。那可是玩命的差使！”小西丹眼泪吧嗒吧嗒掉，哀告说：“老玛法，珠差再险让我去喀吧！母病家贫，没银子抓药啊！”采珠是皇差，艰险苦累，从来没带个小孩下河的。珠把式叫珠轩达不能应允。可是珠轩达听了阿斯哈的话，既为难又伤心，叹口气说：“唉，可怜你孝母诚心，去吧！”

清初那咱，辉发河是闻名的采珠场。小西丹跟着采珠奴们，套好纤绳，拉着珠轩达的轿船，朝珲发河奔去，后面跟着一大串采珠威呼，装着粮肉、采珠器具，遇到河口、高山、古树，都要鸣锣、击鼓，摆上香

---

① 西丹：满语，未成年的幼丁。
② 哈番：满语，官。
③ 戈什哈：满语，亲随。
④ 珠轩：满语，打牲衙门采珠单位叫珠轩。

供，鞭炮齐鸣。因为是给皇帝采珠的，是官大一品，好个显赫威风！采珠船到了地方，先扎营盘，选好水场。船队停靠河边，搭锅支灶。烧香磕头，祭奠河神。采珠那天，更是热闹，江边点起大火堆，采珠奴全上采珠船，不管天多冷，赤身露体，半蹲跪在船上，盯着珠把式。珠把式站在船头，船顺水直下，他仔细看水流和水纹，就能知道水下藏什么蚌和蛤。突然他把长杆子往河底一插，船马上停住，采珠奴们胯下兜一块软皮，憋足一口气，按顺序一头扎进水里，到插杆地方摸捞河蚌，得了蚌蛤后跳出砭骨的河水。烤火喝酒，取取暖再下河。抓得的河蚌，全由珠把式手持尖刀，在船上当着珠轩达面开蚌取珠。采珠奴是不准水下开蚌取珠的。

珠把式在辉发河上转了三天三宿，抓上来的全是小蚌和小蛤蜊，堆了满船，连个怀珠的大蚌影儿也没见到。珠把式觉得怪，在大骠月亮底下，光望见河上飘层浮云，凭老经验，河水浮着白云彩，水下准有呼其塔蚌。传说呼其塔蚌，是千年宝。一蚌有三颗珍珠，素称“怀捧三星”。“呼其塔”，满语是“呼涂里”的转音，是鬼的意思，能变人形，有它的地方总有大雾和白云护卫。

珠把式不死心啊，饭忘了吃，觉忘了睡，在河上瞪大眼睛找啊，找，谁知找遍了辉发河，连一只带珠的蚌也没捉到。眼瞅一个多月过去了，再得不到宝珠，京师怪罪下来，不用说得不了赏赐，还得罚俸、坐笼、挨鞭子。珠把式真愁蔫巴啦，众人也垂头泄气，都怨恨不该带死爹的丧气鬼阿斯哈到船上来，说是小西丹冲了江神，打他，饿他，不准他进帐篷，撵到船上睡。

那咱，采珠都要看水打更，观察水涨水落。可谁都没心思打更，珠轩达到河边跟小西丹说：“晚上，你看水吧！”阿斯哈含着眼泪，哪懂啥看水呀，划着船，在河里漫游。夜很静，正是旧历十五，月亮又大又圆，照得河水白亮亮的，像条银河。小西丹划船绕过卧牛石，打老远望见月光下，有位身穿白纱的格格，坐在青石上，手举棒槌，“梆梆，梆梆”，正在河边洗衣裳呐！沙滩上嫩柳随风摇晃，白衣格格很美丽。他心里也挺好奇，谁说荒山老林没人家呀！小西丹触景生情，想着受苦的，想着额姆的病，眼含热泪。格格洗衣望着他，他也没理会。

第二天、第三天的月夜，河水还是亮汪汪的。小西丹划着船，顺流而下。在卧牛石旁又瞧见那位穿白纱的格格，手拿棒槌“梆梆，梆梆”，洗着衣裳。小西丹更觉纳闷，心里很钦佩格格勤快，深更半夜手还不闲地忙活儿。他望了望，不觉嘿嘿笑了两声，划起桨往下游漂去，船离洗衣裳的格格相距挺远，真奇巧，捶衣裳的水珠溅到小西丹的脸上啦！小船也怪，不知怎么就停到姑娘跟前了。嗬，格格长得美极啦，梳着插满牡丹花的两把头，两鬓垂着百珠穗，耳朵上各戴四个银光闪闪的大耳环，身披白云流光细纱，两只水汪汪大眼睛望着小西丹说："你这么小咋抛家舍业来深山采珠啊？"小西丹伤心地说："好心的姐姐，我阿玛死了，额姆病了，为挣点银子抓药啊！"格格听了一声没吭，洗着衣裳。小西丹爱干活，一见格格堆了一河滩要洗的衣裳，累得满头大汗，就舀盆水帮着格格洗起来。

一来二去，小西丹晚上常来帮格格洗衣、唠嗑，乏啦，就在船上睡觉。忽然，他被人抓起来，揉揉眼睛一看，是巡夜兵丁。珠把式急得满嘴大泡，正没处撒气，听说小西丹竟敢在看水时睡大觉，气坏了，叫人把他吊在沙滩小树上，打得两条大腿像血葫芦，疼昏过去。小西丹被囚进破草房，伤越疼越想额姆，不由伤心地哭起来。哭着，哭着，觉得有人在轻轻给他敷治伤口。小西丹借着月光，看得很清楚，正是河边洗衣裳的格格。小西丹惊喜地忙要坐起来，格格用手轻轻按住他，说："别动，还疼吗？"小西丹摸摸伤口，咦，不疼啦！格格笑着拿出一件黑缎小坎肩，说："我送你这件宝衣，下水穿上它，到辉发河 13 道河汊，数过 99 块卧牛石，能找到宝珠！"小西丹刚要细问，破屋里漆黑清冷，啥也没有啊！他想，这是做梦吧，伸手摸了摸棍伤，全好啦：枕头旁果真放一件黑缎小坎肩，缎面闪着金光。

小西丹可乐了，爬起来咚咚咚敲门，吵着找珠轩达。看守的兵卒被缠得没法，只好放他出来。小西丹三步并成两步，到了轿船，看到珠轩达一个人在舱里喝闷酒呢。珠轩达瞧见小西丹进来，不耐烦地说："去，去，养你伤吧！"

阿斯哈说："达爷，我的伤好啦。"

"哦？"珠轩达有些吃惊。

小西丹说："玛法，不用愁啦，宝珠在哪我知道啦！"

珠轩达瞪大眼睛，看了半天小西丹，拨楞着脑袋说："一派胡说！连老珠把式都没咒念啦，就凭你这奶毛没褪的愣头儿青——去！去！"

"真格的！我知宝珠在哪条河沟！"小西丹跷着脚尖，歪歪个小细脖儿说着。

"啊？"达爷高兴地一把搂过小西丹，问："在哪里？快说！"

这时珠把式走进来，皱皱着山核桃一样的脸，唉声叹气。小西丹走上去，恭恭敬敬打个“千”，说：“师傅，让我去带路，我管保能找到珠子！”

珠把式打个唉声，说：“阿斯哈，这不是要笑的事，缴不上珠差，不单你我受罚，还连累父母妻小遭殃啊！”

小西丹说：“找不到珠子，情愿替大伙受刑——要是找到了呐？”

珠轩达抬头说：“那——，按例嘉赏！”那咱有个规矩，谁给皇家采到最珍贵的东珠，甚至御赐黄马褂，披红挂彩，荣耀得很呐！

小西丹能找到宝珠，珠把式100个不信，碍着珠轩达面子，又因找不到珠子，实在无奈，只好硬着头皮同意让小西丹引路求珠。

第二天一大早，采珠船一行行，一溜溜，跟着小西丹划啊，划，一直划过12道河汊，数过98块卧牛石，小西丹让船停下。大伙一看愁啦，这哪像有珠子的地方？河水打着漩，浪像百面开山鼓，轰轰震天响。珠把式往河里插了插深杆，让旋滚的急流抛了出来。他哆哆嗦嗦倒吸口凉气，心想，水流这么急，哪会有蚌啊？小西丹这不唬人么！但船队已经开来，这个老龙口谁敢下河探宝啊？小西丹说：“不用怕！我下！”

珠把式和采珠奴们都惊奇了，忙说：“你？水流这么急，你不识水性，不想活了？”

小西丹说：“不，玛法，人是我领来的，就是火龙河我也该下！”阿斯哈早穿好小黑坎肩，大伙提心吊胆地看着河水，小西丹跳进黑乎乎的大浪里。因为穿小黑坎肩啊，水下一点儿也不觉冷，照得水底石头、水草、小嘎牙子鱼、老鳖都看得清清楚楚。咦？就是没有珠蚌。他东翻一下河石，西揪一把河草，大鱼啃他，老鳖追他，小西丹全不顾啦，找啊，找啊，摸啊，望啊，因他穿着避水衣，在水里时间长也不在乎。突然，“当！当！……”岸上的铜锣声传到水里。小西丹知道这是达爷见他不出水急啦！小西丹在水下也是心急如焚，没捉到蚌珠，咋出水交差啊？急得眼睛都红啦！忽然，看到很深的河底，有块美丽的松花石，闪闪放光。再细看，石上站着一个小人，身上罩着银子一样的白纱，向小西丹招手。小西丹仔细一瞅，原来是那位仙格格，见她用手向石下指指，就不见啦！阿斯哈走到跟前，翻开那块松花石，下边还是河卵石，什么也没有，急得他又到别处去找。

船上的珠轩达和珠把式可等不住了。往常，采珠奴到水里最长的时间，也不过半袋烟工夫。可小西丹在水里两个多时辰了，不见影儿。船上采珠人，吓毛啦，眼含泪珠，急得直跺脚，都寻思小西丹淹死了，叫水流冲跑啦！

这时，报马传书，打牲衙门接到皇上圣旨，限子时前交一等珠三颗。珠轩达一听咧着嘴，声音变哑啦。小西丹一去不返，连个尸首也没见着，误了皇家限期，只有坐牢啊！愁得他蹲在船头发呆。

就在这时，河水咕嘟咕嘟冒光，“哗啦”一声，小西丹钻出水来，怀里还抱块大石头，咕咚咚扔到船上。船上的人又惊又喜。原来，小西丹在深河里转悠一大阵子，什么也没摸着，急得冒汗要哭啦，人小又头次下水，不识珠蚌哇！游到白衣格格站过的巨石旁，反正不能空手出水呀，心一横就把松花石抱上来啦。石头一滚砸在珠轩达的朝靴上，迸了珠把式一身水。珠轩达和珠把式忘了脚疼，顾不上衣裳湿啦，猫着腰趴下赏珍宝，越看越伤心，左端详，右端详，不是蛤蜊，是块黑石头。两人腿一软，瘫在船上，哭都不是声啦！

珠把式这个气啊，恨啊，要绑小西丹。老达爷说：“绑有何用！都怨我老糊涂，轻信小兔羔子花言巧语。我有罪，鸡飞蛋打，连累众人心不安！”采珠的人个个都很懊丧，只有挺着受罚，又觉得跟头栽到小孩子手里太冤枉！这时，小西丹浑身像水鸭子，跪在船上，说：“我情愿领罪受死，只求众位父老照看一下我的额姆！”

珠轩达说：“我为珠轩达，罪实难脱，把我绑上吧！”

珠把式把自己绑上了。小西丹抱着石头走在前边，后边是珠轩达、珠把式，赶回了打牲衙门。

打牲衙门正鼓乐喧天迎接呐！老远一瞅，愣住了。珠轩达和珠把式反绑着，顶戴也摘了，再一看，走在前面的小西丹，手捧一块黑石，走过来扑噔噔跪下说：“奴才有罪，杀奴才一个人吧！”珠轩达、珠把式和采珠奴们都跪下，痛哭流涕，恳求从轻发落。

单说皇宫内务府中有个珠宝库，珠宝库中有个哈番专门鉴赏天下珠宝。他奉旨赶到乌喇取珠，瞧见小西丹抱回来一块石头。他什么宝都能认出来，唯独这块石头可是头一遭见到。他让珠轩达等人先回去听候吩咐，让衙役把石头拿进内堂。这石头很怪，总是湿漉漉的，摆在暗处直放光，用手摸摸，像手炉一般暖烘烘的。他断定，这不是一般石头！正细看着，忽然，石纹裂开，露出了一只呼其塔神蚌。壳的白光照得满屋明亮。原来，这只千年老蚌，怕露了身形，在河里用一层松花石包住外壳。蚌里有三颗明珠：一颗夜黑发光，一颗冬暖夏凉，一颗清水长流，都是无价珍宝！

内务府哈番得了宝珠，连夜护送京师。皇上赏赐小西丹一件黄马褂和金银布帛。所有采珠的人加俸二年。小西丹奏明皇帝，历代最苦的差役是采珠奴，情愿不要更多赏赐，只求不要再称“采珠奴”，得到皇帝恩准。清初以后，布特哈打牲丁中，把采珠人都称“珠户师傅”。小西丹把赏银分给了穷苦的采珠奴，余下的碎银留给额姆治病。

小西丹得了宝珠，很快名声远扬。珠把式自愿把看水的差使，让给小西丹，自己告老还乡。从此，小西丹当了最年轻的珠把式。小西丹心肠好啊，得了珠子总是偷偷赐给旗下的穷人。

宫里贪得无厌，催命似的天天要珠子。一天，京里快马来报，皇上和众妃们在珠宝宫里赏宝，三颗宝珠突然失手，掉进金盆不见了。传旨阿斯哈再进宝珠。小珠把式只好又穿上黑坎肩，带着“珠户师傅”们，到了辉发河。他下水找啊找呼其塔蚌。一连好多天也没找到。他上岸，来到芦苇滩，正巧是旧历八月十五晚上，山水格外清秀。阿斯哈坐在卧牛石上，想念仙格格，想着，想着，忽然，卧牛石下咕咚咚咕咚咚冒着水光，接着浮起一只大蚌，正是呼其塔神蚌。蚌壳微微张开，射出无数道白光。啊！白光里站着披白纱的仙格格。头插着牡丹花，还是那么美丽动人，只是两眼哭肿了，长长的眼毛上挂着泪花，伤心地说：“阿斯哈阿哥，我就是塔娜格格。我喜欢你忠厚，热情，为治母病来到荒山，同情你的遭遇，我藏在松花石里让你捉到送进了宫廷。我想念同族，更不愿锁在宫楼，所以逃了出来。可叹我们同族被采珠人捕捉，大蚌小蚌全部杀害，撵得我们无处躲，无处藏，子孙快断绝了！你不见我夜夜洗衣裳吗？那不是衣裳，是我们姊妹被刀砍棒打伤的外壳啊！”说着，热泪就像辉发河的水滔滔不断。塔娜格格又说：“阿哥啊，你挣的银子够给额姆治病啦，伴君如伴虎，何必当水鬼呢？河里寒浪险，贵人铺珠睡，珠奴的亡魂没个存身地儿！现在，皇上又让你来抓我，你把我再送进宫吧！”说着便痛哭起来。

阿斯哈更是辛酸泪落，半晌才说出话来：“不！仙格格，阿斯哈不羡慕富贵荣华，我再不采珠了，咱们到郭勒敏珊延阿林去吧！”说着他脱掉仙格格给他的小黑坎肩，交给塔娜格格。塔娜格格高兴地用手指一点，阿斯哈愣住了。小黑坎肩原来是一个蛤蜊壳，越变越长，越变越大，变成一只能日行千里的小威呼。阿斯哈和塔娜格格，背着额姆，坐上小船走啦。从此，长白山的大小河汊都盛产东珠，还出现许多部落，都说是阿斯哈的后代哩！

在松阿哩的东边，有块地方叫尼什哈河。早先年，这里古树遮天，荒蒿盖肩。附近有一片莲花泡子，到了秋天，湖水特别清，荷绿花红，水鸟在湖面上互相追赶，戏耍，真像人间仙境一般，风景美极了！

就在这块地方，在早还没有人烟的时候，有这么一个爱唱歌的山因哈哈，是个很精神强壮的小伙子，名叫恩哥，他是穷困低贱的乌津[1]。小恩哥，背着自己白发苍苍的额姆，跋山涉水，搁一个王爷家逃出来，逃到这片荒野窝集里，靠着这座山，靠着这个泡活命。恩哥年轻勤劳，老实忠厚，非常孝顺，母子俩在这里苦度岁月，相依为命。

恩哥着天每日到泡子沿打点柴火，采点菱角，在泡子边剜点柳蒿芽、山芹菜、桔梗等山野菜，拿回去抚养额姆。偶尔，有时也能套几只鹌鹑、野鸡，拿回地窨子给额姆熬汤喝。

小恩哥挺聪明，他会弹一手动听的口弦琴。把口弦琴贴到嘴上弹，弹得非常好听。白天，额姆为过日子犯愁了，小恩哥会在她身边弹琴，讨额姆欢心；有时候在泡子沿砍柴、沤麻，活干累了，坐下来掏出小口弦琴，哇哇地弹起来；夜晚的时候，侍候额姆上炕睡觉了，自己就悄悄出屋，独坐莲花泡的石岩上，对着宁静的密林、柔情的明月，把口弦琴放在嘴边，用右手指拨弄着琴弦，铿锵地弹起来。琴声清脆优美，非常好听。恩哥的喜、怒、哀、乐，都从小小的琴音中倾诉出来，弹琴如说话一样，让你感受到他的心情。这琴声忽高忽低，忽缓忽急，婉转悦耳，激扬感人，在大山林里回荡……

恩哥没有闲着的时候，不管白天黑夜，一有工夫就去侍弄荷花泡子。

这个泡子，里头长出很多荷花，煞是好看。他有时抡着割草的钐刀，割尽了泡子沿周围的荒草、荒蒿子、老豆秧子什么的。把泡子沿收拾得干干净净的，让地上长出一片片的黄花和芍药，使水面和泡子沿碧绿青青鲜花竞放。他用小斧子砍断一根根老豆秧，乱麻藤，使泡子边榆

① 乌津：满语，即奴才生下的儿子，其地位仍是奴才。

柳长得又绿又直。恩哥打死了上百条祸害水鸟、小鱼的水蛇，堵死了石砬子上的蛇洞。日子一长，莲花泡的水鸟成群，鲜花遍野，游鱼蹦出水面，浪花涌着莲蓬轻轻舞动，都感激小恩哥的一片热心。恩哥望望心爱的莲花泡，忘掉了生活的忧伤，也忘掉了疲劳，他那动听的口弦琴拨弄得更响亮了！更悦耳了。

灾难像山沟子里的风，总是不断线儿。突然，有一天，额姆病了，病得挺厉害，浑身烧得像个热火盆，饭也不吃，水也不喝，昏迷不醒，可吓坏了小恩哥，急得他趴在额姆身上又喊又哭，哭得眼泡子都肿了。他去附近找郎中[①]，可到哪去找啊，就是找到郎中了，哪有钱给老娘治病呀。眼看额姆病得这么厉害，自己却一点办法都没有，只好伤心的为额姆备料子[②]。恩哥就这样哭着、熬着，熬到第三天头上，额姆眼睛勉强睁个缝儿，拉住恩哥的手，有气无力地说："孩子，孩子，额姆，想，想喝口鱼汤。"

恩哥的心像连阴云天里望见了太阳，敞亮不少，乐得从炕上蹦下来。娘昏迷了三天，现在能说话了，想要喝鱼汤哇，你说他能不高兴吗！马上对额姆说："您老等着，我给您打鱼，马上就回来。"说完他赶紧拿起鱼网奔莲花泡子跑去。他把网甩到水里，等一个时辰又一个时辰，一连下了三次，拉上的网净是些乱草和菱角秧，连一条小鱼都没有！急得他满脸是汗，眼瞅着清汪汪的塘水，鱼群游上游下，就是不进网。你说怪不怪，急不急死人呐。恩哥换了个地方，抓把苏子面撒到网上，放进水里，等啊等，拉起网还是没有鱼。恩哥可真急坏了，心想，怎么这么倒霉呢，额姆三天不吃不喝，今天刚想喝点鱼汤，平时鱼很多今天怎么就打不上来呢？他气得没法办，就趟着没腰的水，把乌库[③]下到鱼群最多的回水窝子里，用乌库抓小鱼。鱼笼有一个特点，放在水里，鱼能进去，出不来，这是鱼家常用的捕小鱼的工具。恩哥把乌库放下去，等了一阵子，刚要起网，鱼网刚露水面，哪知让水给冲没影了。你说恩哥多倒霉吧！

恩哥急得直跺哒脚，心里牵挂着额娘，眼泪汪汪地望着莲花泡子，恨自己无能，鱼不但没打上来，网也没了，只能赶紧回家看看正在病中

---

① 郎中：满语，医生。

② 料子：就是棺材。

③ 乌库：满语，鱼笼子。

的额姆吧！想到这儿，他大步往自家的地窨子里走。心想，我真是不孝的儿子，额姆在病中要喝鱼汤，我连个小鱼都打不上来，回去可咋安慰额姆啊！他心情十分沉重，就像两个腿捆上了大石头一样迈不动步啊，一步、一步，沉重地往家里挪。忽然，飘来一股一股清香的鲜鱼汤味。他觉得怪了，哎，怎么有鱼汤味呢？他又细细地用鼻子闻闻，真有鲜鱼汤味，而且是随着风迎面而来。再一细看，这鲜鱼汤味正是打自己的地窨子里冒出来的，这是怎么回事呢？他急忙向前跑了几步，拉开自家的门，便大吃一惊。

恩哥进屋一看，额娘在炕头上端端正正地坐着，脸红扑扑的，一脸褶子全笑开了，往日的病态一点都没有了，这是他万万没想到的。额姆乐呵呵地对他说："你上哪喀啦，这么半天，还麻烦邻居大妞把鳌花送来，烹的鲜鱼汤真可口，比我咽口龙肝都香呀。"把老太太喝的这个高兴劲，还直夸大妞。

恩哥一听，觉得很稀奇，明明是连鱼鳞都没捞到一片，哪来的鳌花呀。何况，他和额姆从好远的地方逃到大荒片子，山叠山，树盘树，荒无人烟，除了他们娘俩，再没有第三个人，哪来的大妞呢？恩哥不信，直晃着脑袋。

额姆坐在炕上，还说："人家妞，真懂事呀，她夸你口弦琴弹的可好了。她说这疙瘩，在早是风雹闪电，狼嚎虎啸一个调，如今有生气了。妞长得挺秀气的，就像一朵莲花！"老太太越说越觉得挺甜蜜的。

恩哥虽然觉得挺稀奇，但是见额姆病好啦，就是大吉大利，也就没多想。这时候他心里还惦着让水冲跑的乌库和鱼网，这是个大事，丢了鱼网就等于丢了饭碗。所以他劝了劝额姆，让她好生地坐着，别着急，我赶紧去莲花泡子，还有点活没干完呢。就这样他转身告别额姆，就到莲花泡子去啦。他正愁这莲花泡子又大又深，从哪下手捞鱼网呐，抬头往前一瞅，顿时愣住了，只见一个美丽的姑娘站在莲花泡子里，正在摘着挂在鱼网上的菱角秧。这个姑娘在水里把鱼网找到了，别提他有多高兴啦。

姑娘站在月光下，穿着荷花戏水的玉色丝裙，围着绛红细纱的珠穗披肩，头上朵朵珍珠花直晃眼睛。她瞧见恩哥呆呆地望着自己，两颊绯红，不由自主地笑了，拿着鱼网向恩哥走过来，彩带上的香荷包像两只蝴蝶随身飞舞，轻轻打个"千"，说："恩哥，鱼网找到啦。额姆病好了，千喜万喜！"

恩哥接过鱼网，真是喜从天降，惊奇地问道：“走遍荒山岔岔，不知格格是哪家的？”

姑娘一听问她是哪家的，笑着说：“远说两层天，近瞅肩靠肩，邻居呗。”说完又爽朗地笑了。

恩哥左思右想，不对，又一追问，姑娘闪着大眼睛，嘿嘿笑个不停，半天才说：“傻阿哥，实不相瞒，我是莲花泡的水仙，你的琴弦打动了我的心，我天天坐在莲花上听歌，更敬佩你的勤苦耐劳，杀死水蛇，莲花宫才有欢乐和太平日子。”说到这里，姑娘低下头，红着脸说：“阿哥，别见怪，水仙甘心受人间疾苦，情愿帮你治理泡子，缝补洗涮，侍候额姆！”

美丽的水仙格格，热情、爽快的一番话，使恩哥很受感动，他犹豫了半天，说道：“这事，我得问问我的额姆。”

姑娘嘴一撇，嘿嘿乐着不见啦。恩哥没理会，扛上鱼笼子，大步流星回家了。一拉门，姑娘盘着云子髻，换了一身麻布衫，围灶坑烧火呐！见他进来，大大方方，抿嘴乐，不说话，扭身拿起斧子劈柈子，拎着柳罐打井水，活干的精熟、麻利、规整。恩哥都看呆啦！

这时，额娘醒了，问：“谁劈柴火呐？”

恩哥进屋，贴娘耳朵小声一说，额娘乐了，忙把水仙格格让进屋，说道：“你是仙家格格，穷家媳妇难当啊！照老规矩，你得做三件事，满意啦，你就是我们家的媳妇！”

第二天，水仙格格来啦，额娘对她说：“你做半碗米的饭，能填饱肚子，让娘尝尝！”姑娘点头笑笑，就出去了。老太太不放心，偷着瞅。姑娘围裙一结，挎筐上山了。不大工夫，筐里装满小根蒜、黄花、香蘑、红花根……。老太太还琢磨姑娘给做啥吃呐，门一开，热腾腾，香喷喷，端上一桌子：百合面饽饽，莲蓬粥，葱拌蘑菇，外上两碟黄花、哈什蚂酱。饭菜安排得巧，半碗米还剩了三酒盅，没难住水仙格格。

额姆说：“明个给娘做床手指肚大的褥子吧！”

姑娘想，手指肚大的褥子咋铺呀？嗯，有了。夜里，她把额姆攒的破补丁找出一笸箩，在月亮地上洗啊，剪啊，缝啊，天亮给额姆送来一床喜鹊登枝的新花褥子。额姆仔细一瞅，暗暗佩服。褥里褥面一色用手指肚大的布块，搭配七色，拼成的喜鹊，像真的一般。

额姆想难难她，就说：“娘别的不想，就想盖床水晶被子带响儿的！”姑娘点点头，就出去了。正是晌午头，挑了十桶水，烧上啦。回屋里把全家的大小旧被，里、面全拆啦，用棒槌敲啊，水盆洗，脏水倒了一盆又一盆，热水搅的土豆面，不大工夫浆出的被里像一面面水晶墙，雪白又匀称，叠得棱是棱，角是角，抖一抖哗哗响！

额姆一见非常高兴，得了巧媳妇，干净利索，啥活都拿得起来，放得下，真是打心眼里喜欢。

恩哥小两口，在泡子沿砍树开荒，养猪种田，一有空儿，恩哥弹起口弦琴，水仙伴着琴声，模仿花姿、月影、鸟飞、鱼跃跳着舞。据传，满族的"蟒式"就是水仙格格留下传开的。日子一长，尼什哈搬来的屯户多啦，男女老少，谁都得意这对勤劳、欢乐、开山斩草的小两口。姑娘们跟水仙格格学缝补浆洗的技术，后来代代传下去了。恩哥、水仙的歌声和舞姿，也越传越广，越优美。

一天，恩哥弹着琴，"咔嚓"一声沉雷，琴弦断了。恩哥一惊，瞧见水仙格格慌张跑回家背起额姆抱着孩子。这时，莲花泡里哞哞叫，接着翻江倒海似地鼓起三丈高的大浪，水一下子漾出泡子沿，地毁了，树倒了，噶珊全淹没了，人啊往山上跑，往树上爬，哭喊着争活命。

水仙含着眼泪，跟额姆和恩哥说："你我过去杀死不少害人的水蛇，现在，蛇王来了，霸占了我的莲花宫。看样子，咱们的缘分到头啦！恩哥啊，你好好侍候额姆，领孩子过日子吧！我回去战败蛇王，不然，沿岸父老要遭百年难哪。"

恩哥娘俩抱住心爱的水仙格格，伤心痛哭，谁舍得叫水仙格格离开啊！

水仙格格说："我不走不行，哪能只顾咱一家团圆，让水族受害，万民遭殃呐？恩哥，你给我弹琴助战，明天，如果我打败蛇王，正晌午洪水就消啦！你瞧见水皮上泛起黑血，是我杀死了蛇精，你把黑血埋到深坑里，别脏了莲花泡；要是你瞧见了红血，是我战死啦，你们开个渠，把我的血引到咱们开的地里喀！"

恩哥悲伤得不知说什么，刚要伸手去拽水仙格格，就听她说："记住啊，我走啦。"这时，天上一个沉雷，一道闪电，水仙格格不见了……。恩哥掏出口弦琴，"哗唧唧，哗唧唧"拼命弹起来，琴声随着雷鸣，震得天摇地动。

恩哥拼命地弹啊，弹，弹了一夜。

第二天正晌午，泡子里的水不知什么时候全消啦！连沟沟岔岔，坑壕洼地，都是干干的。恩哥和噶珊的人，不顾房子倒、庄稼淹啦，都欢天喜地喊着水仙格格的名字，朝泡子沿跑去，盼望能找到勇敢的水仙格格。

恩哥掏出口弦琴，弹了起来，琴声里，瞧见莲花泡白水翻腾，忽然，冒出一股股黑泥浆似的污血，岸上的人高兴了。恩哥的琴弹得更激昂欢快啦，大家乐着、乐着，水里一下子涌起一溜鲜红鲜红的血，像水浪里搅起百丈红纱，殷红耀眼，沿岸的人都痛哭起来。恩哥和噶珊的人，把黑血按水仙格格的嘱咐，引进挖出的深坑里埋上啦。又把殷红的血引进一片片被水淹的田地里。谁知，红血一到田地里，就放起光芒，忽然地上钻出几棵长得又粗又壮的黏谷和金苞米，籽粒格外沉实。恩哥把黏谷和金苞米籽，一粒一粒地分给全噶珊的人，拿回去种上。奇怪得很呐，很快就出苗长高了。从这以后，莲花泡四周，开出越来越多的庄田，水仙留给后人的黏谷、苞米，越种越多，越种越壮，成了家家户户喜爱的口粮。

红蛤蜊

从前，有一个忠厚善良的老人，是巴彦玛法①哈穆达家的五辈奴，干活像条牛，没人看得起。哈穆达要出门喀，老头的脊梁骨是巴彦的上马石；哈穆达要放鹰喀，老头背着酒卤褡裢，跟着马屁股，像条狗呼哧呼哧地跑。他双眼昏花，胡子雪白啦，额真②也没给说个家。

老头伤心地瞅着额真院里活蹦乱窜的羊羔子、马驹子，搂心口窝上亲啊，疼啊，多盼望自己有个家，有个哈哈济③啊！

一天，他牵着“卷毛风”和“雪花豹”④ 上西河塘饮水去，天上两只红嘴白头雁一个劲地叫唤：

“接接喀，接接喀，蛤蜊送苦孩来嘞！”

红嘴白头雁叫着叫着朝河沿飞哩。老头想，唉！一个穷酸苦命的阿哈⑤谁可怜？还会碰上这等美事？所以，他牵着牲口，照样不紧不慢地走。走着，走着，也愣啦，河边树林闪着一片片彩霞，一团团马莲蝴蝶儿飞上飞下。“哇……哇……”又听有小孩哭声，他来到山丁子树下，噢哟哟，芍药花遮着一只长毛大黑狗。黑狗正舔着孩子喂奶呐！老头做梦也没梦到这种奇事啊！黑狗见来了人扑拉扑拉毛，就不见啦。老头赶忙脱下花鼠子皮褂，把这孩子包好，乐呵呵地牵着马，把孩子抱回来了。

老头怕额真知道了怪罪，就悄悄地把孩子抱进西碾房。在风车旮旯儿找出个破笸箩当摇车，天天省口粥，省疙瘩饽饽，喂这心尖似的宝贝孩子。一些家奴，都是老头贴心的谙达⑥，也都瞒着哈穆达，你送来一捧肉干，他送来一把野果。老头干活走啦，孩子一哭一只大黑狗就跑来舔呀，喂呀，对孩子特别亲热。

---

① 巴彦玛法：满语，富翁、财主。

② 额真：满语，主人。

③ 哈哈济：满语，儿子。

④ 卷毛风、雪花豹：马名。

⑤ 阿哈：满语，即包衣阿哈，家奴、奴才。

⑥ 谙达：满语，伙计。

日子一天天过去，山上的玻璃棵子树苗长成碗口那么粗了，松阿哩江的冰排一连结了10次冻了，小孩在碾房、地窖子、马圈、草垛里滚滚爬爬，长得像十二三岁那么高了，又勤快、又懂事。老人一腔子的忧苦和泪水，一看见孩子全忘光啦。孩子心疼老人年迈体弱，白天怕额真看见，半夜里替老人挑猪食、淘黄米、劈柈子、纺麻绳。这天，小孩拿着板斧，顶着星光要去劈柴，老人拉住了悲伤地说："哈哈济啊，人大该有个名啦，你就叫谙达吧！家雀子早晚逃不出山豹子嘴，额真的鼻子比狗尖。你呀，快逃出哈穆达的门槛子吧，不能让他抓住再做六辈子奴才！"

谙达哭着跪下了，说："小狗长大该看家啦，小树长高该作房梁啦，阿玛，你养育我谙达恩情比山重，我情愿替你去受奴才苦！

不久，这个可怜的老头死了。家奴们都怕小谙达遭受哈穆达的毒手，悄声地把他藏在马槽子底下睡觉。偏赶上天下大雪，哈穆达把家奴们赶上山伐木头。谙达跑出来，也站在阿哈堆里，让哈穆达一眼看到了。他一瞅，不认识，这小孩浓眉大眼，宽厚的肩膀，像根粗墩墩的白叶杨，真招人稀罕。听说是野狗养大的，是老奴才私养的，又气又恨，嘴快撇到耳朵丫子上啦，本来有一肚子怒火，可又一寻思，毕竟多了个牛犊子，添了个干活的，就阴险地说："你白吃我家十几年黄面团子①啦，不准你再像瞎狗崽子似的乱窜，走，跟我们上山打柈子喀！"

家奴们一听说额真主人逼孩子上山，一个个咬牙切齿，暗暗咒骂。大伙脱下了"库如木"、"德和勒"② 给谙达穿。小孩瞅阿木吉③们还赤身露体，哪舍得自己穿啊，一一拜谢后，照旧穿一身没毛的破皮衫上山啦。

小孩一到山上，哈穆达主人说："狗崽子，别的活计不用你，夜里给我喂30匹马，30头牛，跟牲口睡木栏里吧！"

苍松万顷的兴安岭，暴风雪像上千把刀子乱扎，上万把锥子乱锥。天和地像阿不卡恩都力扔下的冰箱子。小谙达顶着哞哞怪叫、使人喘不过气、睁不开眼睛的风雪，给牛马添草送料。活干完啦，又饿又冷，钻进堆满羊草的木栏里睡啦。真怪，草垛里热烘烘的，浑身冒汗，连着几

---

① 黄面团子：用黄米面蒸的黏豆包。
② 库如木：满语，褂子；德和勒：满语，坎肩。
③ 阿木吉：满语，大伯、大叔。

宿都睡得很舒坦。

别看哈穆达睡在双层野猪皮帐篷里，虎皮、熊皮，垛成垛，上盖飞雪不落的貂绒被，可是，冻得像盖块枯树皮，上牙打下牙，抽筋砭骨。白天，他看谙达红扑扑的脸，乐乐呵呵满有劲。再看家奴们睡的地窨子，白刷刷的霜雪像冰窖，黄面豆包像石头蛋子。而小谙达吃的饽饽不用火烤就热呼呼的。“缶牛！缶牛[1]！难道狗崽吃仙丹啦？”到了夜里，哈穆达悄声走出帐篷，想到那偷着瞅个究竟。他没等到木栏，就见牲口圈里冒着红光像着火啦，他慌慌张张跑到近前，只见小谙达在木栏子里睡得正香！第二天半夜，哈穆达穿了一双狍子皮袜头子，在雪里走路没声，又摸到木栏跟前，看见有个黑东西止趴在小孩身边。哈穆达一惊，刺溜溜摔个跟头，一条大黑狗张牙舞爪从头上跃过去了。哈穆达吓昏啦，好歹才让护丁们搀进帐篷。

原来，小谙达睡着睡着，就觉得有人喊他，借着月亮地一瞅，眼前站着一位老太太，身披闪光的黑绒“达哈”[2]温和地对他说：“谙达，你不认识我吧？我就是变成黑狗来喂养你的蛤蜊仙。哈穆达是你的仇人，被他鞭死的奴仆像秋天的落叶没法数。你的阿玛是伐木奴才，死在这山上啦。狠心的哈穆达看你长大了，要害你。现在我得走啦，送给你一颗红蛤蜊吧，有了它，太阳永远不会离开你。”

谙达听了老太太的一番话，痛哭流涕地跪下了，说：“好心的蛤蜊妈妈，谙达感激您老人家救命的恩德。我一定要报阿玛的白骨仇！”

谙达拿起像珠子一般大小的红蛤蜊，转眼老妈妈就不见啦。他仔细端详，沉甸甸的蛤蜊壳闪着亮光，跟块小石子差不多，心想，它能报啥仇？喂完马，躺着睡不着。忽然觉得褥子底下有东西在动。他悄悄一瞅，嘿！小蛤蜊滚出来了，不一会儿，一阵“哗哗哗”的水浪声，小蛤蜊一点一点张开了，接着喷出一片红光，像太阳光一般温暖。热火苗一股一股往外喷，雪都融化啦，暖洋洋的。火苗喷着喷着，蛤蜊里长出一棵八宝树，越长越大，越长越粗。谙达看出了神，脚一动，小蛤蜊呼啦一下子合上啦，顿时火苗没啦，宝树没啦，他再仔细一瞅，红蛤蜊仍在褥子底下。他这下闹明白了，浑身不怕冷，不受冻，是红蛤蜊帮的忙。他想，应该把宝贝送给受苦的阿哈们。

---

① 缶牛：满语，奇怪。

② 达哈：满语，大衣。

天一亮他就把红蛤蜊的事告诉大家，起初都不信。夜里，谙达来到冰冷的地窨子，拿出红蛤蜊，大家围着，瞅啊，等啊，“哗哗哗”响起水浪声，蛤蜊慢慢张开缝，光芒照化了地窨子里的冰雪，温暖如春。红光里长起一棵八宝树，树枝上结出红果……

奸诈的哈穆达那夜被吓出一场大病，可是，他还惦着抓黑狗。听说小孩不但没冻死，还天天往地窨子跑，阿哈们吃上热饽饽，住上热屋啦，火堆的火没人围着烤啦。他越听越恼怒，到晚上，他就像一只饿猫似地爬到阿哈们住的地窨子外边，不敢进去，就爬到房顶上打气眼儿口朝里望。他一看就惊呆了，阿哈们正围着蛤蜊树，欢笑取暖。小谙达摘着甜果给大家吃呐！

哈穆达冷丁想起来，老萨满曾经讲过，松阿哩江上有宗宝，叫红蛤蜊，得了它，冰山开百花，雪海换绿袍。唉呀，原来红蛤蜊叫这个小狗崽子得着啦！狠心的哈穆达，在房上把干树枝点着啦，想把小谙达和阿哈们烧死。谁料想，火轰地着起来，红蛤蜊一下子变成个大石洞，把阿哈们包住啦，八宝树落下上百上千个叶子，打气眼飞出来，变成满天火雀，飞呀，飞，飞到哈穆达皮帐篷上，飞到哈穆达的木垛、栚子堆、马圈上……“噼啪啪”到处是烈火，全都烧起来了。哈穆达一瞅，自己的聚宝盆着了，他鬼哭狼嚎地叫着，突然屁股上被扎了一下子，回头一看，吓坏了，大黑狗正张嘴咬他呐！心里一着慌，长辫子挂在树枝上，滚到地下，头皮揭没了。害人精心里黑的呀，蛤蜊光一照，变成不敢见太阳的瞎豆鼠子啦！豆鼠子怕狗，钻在地里永远不敢露面。

哈穆达死啦，家奴们在松阿哩江边自由地伐木，打猎，安家立业了。红蛤蜊火烧过的山呀、岭呀、沟塘、丘冈呀，长出红托盘、红姑娘儿、红山梨①，不少野果熟了都是通红，通红的。红树、红果、红叶，很像珍奇的红蛤蜊。

---

① 红托盘、红姑娘儿、红山梨：兴安岭产的野果名。

千里寻亲

从前，在波涛滚滚的萨哈连乌拉[1]住着一对相敬相爱的夫妻，盼啊，盼啊，可就是没生下一个孩子，一直过了15个年头，饭桌上照旧是两个碗，两双筷子。

一天，男人卫根跟自己的萨尔罕[2]说："心爱的萨尔罕，我呀，要到很远的苦兀岛[3]去，做买卖喀，攒点积蓄，咱们不能靠儿子养老啦!"萨尔罕眼含泪水，伤心地咬着嘴唇点头同意了。打这以后，男人年年顶着透骨的江风，摇着沉重的大帆船，到苦兀岛上去，装走一船船的皮张、木柈、稷子米；换回来一船船的盐块、海味和鲸鱼肉……远近部落都爱这艘做买卖的船，盼它带走当地的土产，捎来新奇的日用品。

这年，男人刚装好船要扬帆远行，望见岸上妻子萨尔罕高高兴兴地走来啦，他觉得奇怪，忙放下船棹，妻子跑上了船，给丈夫打了个"千"，小声说："我一来给你送行，盼你早去早回；二来，告诉你个怪事，刚才我到刺玫果地采花脸蘑，忽然刮来一股香风，头一阵发晕，觉得身上好像怀孕了，肚子里有个东西在动，不知是福是祸?"萨尔罕的男人卫根一听又惊又喜，说："这肯定是阿布卡恩都力保佑咱们夫妻，一定是天赐贵子呀。你若是生个男孩一定给他起个名字叫勇敢的巴图鲁；你若是生个女孩一定像毕牙女神那样美貌。可惜呀，我得走啦，望你多保重，我快去快回!"说完，送下心爱的妻子，扯起篷帆，船顺流而下，很快消逝在群山烟雾里。

说来也真怪，萨尔罕回到家，就觉肚子越来越膨胀，很快生下了一个胖小子，起名叫巴图鲁。这个巴图鲁生下来就要妈妈给饭吃，会爬了就抓弓玩箭，会走了就学骑马。一转眼，萨哈连乌拉已经刮过第15场风雪啦，江水已封冻了15次，冰排下来了15次，小巴图鲁已经长到15岁啦。这小孩长得像棵红松树，粗壮有力。巴图鲁的箭法非常高强，拉开大色木弓，一箭能射穿黑熊。天上飞的大雁，在云里叫着飞过，巴图

---

① 萨哈连：满语，即黑龙江。

② 萨尔罕：满语，妻子。

③ 苦兀岛：即库页岛。

鲁往云彩射出一箭，大雁就应声掉在地上。部落里的人，没有一个不夸赞巴图鲁的，个个都钦佩小壮士巴图鲁。

一天，巴图鲁进山打猎，遇着两只老鹿领只小鹿在林里吃草。巴图鲁拉开弓，打箭壶里摸出一支快箭，他粗壮的右胳膊把弓弦嗡嗡地拉开，刚要射这只鹿，哪知道就在这时候，一只小鹿扑棱着它可爱的长耳朵，扇扇着黑眉毛，长眼睛，边叫边跑到巴图鲁跟前，前边两个小蹄一跪说："好心的巴图鲁阿哥，你射死我的阿玛、额姆，我靠谁来养大啊？放下箭吧！放下箭吧！"说着眼里扑簌簌往下滴答着眼泪。

巴图鲁看到这个情景心里怪难受的，把弓收了回去。这时小鹿又说："天上的鹰雏子千里万里跟着爹娘飞；巴图鲁阿哥光有额姆，没有阿玛，苦——兀，苦——兀。"

巴图鲁一听心里咯噔一下愣神了，正勾起了多年的心事，张嘴刚想问，小鹿早跑没影了。他无精打采地把箭装进箭壶，一步一步地走回了家。一进门来到额姆坐的北炕边，额姆正纳着"千层底"，瞅瞅儿子煞白的脸，忙问："儿啊，今个儿怎么的啦，不高兴？"

巴图鲁说："额姆，我为啥没有阿玛？"

额姆一听，愣了："孩子，谁说的？"

巴图鲁就把到山里打猎，遇到鹿的事细说了一遍，接着又说："苦难的额姆啊，你老不能瞒着我，高山火海我也要去找阿玛！"

额姆止不住眼泪，打着唉声，说："巴图鲁，你阿玛走的地方远在天边，死活不知，15年了，到哪儿去找啊？好好守家打猎吧！"

巴图鲁胸中像烧起了烈火，哪能熄灭啊！一定要去，额姆也深知儿子的禀性，知道没法阻拦，无奈地说："唉，我给蒸袋干粮，你就去吧！"

巴图鲁临走，给妈挑了十缸水，劈了十堆柈子，磨了十木槽子糜子米，说："额姆，我呀走了，最多一年，少则半年，您老人家渴了，缸里有水，冷了院子里有柴烧，饿了哈什[①]里有糜子米。你老不用惦记我，恩都力会保佑巴图鲁平安的。我呀，走啦！"

巴图鲁斜背好色木弓，带上利箭和弯刀，背上干粮要上路了，部落里男女老少，都来送行。穆昆玛法[②]，是部落里德高望重的老萨满，巴

---

① 哈什：满语，仓房。

② 穆昆玛法：本族的头领。

图鲁先跪在老穆昆面前，磕头告别。穆昆玛法从怀里掏出几样东西送给巴图鲁说：“巴图鲁我送你三件宝：一个托里①，一把筷子大的小铜叉和三粒黄米，好好带上吧！”

巴图鲁双手捧着三件宝物谢过老人，又走到哭红了双眼的额姆面前，跪地磕头。额姆搂着儿子说：“巴图鲁，把我这一绺头发带在身边，跟着萨哈连的水朝东一直走吧！”

巴图鲁拜别了部落乡亲，沿着江边山路，往东走啊，走啊，不知走了多少天，走了多少夜，走过的一座座大山像钻天的墙，穿过的红松古树像羊毛那么密厚。虽然道路遥远陌生，可是巴图鲁一心要到苦兀找阿玛，不怕苦，头不回，拼命赶路，没有道自己砍树开道。

巴图鲁边开道边往前走，突然，天空里一下子刮起一团黑风，呜呜作响，向巴图鲁扑来。巴图鲁一看，这大黑风原来是成千上万个像牛眼珠似的黄毛瞎虻、蚊子、小咬聚成的，像漫天撒下的荞麦糠，黑压压一片，就听天上的瞎虻说：“巴图鲁，巴图鲁，你往前再走一步，就吃掉你的肉，嗑碎你的骨头！”巴图鲁一看，地上树上到处都是虎狼的骷髅。巴图鲁不怕，一心想要找到自己的阿玛，瞎虻刚要往他身上蜇来，他冷丁想起穆昆玛法送给他的三粒黄米，马上掏出来往天上一撒，三粒黄米立即变成无数的黄画眉，顿时把瞎虻、蚊子、小咬全吃光了。

巴图鲁过了骷髅山，继续往前走啊，走，前边到了伯诺哈达②，天突然变冷了。满山满岭，都是冰雹和大雪，雪片子白亮亮的，冻得巴图鲁得得打战，前进的路变成了冰山、冰树。这一切都不怕，巴图鲁拼命地往山上爬啊，爬，爬着爬着又滑下来。只听大雪里有个声音说：“巴图鲁，巴图鲁，再往前走一步，冻僵你心肝肺，全身变成冰溜。”

巴图鲁想，骷髅山都过了，咋能半路回头呐？不，走！一定要到苦兀去，一定要找到我的阿玛！雪啊往巴图鲁身上扑，风啊往巴图鲁身上吹。高山像磨光的冰镜子，直上直下，明晃晃，凉瓦瓦，手一碰冻裂皮肉，直滴答血。巴图鲁冷丁想到额姆给的一绺头发，巴图鲁把娘的头发结在一起，迎风一抖，很怪，马上变成了一座弯弯曲曲的天桥，巴图鲁从桥上越过了冰雹岭。

巴图鲁继续往前走啊，走，终于走出黑龙江口，来到白雾蒙蒙的东

---

① 托里：这里指传说中能驱邪的镜子。

② 伯诺哈达：满语，冰雹岭。

海边。望不见边的海浪，连天翻滚。咋过海呀？巴图鲁喊水鸟帮帮忙，水鸟飞走了；巴图鲁请鱼虾帮帮忙，鱼虾沉到海底。巴图鲁一阵焦急，忽然走来一个穿黑坎肩、黑大衫的老太太，挎个小筐，筐里装着一个狮子狗，白毛，两眼掉着泪。老太太见了巴图鲁，笑着说："唉，漂亮的小伙子上哪喀?"

巴图鲁身上的皮衫被刮得破破烂烂，长发长须，老长时间没见着人影啦，瞧见有人来，高兴地走过去打个"千"说："参、参[1]我要过海找我的阿玛去。"

老太太眼睛转了转说："天不早喽，到我家喀吧，明儿个我儿子送你过海!"

巴图鲁很感激，跟在老人身后，走过几道山梁，进了茅草房，屋里正烀肉呐，老太太说："我灌血肠喀，你呀在炕头睡吧，可别出我的屋，外边有狼有虎，小心吃掉你!"

巴图鲁笑着点头，坐在炕沿儿边。天眼看擦黑了，点上一盏糠灯[2]。外屋烟气腾腾，冷丁，听外屋老太太跟个老头子小声说："这个生人肉，等我宰了狮子狗，你就杀他，把亲戚都接来，过个肥年!"

巴图鲁大吃一惊，顺门缝一瞅，吓了一跳，老太太早脱掉了黑大衫，全身露着鳞甲，老头全身是毛，虎嘴獠牙，明白了，这是穆昆玛法讲过的海魔王啊！心里正急，瞧见海魔王从筐里抓出狮子狗，提起尖刀要开膛，小狮子狗呜呜地哭叫着。巴图鲁心肠好，心疼这小狮子狗，急得没办法，可巧手里攥着穆昆玛法送给的小铜叉，顺手往墙上一挠扯，土房子像筛糠般乱颤悠。这是从没有过的事啊！可把海魔王吓得够呛，撂下筐，跑出去听动静，看看究竟是怎么回事，他以为来啥妖怪，推墙啦，就到处冲。

巴图鲁趁着海魔王出去，到处观察动静的时候，他到外屋把小筐提进来，抱出小狗，一急，小铜叉掉到筐里了。他忘了拿出来，赶忙把筐送回外屋锅台上，海魔王刚贴近筐，小铜叉咔啷啷响起来，越变越大，飞出筐外，扎在海魔王的脑门上。

巴图鲁一看，海魔王变成了一条两丈多长的大鲨鱼，滚在地上拍打着大尾巴。再看炕上更吃惊，炕上坐着一位年轻美丽的姑娘，身穿红色

---

① "参、参"：满语，好，问安的意思。

② 早先年北方民族用糠和麻秆儿制作的灯。

镶黄丝绸的长袍，银鼠皮的披肩，见了巴图鲁忙站起身说："多谢你救了我，我是苦兀岛国王的三格格，到海边游玩，叫妖怪抓来了。它的魔筐，说大就大，说小就小，把人装进去就变成狮子狗。海魔王用魔筐不知吃了多少渔人，全仗你给除了大害！"

鲨鱼精疼得要死，苦苦哀求："善良的巴图鲁啊，饶了我吧，今晚上我把公主和你驮到大海去。"

巴图鲁寻父心切，很高兴，把铜叉从鲨鱼身上拔出了三寸，鱼又精神了。这里离海挺远，巴图鲁力大无穷，用手薅着鱼头往海边拽。大巴掌把鱼鼻子扯得又尖又长，两只眼睛挤成黄豆粒那么大啦。两人骑在鱼背上，破浪下海，很快到了苦兀岛。

巴图鲁和公主上了岸，瞧见岛上贴着寻找公主的告示。巴图鲁把公主送进宫城，国王感激不尽。全城的百姓唱着乌春来迎接。

灯不拨不亮，话不说不明。巴图鲁和国王父女越谈越投缘，公主对巴图鲁更是又敬佩又爱慕，盼他永远住在金碧辉煌的宫殿里。可是，巴图鲁说："不，找不到阿玛，天宫的龙肝吃了也不香。"

国王叹了口气说："苦兀岛东边，有个海魔王洞，你降伏的那条老鲨鱼是妖怪的姑娘，洞里还有海里的鲨鱼精和萨哈连的鳇鱼精，凶狠残暴，魔法很高，天天兴妖作怪，害得全岛没有一天安生日子过！恩人巴图鲁，我相信，为民除害的人，天上的乌西哈①也能摘下来！"

巴图鲁连夜找到魔王洞，拿出托里，把洞口照得清清楚楚。他摘下色木弓，连发三箭，第一箭，头道洞口开了；第二箭，二道洞口开了；两个妖怪刚要喷水吞人，巴图鲁发出第三箭，射死了鲨鱼精，扎伤了鳇鱼精。他走进洞，石洞地上有块青石板，狠劲一搁开，洞里囚着无数的哈哈，合合，都是妖怪留作粮食的。巴图鲁全放了出来。他找遍了全洞，也没找见自己的阿玛，心里很难过。这时突然瞧见洞口有块石头直闪光，他走过去，搬了一下，哗啦一声石头滚开，露出一堆尸骨，都长到石头里了。尸骨旁边有一朵小黄花。巴图鲁在家打猎的时候常遇见这种花，没成想，在遥远的苦兀岛，也见到这种黄花，格外新奇。只见小黄花朝巴图鲁点着头，露出很悲伤的样子。

巴图鲁高兴了，说："花啊，花啊，这尸骨若是巴图鲁阿玛的，你就三点头！"

---

① 乌西哈：满语，星星。

小花又慢慢点了三下头。

巴图鲁难过地跪下，在尸骨上堆起一座坟，然后走出了洞，回到国王的宫殿。国王和公主非常高兴。国王在酒宴上说：“最善良、最勇敢的人，才会给黎民造福。你就是世上最善良、最勇敢的英雄。我年老了，情愿把公主许配给你，王位也传给你!”

巴图鲁执意不受，要回家去，可全岛百姓、臣民、公主都一再苦劝，巴图鲁从此做了苦兀岛的国王。在巴图鲁和公主的治理下，修渠造田，百姓富足，岛上更加美丽了。后来他把额姆也接到苦兀岛。据说，从此，鲤鱼在苦兀的江河里安了家，长鼻子，小眼睛，是巴图鲁怕它再兴风作浪，用大手给捏的。苦兀岛从此也生长起黄花，从黑龙江两岸，一直盛开到苦兀岛上……

蚕姑姑

一盘盘苏叶饽饽冒气啦，
一碗碗五花腱肉熥热啦，
一缕缕年期香①烟升上啦，
蚕姑姑骑着神驴进门啦……

祖居东海的诸申及其后世的满族人家都不忘蚕姑姑，是她老人家留给后人养柞蚕、织锦缎的技艺。听我家太奶奶常讲，很早很早以前，住在松花江、乌苏里江、辉发河沿岸的诸申们，不懂穿绸缎，祖祖辈辈稀罕使用皮货。那咱，讲究穿皮制的衣裳，除了常用的猪皮外，好喜欢用熟好的皮板绣制各式衣样。手工巧的，连鱼皮、鸟皮、蛇皮，都能用来制出各种图案的服饰。真是漂亮极了。不知又过了多少个年头，在满族人家里，才用上了麻布。那么，啥时候有了柞蚕丝呐？

相传，是一位终生勤苦的蚕姑姑，最先留下来的。

蚕姑姑，姓甚名谁，谁也不知道。她娘家是哪圪垯的人，更不清楚。据说，在乌苏里乌拉中下游的南岸，有个靠山林盖了片半穴房室的噶珊②。屯里丁户不多，主要以打猎、养猪、种米谷过日子。有一家主人是个昂阿西③老太太。昂阿西的儿子出兵死在辽水，留下个年轻、贤慧的媳妇，跟婆母度日。婆婆刁蛮，偏心狠毒。儿子一死，一肚子怒火，成天跟一声不响的儿媳发泄。痛骂媳妇是“丧门星”，“妨夫鬼”。一天天不给饱饭吃，不给皮衣服穿，撵进东厢房，跟一屋鸡鸭睡一个炕上。儿子的骨尸罐子，埋在后园里，媳妇得一天三叩首，三炉香。婆婆只要说她心不诚、情不真，就得在星星底下跪上一宿。家里小姑、小叔一大帮，数她活儿最多最脏最累。着天每日，侍奉了婆母，还得侍奉小

---

① 年期香：即安春香，可称安息香。生长山崖处，高一尺许，叶似柳叶而小，味香，晒干后磨制成绿面状，供祭祀时燃用。

② 噶珊：满语，村子。

③ 昂阿西：满语，寡妇。

姑、小叔们。婆婆有半点不遂心，就用火盆里烧红的铁筷子[1]，乱扎乱挑，刺得她浑身淌血冒脓。

一天，媳妇想到伤心处，偷偷擦眼泪。这可惹下塌天大祸啦！婆婆骂道："妨夫鬼！丧门星！你还要坏心哭死谁?"逼她跪在地当央，又把一盆新从灶坑扒来的红火炭，抽冷子扬到她身上，长长的乌发，粉红的脸，都烧焦啦。她周身是火，疼得满地打滚，昏了过去。小姑和小叔们，扯着她的腿给扔进后园的猪圈旁了。一天多了，她才醒过来，爬呀，爬，爬进老母猪窝里。母猪带一窝猪羔子，很怪，见了她不叫也不咬，一个劲往她身上拱着谷草。日子一天天熬着，婆婆不来瞧她，也不召唤她。她只好睡在猪窝里，饿啦，渴啦，爬过去咽几口猪食，吞几口泔水。她两脚烫坏，走路踮踮脚。小姑小叔看见了，喊她"猪妞"。婆婆见她能动了，恶狠狠地说："喀！喀！打今儿个起你不准再进我们家门坎，骑着瘸驴上山捋猪菜喀！烀猪食，喂猪！"

打这以后，猪妞着天牵着小瘸驴去前沟后坡剜猪菜。她到了山里，心敞亮多啦，把花草虫鸟当成自己的亲姐妹。虫鸟鸣唱，百花吐艳，猪妞才有了笑容。她把内心的忧愁和苦辛向它们倾诉。花草见她点头，蝴蝶围着她飞舞，山风刮倒了小树，她扶起来培好土；害虫嗑了树皮，她用嫩草给包裹好；江水冲刷了岸边花草，她堆起土堤挡住洪水。一天，忽然热风骤起，一阵红腾腾的山火，从山上滚来，浓烟遮天，两人多高的火头呜呜怪叫。眼看大火要烧到南山的一片玻璃棵子树[2]，鸟雀惊飞，鹿、兔奔逃。猪妞不顾大火，跑了过去，用剜野菜的铁铲开出一条宽宽的防火道。山火熄灭了。葱茏繁茂的玻璃棵子树，躲过了灾难。

隔了两夜，她正切着猪食菜，一抬头，瞧见屋角站着一位青衣姑娘，头梳横髻，插着银簪和鲜花，两耳银环闪闪放光，清秀美丽！她走过来慢声说："苦命的额云[3]，我是金钱蛾变的，感激你在大火中救了我们家，也心疼你日夜受苦受罪，没啥报答你的，你呀到南山采点金蛋子，做身绣龙纱，别老披破猪皮啦！"

青衣姑娘的话，猪妞听了不敢相信，自古吃肉穿皮，哪听过有啥绣龙纱呀！青衣姑娘怕她不去，又嘱咐几句，就走啦。猪妞干活累得两眼

① 铁筷子：北方住家取暖都用火盆，为拨火方便，放有铁条，称铁筷子。
② 玻璃棵子树：即柞树。
③ 额云：满语，姐姐。

冒金星，对青衣姑娘说的话也没在意。后来她寻思，反正明个天亮也得上山去，顺便找找金蛋子吧。

猪妞在草里睡到大毛楞星刚落，天擦黑擦黑的呐，就牵着瘸驴奔南山喀啦。到山里挖呀，采呀，在黄玻璃棵子树林里，在榛柴蒿草里，寻摸一阵子，光采了些猎草，也没瞧见啥金蛋子。她东捋一把草，西捋一把蒿，塞满菜筐，驮到驴背上，回来全倒在猪食缸里了。缸渐渐满了，就舀进锅里烀上啦。烀呀、烀呀，猪妞闻到猪棚里清香扑鼻的味，跟往常不一样，觉得挺怪，就拿勺往外舀，沉甸甸舀不动，只好拣了根木棒搅，嘿，锅里净是亮晶晶的细丝。猪妞觉得挺新奇，就一连用了几根木棒，搅出不少漂亮的丝来。

猪妞瞅着丝正发愣，只见那个青衣姑娘站在她跟前，帮她理木棍上的细丝呐，缠好后，又给她晾晒。从此，青衣姑娘总来猪棚，教她熬茧搅丝，织纱、缎。猪妞手巧，很快织出了又长又美的绣龙纱。

单说，噶珊里突然闹起瘟疫，人病倒啦，牲畜死啦。穆昆达领着全屯老少，在神树下杀猪宰羊，祭鬼神。萨满击着神鼓，挥着神叉，驱赶着恶魔，为族人祈祷平安吉利。猪妞喂完猪，听到鼓声，偷偷跑到门口观看。婆婆不让动啊，所以，她打院墙障子空隙朝外瞅，看得正入神，不巧，婆婆从后院小门过来，瞧见一个披着亮衫的人。她从没见过这个打扮呀！吓得一哆嗦，仔细一瞧是猪妞，跑过去薅着她头发扯进猪棚，再瞧猪棚里地上炕上，墙上棚上，挂着一串串茧丝，气得她跺着脚，疯子一般大吵大喊："咳哟哟，天哪！山神玛法佛珠，你胆敢毁坏糟踏。噶珊闹瘟疫，是你这孽种惹下的祸端呀！穆昆达知道，打死你没人替你掉眼泪，还要连累我们孤儿寡母啊！阿布卡恩都力呀，惩罚她一个人吧！"

婆母不敢隐瞒，连打带踹地把猪妞拉到屯外人堆里。婆婆跪在地上哭诉，噶珊的人们，被瘟疫折磨得胆战心惊，瞧着猪妞一身打扮，明白了，像翻江水一齐涌向猪妞，踢呀，打呀，噶珊里的一切忧伤悲苦都像是猪妞带来的。穆昆达怒目横眉地叫人把她捆上，吊在神树前，七天七夜不准给水给饭，让威严的日神晒死她，让呼叫的风神吹干巴她，让天上的鸦群啄光她……穆昆达领着噶珊的人们，虔诚地跪了满地，可怜的猪妞紧闭着眼睛，人事不知了。穆昆达敬了酒，上了香，说："阿布卡恩都力呀，主宰山河的众神呀，宽恕苦难的噶珊吧，我们把惹下罪孽的寡妇吊上啦，用她的魂灵，换来人畜安宁吧！"说完，噶珊的人，人人喝一口神坛里的猪血酒，剩下的泼到猪妞一身一脸，意思让神把罪人领走，然后，人们才各自回家。

可是，很怪，第二天噶珊的人到神树前一看，猪妞和吊她的杆子全没啦，地上连个土坑也找不到了。噶珊的人乐了，都纷纷传告，恩都力把罪人领去了……

其实呀，是这么回事，那天猪妞不是被吊到杆子上吗！半夜时冷风把猪妞吹醒，心想咋能吊这里等死呢？拼命挣啊，晃啊，从杆子上摔下来，她忍着疼爬呀，爬，往远处爬，爬一爬又一想，噶珊的人会来抓我的。不能，我不能这样走啊。于是，她又爬回来了，把吊杆给推倒了，坑填好，拖着杆子慢慢地爬进了她喜爱的南山。天快亮了，她才到了南山玻璃棵树林里，靠着吃草吃野果舔露水珠儿过日子，就悄悄在林子里生活起来。那个青衣姑娘教过她熬茧做丝缎呀，自己没穿的就穿丝制衣裳。有一天，小瘸驴上南山吃草，见了她，跑过来，猪妞骑着瘸驴从此离开了南山，到处走啊走，诸申开始不敢收留她，不敢学着熬蚕茧，日子长啦，见猪妞心肠好，挺热心，看她穿丝缎比皮子好，又柔软，又轻便，人们越来越喜欢猪妞啦。于是老人们唱起了乌春：

天上最美的噢咿嘞——白云，参！参！
胯下最美的噢咿嘞——金鞍，参！参！
炕边最亲的噢咿嘞——火盆，参！参！
身上最阔的噢咿嘞——丝裙，参！参！

猪妞的柞蚕技艺很快传开啦。这时候，她已经是头发斑白，大伙都称她蚕姑姑。

一年，大辽王下了文告，选黄罗绣女。皇上有重赏。可是文告传遍许多噶珊，也没选着黄罗绣女。辽王很暴虐，诸申家里的女子都不敢进宫，怕被糟蹋害死，辽王大怒，传旨，再选不出来，逢女杀女，逢寨灭寨。这样一来，诸申们一个个忧愁啼哭。这天，辽王正在宫中等着传报，忽然，打南边来一个骑小瘸驴的老婆子，要见辽王。辽王很奇怪，忙叫刀斧手站好，把老太婆叫进来。

老太婆一点没有惧色，对辽王说："皇上不是要选黄罗绣女吗？只有我老婆子能做。但是我有一个条件，你要答应，让我织多少都成，得先放出牢里关押的所有诸申！"

辽王要选年轻的美女织锦缎，一见是个满脸皱纹的老婆子，满心不高兴，不痛快，想轰出去。可又急用锦缎，为母后庆寿，时间很近啦，只好问：“给我织330匹黄罗纱，三天为限，敢承担吗？”

蚕姑姑说：“皇上放心吧，织不出来，任杀任剐好啦！”

于是，辽王把关押的诸申全放啦。三天三夜，蚕姑姑果然织出了足足330匹黄罗纱。每匹纱各有一个图案，有蝙蝠、凤凰、喜鹊、牡丹、芍药……活像百兽奇花藏在薄纱里，跟真的一般，光彩夺目！天下奇珍。

辽王大吃一惊，没想到在乌苏里乌拉竟有这样的巧手！忙下旨，把蚕姑姑留在宫里，专为皇家织锦。蚕姑姑笑了笑，骑上小癞驴就走了。辽王大怒，心想，漂亮的锦缎只能帝王穿，卑贱的诸申哪配穿用呐！忙把身边侍臣叫过来，说：“杀了老妖婆，不能让她的技艺传出去！”

侍卫们急忙去追抓蚕姑姑，像群恶狼扑过来，蒙上蚕姑姑两只眼睛，堵住了嘴，并把她绑在驴背上，在驴尾巴上，拴着大草把，用火点着，往驴屁股上猛砍三斧。癞驴又惊又疼，顺着山道往南山里跑去，越跑，尾巴上的火把越烧，疼得驴不敢站下，拼命跑呀，一下子跌进陡崖下的乌苏里乌拉的波涛汹涌的江水里……

从此，蚕姑姑再也不见啦。辽王死后，都说他变成一只圆球子鸟，黑毛挺短，一到初冬冻得直打颤，转着磨磨哀叫：“姑姑我有罪！”“姑姑我有罪！”它好吃柞蚕，人们下套子，放箭杀它，燎它的毛，吃它的肉。也都说，蚕姑姑没有死，成了一位骑着驴、巡山护蚕的蚕神，帮助各家各户蚕业兴旺。养蚕人家，都感激蚕姑姑留下养山蚕的技艺，心疼她遭一辈子苦，对她的恩德念念不忘。每当大伙放完了秋蚕，家家都要备好酒菜，点着年期香，都心诚的接蚕姑姑回家吃喜，寄托着无限的哀思。

过春节，满族家家户户有包饺子、蒸饽饽的习惯。一过小年，各家互相请着包饺子，帮完东家忙西家，欢乐和睦，热热闹闹，一直忙活到三十。包好的冻饺子，存放在哈什里，现吃现煮。蒸好的饽饽也冻上装好，吃时重上屉。饺子分各式各样的馅。饽饽的名堂可多哩，苏叶、荷叶、澄沙、蜜果……有带馅的，有不带馅的，有的做成金山形、观音形、牡丹形，有的做成像虫、像鸟、像鱼等各种动物的形状，五颜六色，可好看了。那真是色味香形，都别具风味！

那么，蒸饽饽、包冻饺子的风习，是啥时候留下来的呢？

据传，唐朝初年，漠北地方部落蜂起。北从安出虎，南到郭勒敏珊延阿林这块几千里的窝集里，老辈人讲是“库伦”[1]上百，达爷（头领）成千，互相间大鱼吃小鱼，小鱼吃虾米，烧杀争掠，年年不息。胜者为王，败者为奴，血流遍地。苦难的诸申啊，着天没有安顿日子过，像风卷荒蒿，吹到东，飘到西，人心散啦！

偏偏有一年，因为荒山尸骨多，在松阿哩江的上游闹起了虎患。听说，那虎啊大得很！从头到尾三庹多长，一人来高，肉墩墩的大爪子咕哧咕哧地砸在硬雪瓮子里，像刨出来的一排排深坑。风呜呜一响，很少瞧见孤虎，都成群结队，山梁子一下子就让红嘴黄毛亮眼睛盖住啦，黄乎乎一片，互相争食撕咬。虎啸声传出十几里，震天动地。牛马羊祸害光啦，闹得噶珊里家家紧顶门窗，烧香磕头，祈祷阿林玛法[2]保佑平安。

在阿克敦城，诸申里有个天不怕、地不怕的青年，起小儿是喝熊胆、吃虎奶长大的，力大惊人。他双手扯住顶架的犍牛尾巴，拽得犍牛朝后直倒退。他叫阿克占巴图鲁，噶珊的长辈们喜欢他有出息，能当部落的好头雁，在祖宗神桌前烧香磕头，推举他做了布特哈达[3]。

阿克占巴图鲁这个人，勤勉耐劳，尊老爱幼。部落间有了纠纷，他

---

① 库伦：部落。

② 阿林玛法：即山神爷。

③ 布特哈达：满语，打猎首领。

扶持弱小，公正待人，他很快把四邻噶珊联合起来，使仇人变成亲家，抱成团亲如一家。年年猎获的野味均分有余，又炼铁铸犁，开出一块块庄稼地，拥有大块良田。

有一天，阿克占巴图鲁请来噶珊尊敬的玛法们，说："我天天看见一群群野猪从西南逃来，如有野猪，必有虎患。我呀打算朝东南方向出去看看喀。噶珊的事，全托咐玛法和兄弟们照看啦！"

众玛法们说："你的想法好，谁能不同意呐！你自己可要格外小心，郭勒敏珊延阿林里，他斯哈[①]闹得凶呀！"

阿克占巴图鲁笑着说："您老放心吧，我记住了。"

第二天清早，阿克占巴图鲁把弓箭一背，告别了噶珊的人，顺着鹿蹄子印，踏着深雪，朝西南深山里奔去了。走啊，走，走了好多天，瞧见了白雪皑皑的郭勒敏珊延阿林。心里很奇怪，听说闹虎患，一路上咋一只虎也没遇到呐？他想着，来到了一条冰河边。天挺黑啦，雪大天冷，加上长途行走，又累又饿，寻思得找点吃的。找了半天，好歹瞧见不远的地方是个屯堡。有六七户泥草抹的马架子，冷冷清清，一点动静都没有。不过他心里挺乐，总算有了人家啦，就大步走进院子里叫门。怪啦，一连叫了几家，家家门窗紧闭，屋里没人答应。又到了一家，叫了半天，里边也不吱声。肚子饿得咕咕叫，咋办呢？寻思寻思，有办法了，就大声说："喂，降伏他斯哈的人来啦，开门来！开门来！"

各户一听说有降虎的人，可乐坏啦。有一家大着胆子，咔楞楞一声把门打开啦，把阿克占巴图鲁让进了西屋。噶珊达听到信儿，也跑来了。只见阿克占巴图鲁身材魁梧，一表人才，身披豹皮褂，腰系虎皮长裙，头上戴一顶虎头绒帽，帽上插着三根东青翎，左耳戴着玉耳环。那咱，最出色的猎达才有头插三根东青翎的装饰。噶珊达格外敬重，知道此人不凡。可是，一想到虎患，皱了皱眉头，问道："你们几个人？"

阿克占巴图鲁笑了笑，反问道："难道来上百只绵羊你能高兴么？"

一句话，把噶珊达问得哈哈大笑起来。

阿克占巴图鲁接着说："俗话说，群虎难伏。噶珊的人为啥要自守门窗，互不帮助，难道我们还赶不上他斯哈聪明？别看伏虎的人就来我一个，全噶珊的人都像争逃的野鸡，不同心虎患平不了！"

---

① 他斯哈：满语，虎。

一席话，使噶珊的人更敬佩他了，忙杀猪宰羊，烧香祭祖。吃完了酒菜，阿克占巴图鲁被推举做了噶珊达。

这时“呜——呜——”一声虎叫，噶珊的人又乱啦，逃的逃，藏的藏。阿克占巴图鲁大声喊道：“阿布卡恩都力授给我尊严的权力，众人推选我做了达，勇者受赏，逃者受枷。”说着，把神箱里的枷棍拿了出来。院里马上静了。阿克占巴图鲁把噶珊里的人分配得很妥当，有的放箭，有的吹螺号，有的守护老幼子侄。他拿出弓箭，走出院外，站在最前头。

螺号“呜呜”响，四处点起烽火。虎群突然听见惊天动地的喊叫声、螺号声，四散惊逃。阿克占巴图鲁瞅见一只吓惊的老虎，蹿进院里，冲向挤着儿童妇女的苞米楼。苞米楼上的妇女们哭叫着。猛虎两爪刚一攀，要蹿进去，他嗖的一箭正射穿虎的左肋骨，扎进虎心，老虎“嗷”地一声惨叫，摔死在地上。还有几只老虎，瞧见到处是人，火光不断，东冲西闯也不行啦，只能“呜呜”叫着趴在地上，扫着尾巴不敢动。噶珊的人，恨坏了这些恶虎，乱箭像雨点似的，把老虎都活活射死了！

虎患一除，男女老少，唱啊，跳啊，载歌载舞，人人高兴。

阿克占巴图鲁让大家在院里剥虎皮，开膛，卸肉。正好，这天是旧历腊月三十晚上，男男女女，和面的和面，剁馅的剁馅，大伙儿动手用面包虎肉，煮上，围着火堆，欢天喜地地吃起来。大家把这饭叫“同心饽饽”。

阿克占巴图鲁又让噶珊的人找来33张虎皮，33车谷草，照着老虎张牙舞爪的姿态，缝成个比骏马还高的一只假虎。虎皮里头塞上谷草，虎胸里蹲着三个壮士拿着牛角号，老虎嘴里塞着夜光木，四个大虎爪子上安着木轱辘。阿克占巴图鲁领着勇士，推着虎车，进了山里，哪里有虎群就往哪里推。牛角号声，人喊声，惊得鸟高飞，兽乱逃。虎群遇见啦，都吓坏啦，世上哪有这么高、这么大的虎啊，真像虎神爷爷来啦！老虎哪见过，能不怕么！虎群望影而逃，一直逃过了纳音毕拉①。

从此，噶珊里没有虎患啦。附近不少大小部落，都感激阿克占巴图鲁的机智勇敢，驱虎有功，纷纷归服，很快这一带地方也就统一了，建

① 纳音毕拉：满语，即纳音河。

起了阿克敦库伦①。

后来，诸申们为纪念阿克占巴图鲁给这一片土地带来的和平、安乐，每逢旧历腊月三十，阖族欢聚一起，吃“同心饽饽”，一直传下来。随着长期流传，面食式样越来越多。

① 阿克敦库伦：即阿克敦部落。

马为啥吃大蚂哈鱼

传说，清康熙年间，老毛子屡次派兵侵扰黑龙江一带，霸占了江北的雅克萨城，奸淫烧杀，无恶不作。这伙强盗还经常顺江而下，抢夺粮食、人、畜。沿江的黎民百姓啊，可遭老鼻子罪啦，死的死，逃的逃，呼天喊地的。

大清国打盛京、宁古塔、吉林，一连气发出几千兵马，你想，那阵子，打宁古塔到爱辉城一千多里地，到处是黑森森的树木狼林，野兽多，还有不老少百里连成片的塔头甸子，常年淤积，泥水又红又臭，人马陷进去，越踩越深，能活活把人、畜憋死，臭水溅到身上，若再叫虫蚊一咬，生了疮，人、马都要皮破肉烂，化脓一片片的。

抗击罗刹[①]的队伍啊，在这样山林、河流纵横的路上北征，不易啊！搬运粮食十分困难，运输队有时一天挪不出二里半路。山对山，岭看岭，前方急着盼军需都盼红了眼，人吃马喂的，要粮食啊，就是干搓手等不来，你说急死人不？

那咱，大清国军队士气很高，各路兵马有的是水师、有的是马队，很快要包围雅克萨了。附近住着的达斡尔、索伦、鄂伦春、满族、汉族等各族的百姓，早都恨死了这帮野兽强盗，盼着朝廷派来军队尽早收拾这帮吃人的罗刹。大家有力的出力，有人的出人，有的还抓来了几个毛子俘虏，有的帮助探军情，心可齐啦！毛子兵吓得胆战心惊。嘿！大清兵马驻满了黑龙江沿岸，兴安岭上，灯笼火把，军旗帐篷望不到边。偏偏在这紧要关头，几千军马的粮草，眼看就要吃光啦，后边的运粮兵还没影呢！军马连着十来天没吃的，扑噔扑噔栽到地上死了，人也饿得吃树叶子、野菜，浮肿了，腿软得像棉花团儿，站不起来，爬不动。领兵的萨布素将军可急坏啦，人还可以打野兽，采野菜，等着粮食运上来；可是成千匹的马呐？战斗正急，人不解甲，马不离鞍，咋能撒开马让它到处去啃青草呐？何况到处是老林子，也没那么多青草地啊！逼得无奈，大家一合计，对，写黄表吧，祭告阿布卡恩都力，保佑正义之师，

① 罗刹：即俄国侵略者。

人马平安，旗开得胜！于是，就刷刷写几道黄表，还盖上了大清国的大印，杀了猪，祭了天，在江上烧啦。

单说，阿布卡恩都力得了黄表，知道是黑龙江上的旗民百姓遭了难，就马上派了喜鹊神通报东海龙王，让他当夜借给清军万石粮！东海龙王接了旨，可急坏了，上哪弄粮啊？急啊，急，突然，想到，有了！正巧，龙王正在派鱼兵虾将造海底龙宫。地上堆不少碎木板、乱木屑，就划拉划拉全给推到黑龙江里了，让成千成万块木屑变成了大蚂哈鱼，又命江里神将们用神鞭，噼噼啪啪岸上赶。大蚂哈鱼呀，被打得身上红一道、紫一道的，顶着水游到呼玛河，疼得往岸上蹦。

正是秋八月，你说怪不怪，就听黑龙江白浪翻翻，哞哞哞山响，江水像开了锅似的往岸上涌，只见浪里游来数不清的大蚂哈鱼，探探着尖头，摇着尾巴，噼噼啪啪往岸上蹦啊，不大一会儿，凡是大军驻扎的营盘地，几十里地长的江岸上，到处都是活蹦乱跳的大蚂哈鱼，一条条足有十六七斤重，可肥哩！征罗刹的各族将士可乐坏了，拼命地往营盘抬啊，背啊，抱啊，运也运不完。喝！这鱼不仅人爱吃，马也抢着吃。人强马壮，清兵很快攻克了雅克萨，罗刹打着白旗投降啦……

你没看么，大蚂哈鱼的鱼肚子上，两边带着许多红印子，都说那是江神用鞭子赶时抽打留下的。还传大蚂蛤鱼是木屑变的，所以鱼肉很像胶合板，一层一层的，格外鲜嫩肥美。又因大蚂哈鱼是江神送的粮食，骡马啥鱼都不吃，就专爱吃大蚂哈鱼了。

白肉血肠的典故

在北方传统菜谱里，有个别具风味的名菜，叫白肉血肠。传说，这是征罗刹时留下来的。

清初时，黑龙江边，日夜不宁。北方罗刹常跨过黑龙江，骚扰百姓，抢麦子，宰牛羊，奸淫妇女，掠走人畜。各族人民实在苦得没法活啦，就派人去给宁古塔将军报信，百姓一面组织起来打毛子贼，一面盼大兵快点赶来，驱逐敌寇，保护百姓过上安宁日子。

一天，正下着大雨，清朝宁古塔昂邦章京沙尔虎达领着兵马连夜来到了黑龙江边，一下子冲过江，把罗刹兵围在一个柳条通里。不久，罗刹又派来了援兵马队，双方血战了三天三夜。由于清兵人数不多，后方接济不上粮米饲草，不少弟兄英勇牺牲了。罗刹兵把江边一个小岛包围住了。这岛三面临江，岛上全是柳条通，密密麻麻，地势很险，打外边看一片绿茫茫，人马全看不见。罗刹兵往里一冲，就被蹲在里边的清兵举起砍刀给砍掉了头，剁断了马腿，用长矛刺穿了喉咙。罗刹死了不少人，也没攻进去；清兵后依江水，援兵不到，撤不出去。双方僵持了好长时间，10 天，20 天，一个多月了，眼看人马要饿死了。

日子越过越紧张，愁得清兵和百姓睡不着，坐不稳，搓手握拳没办法。

单说，在清营里有个伙夫，叫寒吉东古，想到弟兄们被困在柳条通里，宰了一头头大牛、肥猪，一垛挨一垛，就是运不进去。想啊，想，冷丁想出个办法。他去见了愁容满面的沙尔虎达，把自己的主意一讲，沙尔虎达很高兴。于是把熟猪肉取来，按照祭神时的办法，切成小方块，把猪肉放进猪肠子里，也煮得熟熟的，然后，他悄悄背好，划着威呼，游到上游地方，编个柳木筏子，把熟肉块、血肠都稳稳当当地绑在柳木筏子上，然后，顺着江水，往下冲。柳木筏子在江里顺着水，漂啊，漂，那块正是回水流，柳木筏子正冲到岸边上，被困的清兵们得了柳木筏子，得到了给养，吃啊，吃足了，浑身添了劲儿。夜里，趁罗刹正睡大觉的时候，拿着长矛、大刀冲了上去，一阵砍杀，把围困他们的敌人全给消灭了。江这边的清兵和百姓也顺势开船过江，很快把强盗罗刹全给赶跑了，救出了这一带的百姓。

清朝为表彰伙夫寒吉东古，封他为骁骑校，专管运输肉食的差使，他领着披甲兵，把肉都切成块，又做好血肠，使前方将士能及时吃到新鲜的肉和猪血。在一次战斗中，遇到了风浪，寒吉东古的船沉没了，他也牺牲啦！可是，一船熟肉、血肠却顺水流下去了，被驻守的清兵捞了上来……

人们为纪念他，把白肉血肠叫做寒吉东古。后来，黑龙江、吉林的清军各旗，打败了罗刹后，家家也习惯做白肉血肠，慢慢传啊，传了下来，成了各族群众喜爱的佳肴啦！

冰灯的来历

在早年，临近旧历年根，满族家家大门口，庭院影壁前，习惯堆雪台，摆上亮晶晶、明堂堂的冰制的灯。冰灯，式样奇巧，千态百姿，人人喜爱。现在已成为我国传统的冰雕艺术了。听老辈人传讲，冰灯是古时候留下来的。它象征着春回大地，生活充满了光明和喜庆。

据说，很古时候，在松花江沿岸，有个诸申聚居的噶珊，那里年年猪马成帮，五谷丰登，日子过的太平安乐。可是，不知哪一年，突然灾祸来临了。一只又大又黑的九头鸟飞到这里。白天，再也瞧不见太阳，晚上，也瞧不见月亮和星光。九头鸟在天上飞旋着，刮起了铺天盖地的沙土，山颓啦，树木折成半截啦，江河出槽啦。大地上的草木、人、畜没有光明咋能生存啊？黑夜里，九头鸟不断把人、畜裹进洞穴。眼瞅着城中生命一天天减少，百姓哭男唤女，和平安宁的噶珊，一下子变得比坟圈子还凄凉！

噶珊里，有个年轻的巴图鲁，是一个刚学了两个乌云①的阿济格②萨满，为人正直，不怕邪恶，瞧见族里父兄遭难，年老的穆昆达，也让妖风卷走啦，自己是全族荐选的萨满，咋能遇难退缩呐？他压着怒火，拿着弓箭要去寻找九头鸟。

老人们说：“唉，孩子，你初学乍练，能力太小，又孤单单一个人，不是活活送死么？”

小萨满巴图鲁说：“那也不能坐等着死呀？捆着的箭杆能顶根树粗。阿浑德③们若有胆量，就跟我一块找九头鸟去！”

小萨满巴图鲁的话，提醒了众人，呼啦一下跳出不少年轻小伙子，跟着小萨满，朝九头鸟常出没的方向找去。

还没等巴图鲁一伙人寻摸到洞穴，九头鸟就听见了。妖风一刮，不少人只觉一阵迷晕，身子早被吸进黑洞里了。巴图鲁因为跟穆昆达老萨满学了几天，武艺强点，所以飓风刚一刮起，他两手拽住地上的一根绿

---

① 乌云：满语，九。在这里指学萨满用了两个九天，刚学的意思。

② 阿济格：满语，小的意思。

③ 阿浑德：满语，兄弟。

皮藤，连人带藤被妖风吹出不知多老远，藤子驮着他，过了半天，掉到地上没有摔着。等他落地睁眼细瞧，他骑的藤子原来是一条八尺绿蟒。八尺蟒打个滚，变成一位俊俏的格格，给小萨满打“千”施礼说：“参！参！巴图鲁呀，我的阿玛和额姆被九头鸟吃了，恨自己报不了深仇大恨。你是全噶珊最肯帮助人的小萨满，替我们报仇，感恩不尽！”

小萨满说：“可惜，我也斗不过九头鸟啊！”

蟒格格说：“不要紧，九头鸟虽然长了九个脑袋，最厉害的头是中间的那个大脑袋，长两只夜眼，但是最怕见到亮光，两旁各有四个小脑袋只管吃，瞅不见东西。你只要用亮光治住大头，就能杀死它！”

小萨满问：“可是，上哪里能够找到亮光呀！”

蟒格格又说：“你要有胆量爬上乌西哈阿林①，到山顶上取两颗天落石，拿回来用100个人身上的热血，把它温红，就会像天上流星那么明亮。”

小萨满一听高兴了，说：“只要能除九头鸟，再难的乌西哈阿林，我也能登上去！”

蟒格格说：“我变一根山藤子，你把它带在身上就能钻进九头鸟住的洞里。杀了妖精，我们虫、蛇也忘不了你的恩情啊！”说完，就地一拜。小萨满再仔细瞧，地上果真有一根小藤条。他捡起藤条缠在腰间，奔乌西哈阿林走去了。

小萨满一心为了救全部落的人，去寻找光明，在夜风里走啊，走，看不见高山沟谷。在山洞里摸索，在石砬上攀登，怪石倒木，碰得全身青一块，紫一块，手、脸和腿刮出一道道血口子，皮袍碎如柳丝。脚肿啦，走不动，就在地上爬。爬着，爬着，望见了云彩里的乌西哈阿林。山顶闪着一片片星光，山脚飘着一层层白云。小萨满双脚已经磨烂，爬不上立陡的山了，他正在急呐，听见缠在身上的藤条说话了：“快，快，捡根白鹰的羽毛，那是神鼓的鞭啊，骑上它，能上山！”巴图鲁在地上，果真找到一根鹰羽，在手上一举，嘿，真的变成了一根白鼓鞭，随着，“当，当”，鼓声一响，把小萨满给驮上了乌西哈阿林。

正巧，天上有两条火光，“刷刷刷”落到山上。他捡了两块温热的天落石，下山往安出虎方向爬。爬啊，爬，爬得遍体鳞伤，只能像蛇一样往前挪动，最后，终于寻到了九头鸟的妖洞。洞门口堵着大岩石，他拿出缠在腰上的藤条，往岩石上一点，山现了一条很深的黑洞。小萨满

① 乌西哈阿林：满语，星星山。

顺着石洞往里爬呀，爬，洞里黑乎乎什么也瞧不见，越爬越深，最后钻进洞的最里边，小萨满才发现山洞里挂满霜雪，砭骨凉，让九头鸟用妖风卷进来的人，都困在这里。他摸到人堆，悄声说："我是巴图鲁！我是巴图鲁！"忧愁的人们，听说是巴图鲁，都乐坏了，说："巴图鲁，快想办法吧，妖精一天吃一头牛，一匹马，喝童男童女的血，救命要紧！"

穆昆达听说心爱的巴图鲁来了，眼含泪水，愁云消散了。巴图鲁悄悄摸到他跟前，拿出千辛万苦取来的天落石，交给玛法一块，说："灾难很快就会过去，光明就要来临啦！咱们有救啦！这是乌西哈阿林的天落石，每个人在手里攥一会儿，然后往下传，传过100个人，人身上的热血就能把它变成一盏明灯"！

穆昆达和被困人们听了非常高兴，于是从穆昆达开始攥天落石，然后，一双热手又传到另一双热手，传呀，传，宝石渐渐由凉变温，由温热变得红亮，最后，变成了一颗明亮的珠子，一下子照亮了魔洞。洞穴很大，大伙借着亮光，四下找呀，找，找到了挂满冰霜的洞口。巴图鲁把亮宝石放到堆满冰块的洞口，宝石光一照，冰洞亮晶晶的，像水晶宫，洞里照成白昼，洞口看清楚了，被困在洞里的人见了光明，沿着雪亮的冰洞拼命往外跑……

九头鸟正在尽里边的小洞里吞吃人畜，忽然瞧见大洞里闪出亮光，惊得嘎嘎叫。它扇起翅膀刚想往外张望，这时巴图鲁早一手举着亮宝石，一手握着剑冲上前，红光照射得九头鸟睁不开双眼，吓得要逃。巴图鲁一剑，先砍掉了中间的大头，九头鸟张膀舞爪地向他扑来。它看不见东西了，怪叫着乱碰乱抓，洞里岩石哗哗落。巴图鲁毫无畏惧，勇猛地接连砍掉了恶魔八个小头。他以为九头鸟死啦，拿着宝石转身要走，九头鸟喷出了污血，染在巴图鲁身上。它的大头还连着肉筋，逃出山洞，飞跑了。九头鸟的污血最脏，落在地上，传播瘟疫；溅到人畜身上，溃烂死去。英雄的巴图鲁，拯救了全噶珊，他却被九头鸟的污血吞没了……

从此，松阿哩江沿岸的人们又过上富庶幸福的生活。害人成性的九头鸟因为它的一个大头没完全砍掉，它总是乘人们过年欢乐的时候，偷偷飞进院子滴污血。因它怕火光呀，所以家家旧历三十晚上笼火堆，烧污血。又因九头鸟一见到光明就不敢来啦，所以，人们不忘巴图鲁，将亮宝石放在冰后，让它永远照亮生活的道路。后来，家家户户又总喜欢制成冰灯，不忘苦难，驱散寒夜，让光明和温暖，永远永远留在人间！

吉纳衣尔哈，汉话叫凤仙花。早先年，满族姑娘、媳妇们喜欢用凤仙花汁调上点白矾染红指甲，既好看，又不褪色。都说，染上红指甲，可以除瘟祛病，月月吉庆。

这种染指甲的习俗，是啥时候开始的呢？

相传，在绵延无边的兴安岭下，在松花江中游地方，从前有个几十户人家的朝呼鲁。朝呼鲁里住着一对心地善良，发白如云的老夫妻。沙克达是诸申里闻名的花匠。老两口一辈子给大辽王做采花奴，背篓进山采芍药、百合、铃铛花，专供宫廷玩赏。天下最美的花也躲不过老人的眼睛，只要清风吹来，百雀一叫，就知道兴安岭什么花开啦，什么花谢啦，准能采到世上最艳丽的鲜花。

冬天，白雪弥漫。老夫妻俩很有办法，就在岭下阳坡开出深洞，洞口堵上一道道树枝蒿藤。暖窖里栽种了许多兴安岭的红花绿果。老两口像风中枯草，日子过得可凄凉孤单了。中年时候，老妻生过一个女儿，可是，三岁时就病死啦；老两口万分忧伤，幸喜又生了个女儿，不料第三年又让山洪淹死啦。老夫妻俩年高 90，胸前挂 90 个小石珠的时候，还是孤苦伶仃，没儿没女。因为一天比一天年老虚弱，不能采花了，大辽王把他们赶进深山。老两口挑选个背风的阳坡地，搭了个小地窨子，住下了。老两口心慈面善，一片思女的心情，化成了对兴安岭的热爱。老两口只要见到离娘的鹿羔，鹰啄的野兔，蛇咬的松鼠，就抱进地窨子，洗伤啊，敷草药啊，喂食啊，从不伤害。老人背着筐篓，把采来的松塔、花籽，撒在山坡和小院四周。日子一长，兴安岭的小兽，饿啦，惊啦，伤啦，都跑到老两口住的小院子里躲避灾难；兴安岭的百花，开满老两口的房前屋后……

有一年，大辽王从都龙巴呼伦[1]抢来一位美如天仙的汉族姑娘，柳腰尖足，大辽王乐颠了魂，决意要册封为贵妃。美女日夜思乡啼哭，死不从命。辽王可犯愁啦。有个贴身的大臣出主意说："何不叫花奴寻找

① 都龙巴呼伦：满语，指当时的中原王朝。

北地奇花，大王设冬花宴，贵妃一定高兴的！”

大辽王一听，妙啊！可是，要找到兴安岭上的奇花，只有派沙克达老人！辽王马上传旨，用金轿接请花匠！老头秉性正直，倔犟，不愿伤残兴安岭的百花，为贪得无厌的辽王效劳。老人宁死不去，辽兵硬把老头绑进内宫。

辽王下旨，要沙克达一年之内找到世上最奇妙的鲜花，不然，就活埋老两口，还要杀光依兰哈喇的女真人。为了众诸申的安危，老人含恨应允了，跟乡亲和老妻喝了告别酒，把蒸晒好的狍子肉干和干鱼穿了十大串，做路上干粮，往肩上一背，就走了。

从初春到深秋，沙克达走遍了兴安岭的每个哈达，找遍了万朵香花，但是，没有找到最奇特、从没见到过的花。老人又跟着黑龙江水往下游走啊，走，江水越走越宽，一直到了一望无边的出海口。在海边花丛里，老人发现了几棵新奇的野花。其中有一朵花，花瓣簇簇，艳丽芬芳。每个花瓣都带个小粉红兜兜，滴着甜汁，招来成千成千的江蜂。老人头一遭见到这种花，就看啊，闻啊，忘记了长途跋涉的劳累，挖了几棵放进背夹里，又在百花滩上挖到了兴安岭上不见的九头白芍药和大叶红百合花。

沙克达老人得到奇花的时候，黑龙江已经飘起星星点点的雪花了。为了赶在大辽王规定的限期前送到鲜花，老头拼命往回跑啊，跑啊，爬过一道道山，穿过一道道林，带的肉干吃净了，饿了烤几条生鱼吃，渴了喝几口黑龙江的水，磨碎了99块包脚的野猪皮，才回到兴安岭下的噶珊。

因道路太远太难走啦，老人赶到家的时候，已经超过了限期。他打老远就望见噶珊火光冲天，传来男女老少的哭叫声。大辽王派兵来取鲜花，因不见老头回来，就要杀噶珊的乡亲父老。老人背着采来的吉那依尔哈、芍药、百合花，大步流星地赶到辽兵马前，已经口吐鲜血，晕倒在地上啦！

辽王特使瞧见沙克达老人采来的奇花，又看看老头的两个脚趾骨磨得像血葫芦，感动了，放开了绑在马桩上的诸申们，只把老人塞进木笼车，带回了王宫。

原来大辽王抢来的汉族美女，一天骗过几个侍女，跳进了皇宫楼下的护城河，死了。荒淫的辽王在宫里，正在夜夜盼着冬花宴，听到贵妃身死的噩耗，失魂落魄，杀了不少太监和侍女，天天不上朝，喝不下熊胆酒，咽不进人参羹，突然传报采花奴沙克达被抓来啦，辽王望着囚车里的老头和一背篓鲜花，真是又咬牙切齿，又触景伤情，下旨立刻把老头推出去砍了！这时，一个大臣凑到辽王耳朵边，小声说：“英明的辽王，现在辽宋交兵，万万不可把女真人惹翻啊！”大辽王翻了翻蛤蟆眼，下令把老头赶出宫，把采来的鲜花全部扔进沟里，谁也不准莳养。

沙克达老人瘸瘸踮踮地回到了家，门前有一座新坟。老人一惊，原来，老人走后，老妻日夜思念痛哭，倚在大门口望啊，望，最后死在大门口啦！小鹿、小兔天天用小爪子刨土啊，刨啊，山里的风天天吹来细沙和枯草，把老太太埋起来啦！沙克达悲痛地拾掇院庭，自己度日，辽兵扬洒在兴安岭山沟里的野花渐渐生了根，开遍了满山满岭。

兴安岭上的花，开了又谢，谢了又开。不知又过了几个秋天。兴安岭上忽然卷起热风，遍山遍岭着起红通通的大火。山火喷起几丈高，像有 300 头牤牛哞哞叫。烈焰熏烤得人几丈远都睁不开眼，喘不过气来。沙克达在自己小院四周拼命打出火道，才躲过了灾难。老人累了一天，夜晚，刚要睡觉，不知从哪来了一帮又一帮男男女女。有的要吃的，有的讨药，老人都像对待儿女一样，热心照顾。这些男男女女，临走才告诉老人：“我们是兴安岭的百兽，为躲火灾，才到你家来避难！”这些动物走了以后，忽然，进来一位美丽的沙里甘追，长得窈窕秀气，头戴百花冠，耳戴珍珠坠，身穿粉红坎肩，淡绿色的丝裙，见了沙克达老人下拜施礼。老人一愣，擦了擦老眼，仔细端详，咦，真怪！姑娘长得很像自己死去的老妻和两个小女儿。

老人问：“孩子，你是谁？家在哪里？”

姑娘泪水淌成小河，更伤心啦，说：“我家被山火烧光啦，只剩我孤单单一个逃了出来！”

老人听了很心酸，细看姑娘穿的淡绿色丝裙，下摆烧得只剩几缕布丝，香荷包也跑丢啦。老人说：“可怜的孩子，别难过，你就做我的沙里甘追吧，别走啦！住下吧！”

姑娘跪下，感激地说：“慈祥的阿玛啊，我就是你打萨哈连乌拉出海口背回来的吉纳衣尔哈呀！感谢你一辈子莳弄我们百花姊妹，更怜悯你孤单单的度日。花神妈妈求风神把我送到这儿，愿世世代代生长在西窗底下，为你老消愁做伴儿！”

姑娘话音刚落，呼啦啦不见啦！老人再细找，地上有一颗让山火烧得枝叶半焦的吉纳衣尔哈。沙克达把它栽到西窗下，天天浇水，热心莳弄，很快生叶开花啦！老人把花籽分给了家家户户。从此，吉纳衣尔哈不像芍药、百合，变成诸申们喜爱的家花啦。这花不挑土质，不嫌贫富，花叶美观，很好莳弄。姑娘、媳妇们年年都在西窗下种一片片吉纳衣尔哈，招来蜜蜂、蝴蝶一群群。

有一年，突然噶珊里闹起大瘟疫。病死的男女老少像一堆堆木柈子，摆满了各家院里和大甸子上。树上、河里葬满了尸体。沙克达老人愁得辫子上的白发快掉光啦。在灾难重重中，一天夜里，老头忽然梦见吉纳衣尔哈格格来啦！她给老人请了安，说：“阿玛，我们子孙繁衍，多亏各家精心护养。眼下瘟灾蔓延，你快告诉乡里，各家西窗台下不是都有我们姊妹么，只要把花捣成汁，抹在身上、脸上、手上、脚上，就会祛瘟病，免除灾难！”吉纳衣尔哈格格讲完，就不见啦。沙克达老人把这个办法，很快挨门挨户告诉噶珊的人。于是，大家用吉纳衣尔哈捣出一小坛一小坛的花汁，互相往身上擦啊，擦，剩下的花汁洒在房前屋后，很快躲过了瘟疫。穆昆达领着幸免于难的人们，带着吉纳衣尔哈花籽，到另一个地方过起安宁兴旺的日子。

从此，在女真的时候，满族人家就喜欢在西窗下种花，特别是种很多吉纳衣尔哈花。传说，完颜阿骨打起兵抗辽时，女真家家风门上都插一枝吉纳衣尔哈，作为信号，很快灭了大辽，取得了统一和胜利。人们喜爱吉纳衣尔哈花汁的甜香，同时也不忘用花汁搓身的习惯，后来又用它染指甲，加点白矾不褪色，变成妇女们装饰了，一直传到现在。

多罗甘珠

在早年，满族妇女讲究穿木底鞋，绣鞋底部当央镶块木底，形状像“马蹄”。所以，也叫“马蹄底”，也有叫“龙鱼底”或“四闪底”的。听老辈人讲，最早穿高底木鞋，是一位名叫多罗甘珠的女罕[①]留下的。

山间明月谁知亮了多少代？浪里江石谁知磨掉多少层？在一千多年以前，虎尔哈河[②]发源地方有个不大的小部落，以养马闻名。部落长叫多罗罕，为人忠厚，俭朴，没有头领的威严，却有伊尔根[③]的淳朴，胸前配七十多个串珠啦[④]，还是为部落苦心操劳，与诸申同甘共苦，历尽艰辛建起小小的阿克敦城[⑤]。

多罗罕有位 18 岁的格格，叫多罗甘珠。这位格格长得像天上的仙女，像虎尔哈河上清澈的明月，聪明机智，文武全才，辅助多罗罕治理城池，开疆造田。几年光景，部落富足，打下的米谷年年用不完；猎得的獐、狍、虎、豹，皮张穿不了；晒出的肉干装满哈什，吃都吃不完。

虎尔哈河对岸不远，还有个大部落在古顿城。头领是哈斯古罕。此人虚伪、狡诈、阴险，像公鹿一样好斗，跟狗鱼一样贪婪，他靠武力征服了附近三个小部落，称霸于虎尔哈河上游。他瞧阿克敦城就像瞎虻见了骏马，垂涎三尺，总想吞并这富有的阿克敦城。别看哈斯古罕六十出头，胡子比他脑瓜顶的秃毛多得多，却是个老色鬼，抢来男人当家奴，抢来美女玩够了就杀啦！身边漂亮的妃子虽多，多罗甘珠同她们相比，就好像草窝里的鹌鹑，云霞中的凤凰。哈斯古罕几次到虎尔哈河阿克敦城提亲，多罗甘珠都跟罕阿玛说：“不，哈斯古是毒蛇！我愿嫁的人，那必须是肯替阿克敦献出智慧的人，不管是谁，就是阿哈朱子[⑥]，我也

① 女罕：满语，女王。
② 虎尔哈河：牡丹江。
③ 伊尔根：满语，平民。
④ 当时风俗，年长者每一岁，添一个珠子，在此表示 70 岁啦。
⑤ 阿克敦城：即敖东城，吉林省敦化镇郊有遗址。
⑥ 阿哈朱子：满语，奴才们。

爱他，嫁给他！要是毒蛇，我誓死不嫁！”这话传到哈斯古罕耳朵里，把他气得咬牙切齿。

狡猾的哈斯古罕不死心。这天，他特备好40匹马、20罐米酒和一对玛瑙石匣，让心腹戈什哈，去阿克敦说亲。鹰落院子，小鸡要遭殃啦！温厚的多罗罕，擦擦昏花的老眼，瞅着一院彩礼，心惊肉跳。石匣里的礼物挺古怪：一个匣里装着穿鬃丝耳绳的小石猪；另一个匣里摆着扣三个鹰爪的哨箭。当时，多罗甘珠正在点兵场操练兵马，听到信儿，打马赶回来啦。她知道自己的阿玛是个挺老实的人，根本斗不过哈斯古罕。

多罗罕和亲随们正大眼瞪小眼地盯着彩礼，猜不透哈斯古罕葫芦里卖的什么药。一见多罗甘珠回来了，多罗罕忙说：“孩子呀，瞧瞧吧，这是自古以来少见的奇货呀！这都是什么意思呀？”

多罗甘珠一声没吭，紧闭双唇咬着牙，手上握着宝箭，过来看这两个匣子。多罗甘珠闪着两只亮炯炯的大眼睛，围着彩礼绕了一圈儿又一圈，嘿嘿冷笑，说：“哈斯古真比黑瞎子还蠢笨，这算啥难题呀？石匣是强盗的战书。哈斯古要笑咱们！阿克敦不过是扯在他手心上的穿耳绳的猪羔子，限我们三天回话，要不逃不出鹰的利爪。”多罗甘珠这么一说，把哈斯古罕拿来的神秘礼物，破解开了。站在周围的人一听，个个露出既愤怒又恐惧的神情。多罗甘珠扫了大家一眼，沉着地说：“不过，大家放宽心，哈斯古他不敢动兵！”

站一旁愁眉苦脸一筹莫展的多罗罕听到女儿这么一说，振奋起精神，抬着头忙问：“孩子，你为啥这么说呀？凭什么他不敢动兵呀，你说说看！”

多罗甘珠说：“阿克敦有句谚语，要想知道主人家底子，先要看看马驹子。骏马是家主的翅膀啊，你们瞧瞧，哈斯古送的马，牙口老小不齐，没有一匹满膘的。可见，古顿城里穷困，民心不安。豺狼嗥叫，想吓唬胆小的野兔。阿克敦城虽小，但上下心齐，难道怕瘪肚子的饿狼叫唤么？”

格格的一番话，把大家的劲鼓起来啦，不少人仔细端详起拴在院里桩上的40匹马来，真是半闭眼，沁沁头，三楞屁股戗戗毛，没精打采的。就这熊样，他们敢攻咱们。

这时多罗罕就笑着问：“聪明的甘珠，你看，下一步，咱们该咋办才好？”

多罗甘珠说：“阿玛，不必操心，我有办法对付哈斯古。”说的坚定有信心。多罗罕提溜起的石头落下了，他相信自己的女儿，会有办法的。

多罗甘珠搀走忧伤的阿玛，叫人把哈斯古送来的彩礼撤走。她回到了自己的寝宫，心想，我用什么办法，什么计谋，才能制服哈斯古罕。这时，她透过窗棂，看到了站在院里的赶马奴西查安，正在梳洗自己的银鞍马。西查安这个仆人聪明、伶俐，干事机灵。他本是附近部落闻名的好猎手，因为部落被哈斯古罕并吞啦，他被善良的多罗父女收留，就在多罗甘珠身边侍候马匹。多罗甘珠看他挺勤快，机灵，像对待自己亲哥哥一样，照顾西查安。所以西查安跟她心心相印。她看到西查安眼睛就亮啦，心也开了，觉得自己有办法了。她出了寝宫来到西查安跟前，说：“西查安，你去古顿城吧，这事只有你办，我才放心。”

西查安问清了情由，说：“格格，我会有个黄鹂似的巧舌！”说完，就走出去了。

西查安打扮成一个又傻又呆的赶马人，挑选了城里最好的骏马，奔向古顿城。

哈斯古罕，从送去了彩礼后，很是得意扬扬，他寻思，多罗罕胆小谨慎，唯唯诺诺，他一见到我的彩礼，就会乖乖地套上喜车将姑娘多罗甘珠送来不可！所以，命人布置洞房，杀猪宰羊，悬灯结彩，像办喜事那样热闹。他坐在炕桌边，喝着甜米酒，啃着直滴答血汁的烤狍腿，边吃边盼，等啊，等，忽然传报阿克敦城来人啦。

哈斯古罕以为彩礼一送，就吓住了多罗罕，也吓住了多罗甘珠，心想这回等着吧，等喜事吧！

哈斯古罕美滋滋地把客人让进了屋。他想这可能是报信人，他细细一瞅这个人，觉得挺奇怪，怎么来个憨头憨脑，傻里傻气的赶马奴，心里暗暗好笑，多罗罕手下也没有能人，连个赶马奴都派来了。

西查安磕头说：“奉多罗罕之命，回敬80匹白马，献王爷。”说完，站起身，指着大门口咴咴暴叫的马群，请哈斯古罕过目。

哈斯古罕紧皱眉头，问：“喂，两城联亲的事，多罗罕没跟你讲么？”

赶马人气昂昂地说：“罕的事，奴才哪知道啊！我只看见全城老少，挖壕的挖壕，垒峰火台的垒峰火台，都忙乎着呢！这才派我来给送马。”

哈斯古罕早上盼，晚上盼，结果是美梦一场空，真感到愤怒。这多罗罕在耍我呀，认为我无能，他还送我 80 匹马，每一匹都比我的强。这还不算，方才听赶马奴说，他们在挖壕的挖壕，垒峰火台的垒峰火台，要跟我决一死战啊！想到这儿，肺要气炸了，他站不稳，坐不安，恨不能把多罗罕一口给生吞啦！凭你这个小部落敢跟我斗？他握刀站在石阶上转身看见了 80 匹马，不由得倒抽口凉气，嘿，清一色的“雪团花[①]”，是名不虚传的千里驹啊！自己当做彩礼送的马，是从各部落抢来的好马中，百马挑一选出来的，要跟这群马比，简直不如毛驴子！这群“雪团花”，一水儿三岁银鬃白马，大宽裆，粗蹄碗，四条腿像四根门柱子，屁股蛋胖得像扣两个小银盆，扬鬃摆尾有如银龙出海，好威风！

赶马人看哈斯古罕在看马，装着漫不经心的样子说：“阿克敦城比这好的马群，数起来就像虎尔哈河岸上的树林数不清，跑起来好比虎尔哈河水流不断，攻城夺寨缺不得啊。罕王爷若稀罕，奴才给您老再赶 80 匹来吧！”

哈斯古罕听赶马奴一说气得脸青一阵，紫一阵，像嚼口婆婆丁，呕不出来，咽不下去，苦得很，不是滋味，吼叫着把赶马人轰走了，自己瘫在虎皮椅子上……

这一年的秋天，又迎来了诸申们敬祭神树的日子。古顿城和阿克敦两个城相邻的虎尔哈河边，有棵千年榆树，树干弯弯，像擎天蟠龙，按照风俗，这是虎尔哈河上最欢乐的日子。两个部落诸申，骑马坐车，聚到神树下载歌载舞，杀猪祭天，祈祷风调雨顺。祭神树的人，在这里互换皮张和马匹，摔跤、比箭、赛马，热闹极了。他们之间，再大的仇恨和悲伤，到神树底下都化成了和睦和友谊。可是，哈斯古罕却想条毒计，他邀多罗罕在祭神树这天，到牡丹岭来，五个部落首领一块儿饮宴打猎……

那咱，部落间聚会要用一根长得挺奇特的旧鹿角骨，这是祖传的珍品，经过多少代人的手，磨得油黄闪亮。不管哪个部落，接到这根骨头，就是再大的暴雨，再高再陡的山，也要马上赶到，兄弟相帮。哈斯古罕怕多罗罕生疑不去，就把这个象征和睦的鹿角传到阿克敦城。多罗罕一向憎恶哈斯古罕奸诈的品德，但又觉得都是诸申的支脉，像一根鹿

---

① 雪团花：骏马的名称，白马。

角上生的枝杈，事事宽让克己。所以，好多年来虎尔哈河上没见到刀箭拼杀的人血河了。多罗罕接过鹿角骨，明知吉凶难测，还是拿定主意要去。

多罗甘珠拦住说："罕阿玛，哈斯古罕诡计多端，不去吧！"

多罗罕笑了，说："傻孩子，树林里纵有再多的陷坑，阿玛我也得去啊！"

甘珠格格深知自己的阿玛，拿定主意的事，九条犴牛也拉不回来，她难过地说："人常说，黑心长在胸窝子里别人瞧不见。尊严的鹿角骨，不过是蒙上红布的快刀。阿玛年高，女儿实在不放心，要不，答应我甘珠去吧！"

多罗罕捻着胸前的串珠，摇摇头，说："不，我去。现在，哈斯古罕煽动仇杀，兄弟相残，邪恶跟善良难分。鹿角骨是先人的托付，祭神树又是吉庆日子。阿玛我贪生怕死躲在城里，不单众头领们耻笑，也不能取信于诸申！"

多罗甘珠只好眼含热泪，牵着罕阿玛胯下的菊花追风驹，送出很远很远……

哈斯古罕早已把罪恶的陷阱，埋在牡丹岭下，他瞧见多罗罕仅带几个戈什哈过河来，心里暗暗高兴，皮笑肉不笑地把他们迎进新搭的豹皮大帐里，五个部落长围上来饮酒寒暄。神树前，供起了整猪全牛，点起了鞑子香，在皮鼓牛角号声里跪祭完神树。哈斯古罕精心安排了大宴：烧鹿脯、焖熊掌、飞龙羹，吃不完的酒肉扔满了山野。三声螺号，奴仆们抬上来箭架，会猎开始了。哈斯古罕假装殷勤地给多罗罕和几个部落长摘下一张张桃木弓，五个部落头领飞身上马，像五支箭飞向树林。观看的诸申们，因有亲兵围护，都站在老远的山冈上呐喊助威。

快马踏起黄尘，蹿上高岗。这时，从林子里惊出一帮梅花鹿。公鹿领着鹿群朝岭下逃，一阵鼓声，鹿群扭身又向北边松林里跑。多罗罕凭着猎人的眼光，瞧见松林里乌鸦飞起来了，还有砍折的树杈痕迹，再细看前边草地黄花子倒了不少，明白了，林里有陷马坑！烈马打岭上蹿下来，勒缰已来不及啦，前边三个喝得烂醉的首领光顾撵鹿，眼瞅着马再蹿几步，就要踏上连环坑，马死人亡。多罗罕猛打一下菊花追风驹，马咴咴暴叫，腾空纵跳起一人多高。多罗罕借劲腰一弯，一只手扯住一个部落长花袍子，提起来抛到榛柴棵子里。结果，菊花追风驹身子一沉，驮着老主人咕咚咚一声陷进很深的鹿桩坑里，被尖尖的鹿桩扎死啦。另一个部落长也死在深坑里。

追上来的哈斯古罕看看左右没人，忙抽根箭扎在自己的左臂上，滚下草地。被多罗罕扔出很远的那个部落长，酒劲吓醒了，慌忙跑过来，见哈斯古罕身带箭伤，正匍匐陷坑前嗷嗷痛哭。

当晚，哈斯古罕忍着伤疼，背着多罗罕尸体回古顿城，以“预谋伤主”的大罪，亲手砍死了守护会猎的戈什哈，人头挑上城墙上的木杆顶。城上飘着白幡，全城重孝。哈斯古罕装得比谁都难过。

哈斯古罕派来的报丧马，风一样跑进阿克敦城，跪在哭昏过去的多罗甘珠前，说：“罕王爷伤重，不能亲来看慰。叛丁已被砍头啦。罕王爷请格格多保重身体。”多罗甘珠强忍住刀搅的心，停了半天，才慢声说：“阿克敦不会忘的，感谢罕王爷一片心。明天，我去接罕阿玛的灵。”

“不，罕王爷明天傍黑儿，陪送灵车到江边，格格准备吧！”报丧人说完，打马走啦。

呜呜的牛角号，吹得天地都落泪。第二天傍晚时候，哈斯古罕闪着狡黠的眼神，骑马跟在灵车后头，慢慢走着，来到江边。他影影绰绰望见穿白孝服的多罗甘珠领着阿克敦的诸申们，跪在一条供桌前，周围插着白幡，没有兵马守护，他的心就托底啦。灵车一过河，哈斯古罕拔下帽子上白喜鹊翎，接着，响起螺号声，棺材盖“嘭”一声开啦，跳出兵卒，点着里边的松明、桦皮、野猪油，火噼噼啪啪响，滚滚黑烟升上了天，埋伏在林里的兵马，杀了过来。哈斯古罕马跑在最前面，伸手哈腰挟起跪在供桌前的多罗甘珠。这时他大吃一惊，原来是用一张白板子皮裹着干草做成的假人！陪祭的全是草人！哈斯古罕知道上当啦，就领一万多兵杀向阿克敦城。一进城，咦？空无一人。各家门前吊着大块熟肉，摆着整坛香酒，骏马解开笼头到处跑。这是多罗甘珠设下的酒肉阵。全城老少和两千兵马，头天夜里就退到了密寨。哈斯古罕强并硬凑的三个部落六个噶珊的兵将，像恶狼似的拼命争抢，吃啊，喝啊，赶走上百匹好马，一连四十几个黑夜啊，阿克敦城灾难重重……

多罗甘珠的兵马和难民，在密寨里时间一长，眼看粮食吃光啦，又闹开瘟疫。人病的病，死的死，快没有活路了！

一天，多罗甘珠强挣扎着身子，来到一望无边的塔头甸子，远望让哈斯古罕占领了的阿克敦城，想啊，想退敌之策。阿克敦城，三面转着“红眼哈塘”，红锈水有三尺深，人马蹚不过去。只有一面是山地小路，是全城的通道。可是，又让哈斯古罕的兵马把守得严严的，攻城很不容易啊！多罗甘珠心像火烧火燎似的难受，两眼热泪止不住。自己父仇未报，阿克敦全城父老的命运，又担在肩上，难道能眼睁睁让豺狼逞凶么？刚强的多罗甘珠决心在乌云里寻找生路。她在甸子边走着，走着，正犯愁呐，忽然让大甸子上飞落的一群白鹤迷住啦！多罗甘珠越瞅越出神，越看越高兴，忘了几天水米不进的困境。她连忙跑回树林里，把密寨的人全唤来了，说："白鹤为啥能在泥塘里站挺长时间不下沉？因为它腿高，又长着树杈一样很长的脚趾。我们不能做个白鹤腿，杀回家去么？"大家一听，眉毛舒展开了，乐得眼圈都红了，就七手八脚，从树林里砍来不少枝杈，蹬在脚下，到塔泥里插呀，试呀，果然不沉。于是，多罗甘珠让逃来的所有男女老少，每人都用树棍做白鹤脚。多罗甘珠亲自上阵，率领密寨的所有兵卒和难民，趁着秋风秋雨的黑夜，拿着刀、矛、钩、叉、木棒，身披绿草，脚踩高脚木鞋，在塔头甸子里跑呀，跳呀，很快冲到了阿克敦城。

哈斯古罕做梦也想不到人不生翅膀，能飞过这白亮亮又深又臭的塔头甸子，所以他放心大胆，正呼呼睡得香呐。复仇的怒火，抵得上千军万马。多罗甘珠杀进城，哈斯古罕的兵马早乱了营，争相逃命。罪恶多端的哈斯古罕，没跑过虎尔哈河，就让上百支乱箭穿死了。不到半宿功夫，多罗甘珠就夺回了自己的阿克敦城。古顿城的诸申早恨透了哈斯古罕，都下城迎接多罗甘珠。三个部落和六个噶珊的首领也归服了。

从此，虎尔哈河上游再没有眼泪、恐惧和仇恨了。他们联成了兄弟相亲的一个大部落，过着和平安宁的生活。

多罗甘珠被推为女罕，同她心爱的赶马奴，聪明的西查安结成了夫妻。阿克敦旧城被哈斯古罕破坏了，诸申们就在德高望重的多罗罕被害的松林里，重建阿克敦城，即历史上著名的敖东古城。诸申们为了不忘苦难的日子，纪念高脚木鞋的功劳，妇女们上山采蘑菇，采榛子，防备踩着毒蛇，总好在脚上套上木底鞋，世代相传。后来越改越精致，便成了满族妇女穿的高底木鞋。

古时候，松阿哩乌拉江边有个砍柴奴，叫穆真。一年360天风雨不误，背着柴火夹子，往王宫里送烧柴，换点糜子米和麻布，拼死拼活地养活着80岁的额姆。

穆真勤劳、忠厚，因为年年在山上打柴，跟野兽学会蹿山跳涧的本领，还练就出一手绝妙的好箭法。他射落的松鸡、飞龙、大雁，箭箭射中翅膀的骨环。所以总逮住活禽。他猎来的野味，额姆让他送给无依无靠的穷人。偶尔抓到野猪啦、黑熊啦，穆真就在院里搬块石头，支个锅，把噶珊里的长辈、晚辈全都接来，团团围坐，烧烤炖煮，大伙一块吃肉，剩点心肝、肠肚什么的，就分给各家各户。全噶珊的人，没有不夸赞穆真的。玛法们喜欢他，沙里甘追们爱慕他，都称他穆真巴图鲁。

有这么一天，穆真巴图鲁提斧挎箭，游过暴涨的松阿哩江。灰蒙蒙的雾，黄澄澄的浪，翻江水搅着老树根，像条凶龙滚动。只见树根上聚集着一团团黑压压的蚂蚁，让大浪吞进水里。穆真巴图鲁觉得怪可怜的，就踩着浪，一手抓住树干给推到岸上。一群群死里逃生的蚂蚁，向穆真巴图鲁点着头爬走啦。

穆真向河湾走着，走着，又传来呼隆隆的响声。从上游卷下一墩子榆树棵子，忽忽悠悠地向下游漂去。一团团黄蜂遮满了天，围住榆树林嗡嗡地叫。穆真巴图鲁见了格外同情。他在水里用手一顶，把黄蜂窝推到岸边不动了。

穆真巴图鲁过了江，打完柴，下山时已经快晌午了。进宫送柴那是有时间限制的，你要是晚了时辰，就得受朝廷的棍刑。所以他怕误了时辰受刑，就大步流星地赶路。突然，前方响起一阵骏马的銮铃声，瞅见一大群雁嘎嘎嘎、嘎嘎嘎地从苇塘里飞起来，紧接着嗖嗖嗖飞过来三支雕翎箭，一并排扎在树丫巴上。大雁越旋越高，从云里传来清脆的叫声，好像群雁互相道着喜："脱险啦！脱险啦！"

穆真巴图鲁慢腾腾放下柴火夹子，摸出了三支钝头箭，拉开的弓弦嘣嘣嘣抖三抖，从云彩里翻着跟头跌下三只雁。吧嗒嗒，正巧掉在三匹飞驰而来的马头前边。马上的姑娘们一惊，猛勒住皮缰，烈马竖着前蹄咴咴纵跳，威武的銮铃哗铃铃震耳。穆真巴图鲁一瞅，马上的三个姑娘提弓挎刀，长得一个比一个俊美。头前，白马上坐着个沙里甘追，十六七岁，头戴金珠彩凤冠，身披朱红色的荷叶斗篷，手握一张八宝盘蛇弓，弓两头系着两个小虎头银铃，身子一动，小银铃叮叮三响。水灵灵的大眼睛盯着他，嘿嘿笑。穆真巴图鲁，常进宫送柴，一见姑娘们的装饰，知道是宫里格格，暗暗钦佩，瞧，这格格长的真美呀，真像毕牙格格下凡啦！骑白马的姑娘，来到穆真跟前说："感谢阿哥，刚才三箭是你射的吧？"

穆真热情、忠厚、耿直，但对趾高气扬的宫里人，平时很厌恶，送完柴就走，理都不理。听姑娘问得和蔼，也就冷冷地点点头。

这时，两个侍女早跳下马，从草棵里抱起三只掉膀子雁，惊喜地捧到姑娘马前，说："固伦格格，看哪，看哪，真是神箭法，这是三只活雁哩！"

固伦格格接过三只雁，抱在怀里摸着雁翅膀，两眼不住地瞅着英俊的青年，心里既爱慕又敬佩。这时，穆真把柴火夹子往肩上一背，低着头走啦。急得固伦格格忙喊道："阿哥，阿哥，慢走，慢走，背柴上哪喀？"

穆真回过头，边走边说："活雁给你们啦！这柴火——是送库伦宫的。"

两个侍女一听，乐得直拍手，说："噢，太好啦，太好啦，他是宫里送柴奴。"骑在马上的固伦格格更是高兴，说："这样吧，我回喀跟罕阿玛说，你别送柴了，教我箭法吧！"

固伦格格生来爽快，没等穆真吭出声，早就命两个侍女同骑一匹马，另一匹马让给穆真巴图鲁，说："快上马，跟我进宫去见罕阿玛喀！"

穆真愣啦，原来她是库伦罕的爱女。当臣民只能听从主命，他上了马，跟着固伦格格进了库伦宫。打这以后，穆真巴图鲁就住在外城，天天教固伦格格射箭。固伦格格赏给穆真不少银两，让他送给额姆。穆真很感激。

固伦格格是乌喇部部落长库伦罕的独生女。头盘白云辫子的老罕王，把自己的独生女当成晚年的安慰，让她不离身边，格外疼爱。固伦格格，把穆真巴图鲁领到老罕王跟前，库伦罕见穆真巴图鲁，箭法好，射下的雁都是活雁，天底下哪有这样奇人，他虽然是奴才，但也格外的喜欢。特别是自己的格格喜欢，他能不另眼看待吗？自己当然更满意了。而且穆真老实、忠厚、机灵，箭法高超，就更心满意足啦。

库伦罕手下有个执掌兵权的乌坚贝勒，年轻、漂亮、文武全才。可是，他却生着一副豺狼的心肠，有个黄鹂的巧舌，见到库伦罕一年比一年老了，他的独生女固伦格格像月季花越长越美了，一心想娶她做福晋①，然后再慢慢谋篡罕位。乌坚贝勒凭着巧嘴蛇心，在库伦里左右逢源。他家的珍珠财宝堆成了堆，阿哈②成群，牛马满山，诸申穷得四散逃亡，没有不指着他脊梁骨骂他的。16 岁的固伦格格，有着男儿的胆识。她见乌坚权势一天比一天大，野心勃勃，罕阿玛让乌坚贝勒的甜言蜜语迷惑住了。固伦格格每次苦劝阿玛都遭到申斥，心里很是焦急。所以，暗下决心，苦练武功，想辅佐阿玛，好好整治乌喇部。

乌坚在宫里，最怕的人就是聪明的固伦格格。最近乌坚听说，固伦格格把一个破衣罗嗦的砍柴奴，弄进宫里做她的箭师。起初时，他哼哼的冷笑。可是笑了笑，又怕起来。他躺不住，坐不安，像怀里钻进个刺猬猬，扎心挠肝。他悄悄溜进宫，绕到宫楼后窗，偷偷观看，他瞧见固伦格格同穆真巴图鲁两人说说笑笑，形影不离。再仔细看穆真巴图鲁，那样年轻，才貌出众，清秀威武。固伦格格点烟敬茶，笑声不断，气得乌坚咬牙切齿。这天，趁固伦格格上楼取海青扇，乌坚挎腰刀走到穆真巴图鲁跟前。穆真巴图鲁忙站起打“千”请安。乌坚鼻子哼了哼，说：“别忘啦，你是我们罕的奴才，在宫里要规规矩矩。在固伦格格跟前，不准你有半点放肆，我的宝刀可是最锋利的！今个，你我比赛骑术，敢不敢？”乌坚有鬼心眼，心想，一个山野奴才，能比过疆场上的武将吗？比武，一可摔死穆真，二可在固伦格格面前显显身手，一箭双雕。穆真哪知乌坚的心肠啊，满口答应啦。

固伦格格下了楼，听说乌坚贝勒要跟穆真巴图鲁比骑术，心怦怦乱跳。她深知乌坚贝勒要跟穆真巴图鲁比骑术是没安好心，很替穆真担忧，想了想，便走近穆真巴图鲁身边说：“乌坚心狠手毒，武艺高强，我摆酒宴款待他，你们俩和好吧，还是不要到校场吧。”

穆真笑了，说：“吹响的螺角，咋能收回来不算？格格放心，我去。”

---

① 福晋：满语，王、贝勒的妻子，即妃。

② 阿哈：满语，奴才。

固伦格格听了听也觉不好办了，只好答应。于是，叫人把自己骑的千里白云马牵来，让穆真巴图鲁来骑，还亲自陪他骑马来到群鸦飞旋的校场。一路上，固伦格格愁容满面，一声不吭，像脚踩上刚要开化的冰排，提心吊胆的。

乌坚骑着乌骓驹，早在校场等候了。他目空一切，洋洋得意地说："穆真色夫，你懂立马技么？贝勒爷我先开阵啦！"说完，一打马，乌骓暴叫着四蹄扬开，哒哒哒马跑如飞。突然，乌坚手摁马背，全身挺起立在鞍韂上。乌骓纵跳狂奔，想摔下乌坚。乌坚手舞腰刀，银光耀眼，两只熊皮靴紧扣住马背，像钉在上边一般，忽而蹲，忽而伏，忽而仰，技艺娴熟，神情自若。乌坚得意地勒回马头，望望固伦格格，又瞅瞅穆真巴图鲁，撇撇嘴，仰仰头，腆腆肚子，傲得很。

穆真巴图鲁，不慌不忙地骑上银缰银鞍的白云马，四蹄腾空，银鬃抖抖，像水浪滚滚。白云马猛跑着，跑着，穆真突然手点马的肩胛骨，刷地倒立在马背上。白云马惊叫着，乱蹦乱跳。固伦格格吓得站起来，要吆喝惊马。穆真早一个旋身骑在马鞍上。反手开弓射落天上的三只喜鹊。喜鹊在校场里扑拉着翅膀喳喳叫着跑。穆真快马追上，猫腰从地上抓起三只喜鹊，拔下扎在膀根上的小松针箭，喜鹊扑棱棱全飞啦！

乌坚看着脸刷的一下就红了，心想，哎呀，这技术，我哪能赶上人家，但对穆真却说："奴才这不算能耐！"说着，一踹镫，乌骓咴咴暴叫，跑着，跑着，后蹄一坐，打起滚来。马尽管滚，溅着尘土，乌坚灵巧的身子总坐在马背上，压不着，甩不掉。乌骓一跃跳起来，又安然骑在马上，刀鞘和箭囊一点没碰着。他望着固伦格格和穆真，哈哈大笑。

穆真巴图鲁也不吭声，轻轻拍了下白云马，纵进场里，哒哒哒越跑越快。突然白云马大叫一声，前蹄一跌来个就地十八滚，尘土腾起老高。而后白云马纵跳起来，向固伦格格跑来。乌坚笑了，固伦格格吓的掉下了眼泪。马背上不见了穆真巴图鲁。穆真巴图鲁在哪呢，他们找呀找，再细瞧，穆真的手、脚、身子紧贴在马肚子上，像粘上了一般。马跑着，穆真嘴咬弓弦从飞马的身底下射出了梅花箭，接连打落七只马莲蝴蝶。

固伦格格高兴地跑上去迎接。乌坚一看输了，十分嫉恨，暗里抽出一支箭，拉开弓。穆真刚转身上马，还没坐稳，箭就射过去了。可是，很怪，穆真却笑容满面地朝乌坚骑马跑来，到近前，跳下马，牙上咬着那根小箭头。穆真心肠好，瞒着固伦格格，把箭还给了乌坚。

乌坚满脸羞红，恨死了穆真。一使劲把箭捻碎了。乌坚向来是有狐狸装成癞狗的伎俩，他望见固伦格格走来，马上满脸堆笑，嘴一咧，笑着迎上去说："恭喜库伦爷，贺喜固伦格格，阿布卡恩都力降福，赐给乌喇一员神将！"

固伦格格也暗暗感谢天神保佑，心里格外甜。穆真说："不，贝勒爷过奖。我不过是个爱山爱水的砍柴奴。"乌坚恳切地说："乌喇有句谚语：粪堆能开香花，泥河能藏蛟龙。以后你我不要分啥主奴，兄弟相称吧。为部落兴旺，乌坚我甘心舍掉尊位，回咯禀明罕，你我同掌兵权。"

乌坚一直热心的把穆真和固伦格格送进宫城，才回府。乌坚隔三差五，就去拜望穆真，哥哥长，弟弟短的，显得特别亲热。穆真为人正直，对乌坚仍没有戒备，照旧以诚相待。

日子过得很快，转眼已经一年多啦，固伦格格的箭法进步很快。乌坚天天接请穆真，骑马一同巡视卡伦和烽火台，操练兵卒箭法。穆真每次都尽心尽力。固伦格格对穆真说："松阿哩江水寒暖无常，乌坚诡计多端，罕阿玛好偏听偏信，耳软多疑，你要事事留神哪！"穆真说："不走正流的船，早晚得翻。你我为部落操心，阿布卡恩都力可以作证，罕还怪罪么？"

聪明的固伦格格猜对啦！乌坚撒开阴谋的罗网，一切安排妥当了。一天，乌坚来到库伦罕内宫，呜呜痛哭。库伦罕很奇怪，忙问："贝勒，为啥悲伤？"

乌坚白愣着眼睛说："英明的罕啊，凶雕降落头上啦，恶狼闯进宅子啦，您还蒙在鼓里呐！奴才跟罕再见面时，恐怕就人头相见啦！"

库伦罕慌忙放下手中端着的一碗蛤什蚂羹，吃惊不小，手指乌坚说："你这话是什么意思？"

乌坚装出万分难受的样子，张张嘴，抖抖腮，东瞧西望，两手紧划拉额头上汗和一脸泪水，急得库伦罕腾地站起来，大步走到乌坚跟前，嗔怪说："嗯，嗯，究为何事？堂堂主将，竟学儿女情啦？"

乌坚露出无奈的表情，颤抖抖地贴近库伦罕耳根，说："真是罪孽呀，乌云遮住了太阳的光，爱情蒙骗了固伦格格的心，穆真不是来教箭的，是想夺您的罕位，杀圣明的罕的呀！是来杀你的呀！"

"你，你，你有啥为证？哼？"库伦罕简直气疯了。

乌坚说："穆真趁奴才巡江的时候，偷走罕的兵马令牌，天天私查寨卡，习练弓法，笼络兵卒，连他的枕头底下都搁着杀人的利刃呀！穆真还要……”

库伦罕摆手不听了，火冒三丈，叫乌坚搜固伦宫，快将穆真捆来。不一会儿，乌坚的亲丁们，像捆猪一样把穆真绑上来。令牌和兵刃是乌坚让心腹们早就暗地里藏进深宫的，也搜来扔了一地。

固伦格格跑进来，跪倒在库伦罕脚前，痛哭失声：“罕阿玛，罕阿玛，睁大圣明的眼睛吧，河水是清是浊看不清么？魔鬼借阿玛的尊贵，相残骨肉。固伦坦荡磊落，穆真色夫[1]，一片忠心。”

库伦罕哪听得下去，怒骂道：“不准胡说！不要脸的东西，鬼迷住你可怜的心窍啦！罪孽啊，罪孽！”库伦罕瘫喘在豹椅上，悲伤，愤恨，又突然跳起，向面无惧色的穆真说：“骗子！魔鬼！竟敢钻进我的安乐的宫殿！”库伦罕气瘫在地上。

乌坚火上浇油，跪地说：“水落石出，真相大白，这是罕的福气。仇敌怎能还让他留在人世呢？”

“活，活——埋！”库伦罕要活埋穆真巴图鲁。疯狂地喊叫着昏过去了。

固伦格格拼命挣开身边的兵卒，扑到阿玛身上哭喊。泪水润湿了库伦罕的脸，库伦罕慢慢苏醒过来。固伦格格说：“罕阿玛，天上星辰夜夜明，地上江河日日流，黑白真假总会分清。固伦情愿替穆真去死，留下他，留下他吧！”说着哭昏了过去。

乌坚早把穆真横捆马上，一溜风冲出宫门。固伦格格哭醒过来，看穆真不见了，就步行追赶，跑进法场。乌坚兵马早走得无影无踪啦。固伦格格哭啊，叫啊，两手紧扒着黄土，口喷鲜血倒在坟土包上……

乌坚埋完了穆真，闻报固伦格格已死，飞马闯进了宫，让兵卒把昏沉沉的库伦罕拖进冰窖。

库伦罕被瓦凉的寒气冻醒，慌张坐起，大喊乌坚，喊呀，喊，月亮窗哗楞楞开了，乌坚头一探，瞪着贼溜溜的眼睛说：“老糊涂虫，我是乌坚罕啦！你逼死亲生的格格，杀了神箭手穆真，怎配做罕呢？现在天赐给你块坟茔地，快去吧。”库伦罕听了头都要炸裂了，光嘎巴嘎巴嘴，一口血喷在地上……

穆真坟地，爬来了一大片黑压压的蚂蚁，盗洞搬土。穆真平时待兵卒好，都暗恨乌坚，同情穆真，在埋穆真时头上给他蒙了块野猪皮，土

---

① 色夫：满语，即师傅。

没有压实。蚂蚁搬土，搬呀，搬，穆真头露了出来。这时，飞来满天蜜蜂，往穆真嘴里送蜂浆，穆真很快醒了过来。一群蜜蜂又往固伦格格嘴里滴蜜，固伦格格吐血过多，半天才醒过来。正巧，寻找主人的千里白云马咴咴跑来，他俩飞身上马，跑回固伦宫。

乌坚贝勒正在宫中摆酒欢宴，瞧见固伦和穆真进来，腿吓酥啦，魂吓飞啦，固伦格格一箭，射穿乌坚右膀，穆真一刀割下乌坚的人头。而后，他们疾驰飞马来到冰窑，搭救库伦罕。库伦罕全身僵硬，被活活气死了！

固伦格格埋葬了罕阿玛，决意不继承罕位。从部落里选了一位智勇双全的罕，乌喇部落伊尔根们从此过上了和平欢乐的日子。固伦格格和穆真，背上弓箭，离开固伦宫，因他们喜爱青山绿水，回到了欢乐的噶珊。据传，松阿哩中上游一代的地方便是他们夫妻开垦起来的！

库尔金学艺

在早年间，满族人家讲究马箭功。满族男孩子七八岁就学盘马弯弓啦。马上功就有卧马技、立马技、滚马技，马扬鬃竖尾猛跑，骑手冷丁双手一摁马背，往身后嗖地一纵，骑在后边跑来的马背上，这叫“过梭”；烈马奔跑，骑手侧身滚纵在旁边跑马的脊背上，叫“滚边”。上马名堂也不少，什么纺车上、反背上、抓鬃上、抓鞍上，全凭机灵勇敢。马箭功，功夫更深啦！讲究身稳、眼尖、臂平、力大，什么左手箭、右手箭、兜底箭、花马箭、旋身箭，箭要中“月子”[1]，不能张啦（飞啦）、误啦（射晚啦）、裹啦（一箭没射着叫别人带走啦）。这些硬功夫，非得习学精熟不成，不单架势好看，而且准确、干净、利索！在早，满族就非常讲究骑马功夫。

单说满族镶黄旗下有个马甲[2]，叫“库尔金”。天天三吹六哨，净耍嘴片子。一天，库尔金想学好，将来好挣个功名，于是，跟萨尔罕说：“我呀，去学艺喀，多则三载，少则一年，就回来。”

媳妇听他要学点正经能耐，很高兴。小两口在西炕祖宗板上点了香，磕了头，祭告了祖先。媳妇又给张罗点银两，包几件褂子，第二天一大清早就送他上路了。

库尔金访呀访，听说百里外有位名师，他拜见啦，磕个头，说：“‘色夫’，收下我吧，我跟你老学弓马术来啦！”

老师傅瞧他远道而来，还有点戒心，就说：“你是真来学吗？”

库尔金向色夫表示，自己怎么离开家，拜的祖，一定要学好弓马术，就为这事到您老这来啦，您一定要留下。

这位老师傅看他这样诚恳，就说：“好吧，可是有一宗要讲下，我收的徒弟要半道不学了，得打40断亲棒！”

库尔金一听，倒吸一口凉气，这么狠呐，又一想，反正都来啦，也得学呀，就说：“徒弟一定遵规。”

---

① 月子：即箭靶。

② 马甲：骑马的将士穿着胄甲叫马甲。

第二天，库尔金高兴地拜见色夫，跪在地上听老师传艺。

老师傅半闭着眼睛，慢腾腾地，半天才说：“从今个儿起，你呀开始苦学吧！”

库尔金跪着听，心里很乐，美滋滋地点头，心想，熬几天苦自己就是人人钦佩的库尔金了！

老色夫说：“我后山有一群没笼头的马，你放两年马喀。记住，只准骑不准戴笼头，只准放山梁不准放平地，不准打，去吧！”这要求是严厉的，叫他放没笼头的马，只准在山梁上放，不准在平地放，那马在山梁上跑起来，多危险呀，还不准打马，就有这几条要求，去吧！

库尔金愣住啦，以为听错了，老师傅又说了：“快去吧，放马喀！”库尔金心里这个憋气呀！这算啥学艺呀？家里有马，何必跑到这来放马？刚想说，老头进里屋了。他心想，咳，还是瞧瞧喀吧！到了后山，见不少师兄弟，有的放马，有的骑马，闹闹吵吵好热闹。他来到后山冈，仔细瞅瞅，师傅让自己放的马群，一色是红鬃烈马，个个膘肥体壮，见库尔金走来，怒哼哼地张嘴尥蹄来咬，吓得他往后直缩身子。师傅有话，不让打，又不敢靠前，他只好心惊肉跳地站着瞅。站了一天，又躲了一天，一连 10 天过去了。心想，这样也不行啊！他咬牙冲过去，抓住一匹马的长鬃。这马正吃草，库尔金一拽鬃，马暴怒了，咴咴叫着刚要竖蹄奔跑，库尔金跳上马背了。马拼命在山脊上跑，穿山跳涧，库尔金抓住不松手。怪了，马跑了一阵，就站住老实啦。就这样，库尔金一个一个地骑呀，驯呀，放了一年，马脾气摸熟点了，一群马全能骑了。可是他全身让野马踢咬的伤疤，一块挨一块。他越想越懊丧，何苦遭这个罪呐！一赌气，硬着头皮来见师傅。

师傅笑着说：“恭喜，恭喜，你学识长进挺快呀！”

库尔金想说，一听师傅表扬就不好意思张嘴了，想半道回家吧，又怕挨不起 40 断亲棒。

老师傅早猜透了他的心思，说：“唉，可惜，你也就这么点造化。好吧，明儿个换个活吧，前沟有 3330 个石磙子，给我搬后沟喀。要记住，只准两手抱着走，不准扛着跑，去吧！”

库尔金听完，真窝火，这比放马更遭罪呀！他一屁股瘫在地上，说：“得干到多咱呐？”

“三年完啦再说！”老师傅进屋啦。

库尔金伤心地来到前沟，望见一山坡石磙子，一个挨一个，重的有二三百斤，不用说抱走，扛上肩都难上难。他蹲在草地上淌眼泪，恨自个儿不该跑这儿来学艺。他东瞅瞅西望望，心一横，不如趁着老师傅没在跟前，逃吧！刚有了邪念头，冷丁，他看见打山上下来一个人，一个胳肢窝夹一个大石磙子，走得飞一样快。他一瞅，不认识，心想，准是师兄，忙起来打个“千”。那人说：“你坐这儿干啥?”

库尔金只好把搬石磙子的事说了。那人说：“乍来，我比你劲还小。可是，练一练，能一手托一个；再练一练，不单一手托一个，两肩各驮一个，头上顶一个，还觉得飘轻飘轻的呐!”说着，他夹起大石磙子，“练吧，练吧，力是长流水，勤用大无边!”一边唱着一边走远了。库尔金仔细一瞅，大吃一惊，原来是老师傅!

库尔金狠狠心，在山坡上搬石头，搬啊，搬啊，开始搁不动，慢慢练，一搁一搁，抱起来了，再一使劲，搬走了。就这样，库尔金从前沟往后沟搬石磙子，干了两年，实在吃不起苦了，又想妻子儿女。一晃快三年啦，走吧，师傅不让；不走吧，又学不着本领。想一想，对，夜里逃吧!

库尔金逃回了家，正赶上旗下校武场比武。他没学完偷着回来的，大家不知道。都听说库尔金拜名师学艺，就派人去接请。库尔金没躲得及，硬给拉来啦。他心跳啊，骑术箭法师傅还没教呐，这可咋办？这时，不少马甲都考过了，一声锣响，传令官召唤库尔金的名字。库尔金只好走进场里，先比骑术。库尔金好在放二年烈马，真怪，骑上这些马像骑头牛。库尔金后悔，那咱让放马，原来是学骑术。不一会儿，抬来弓箭，库尔金选个百八斤重弓一拉，真怪，像摆弄一根细藤子。他轻轻拉圆了弓，“嗖嗖嗖”三箭，射透靶心三层牛皮。场里人人赞佩。

忽然，场外走来一位白发玛法，大声说：“不足喜，不足喜，再吃三年苦，千斤硬弓能穿透五层牛皮靶!”

库尔金一见，脸羞得红红的，慌忙跪下。白发玛法，正是师傅。库尔金哀告说：“徒弟甘受棒罚，愿回去跟师傅苦学三年!”

白发玛法师傅早不见了。库尔金万分悔恨。他这才明白，放马搬石是在学艺，心不坚，艺不精，不肯吃苦的人，成不了大器!

有个财迷心窍的老巴彦，整日跪在西屋里间，摆着香堂拜财神，磕头烧香，供品是牛羊猪禽，样样齐全。他爱财如命，对家奴们克扣勒索，很刻薄，属铁公鸡的——一毛不拔，人人恨。

巴彦跟前有个老丫头，叫依尔哈，美丽活泼，心地善良，待人也好。附近的权贵富户求人托媒，也有不少青年来送礼端盅的。可是，依尔哈都相不中，连哭带骂，给搅黄啦。老财迷一心要找个阔姑爷，官不够七品不让媒人进门槛；家不存元宝的不跟谈亲事。这样，一来二去，依尔哈二十大八啦，也没找到女婿。老财迷急得疯疯癫癫，依尔哈倒不慌不忙。原来依尔哈早爱上了家奴霍牛，两个人情投意合，夜夜知心话唠不完。霍牛的父母早亡，是个卖身孤儿。老财迷图霍牛年少力强，白白收下做了家奴。

霍牛勤劳善良，心灵手巧，放了牛，扫净院，挑满水，就带依尔哈编笼套雀。天上百鸟，叫得再好听，再精灵，也得落进霍牛编的柳笼里。霍牛住的东厢房，冬夏叽叽喳喳，叽叽喳喳，像个百鸟园。霍牛心肠好，抓来雀谁要都给，全屯家家都有他抓来的雀。依尔哈爱霍牛，偷偷给他缝衣裳，送饽饽，接济点银两。两人相爱的事，不知怎么传到老财迷耳朵里。老财迷把依尔哈唤来大骂，说："从今个儿起，你敢跟穷鬼霍牛在一起，我打折你的腿！"

老财迷一怒，把霍牛赶出了门。

半夜，依尔哈哭喊着在河边找到伤心的霍牛。霍牛说："依尔哈，我是个奴才，穷得叮当响。咱俩的事是水里月，镜中花，再让巴彦瞧见，你我都没命啦！"

依尔哈说："天上雀儿随心飞，墙根的葫芦随心爬。成不成亲由我依尔哈定，你不用怕，走，回咯，不就是说你穷么，我有法子！"

依尔哈跟霍牛悄悄地回到了家。家奴们都同情这对情人，都想气气老财迷，盼他俩成亲。

一天，依尔哈突然走进阿玛的香堂子。老财迷跪着念佛呐。依尔哈慢慢来到老头跟前，对着他耳朵说："阿玛，阿玛，依尔哈道喜来哩！"

老财迷站起身，回头说：“啥喜呀?”

依尔哈羞红着脸，小声跟老财迷说：“老爷敬财神感动了天。昨晚上我梦见财神爷说他下凡跟我成亲，做你女婿。”

老财迷皱皱眉头说：“去，去，一派胡说!”

依尔哈说：“真的，财神爷说，他若真下凡，能把供桌上的木元宝变成银元宝。不信，阿玛看灵不?”

老财迷听说木元宝能变银元宝，就心动啦，说：“好，好，下黑我看看。”

老财迷吃完饭，总觉不可信，又一想，为了让宝贝姑娘高兴，不妨试试。他偷偷打开地窖，拿出祭祀上供用的十个木元宝，摆在供桌上，烧了香，磕了头，跪在地毡上，闭目祈祷。夜深了，老财迷念叨念叨，闭眼睡着了。

供堂里蜡烛光很暗，依尔哈从供桌后头悄悄走出来，穿双毛底绣花鞋，脚步很轻，趁老头迷糊中，很快撤走十个木元宝，把自己攒的十个银元宝，按原样摆好了。她三步，两步，转到供堂后边，心一急，“嗯哼”咳嗽一声，溜走了。

老财迷听到声，忙一睁眼，供堂里静静的，心里很后悔，才刚打个盹，神仙怪罪啦，细琢磨，怪不得财神白脸呐，咳嗽声都像女人。正觉奇怪，磕几个头爬起来，瞅供桌上元宝如数摆着。灯下，元宝颜色一新，抓起来，掂了掂，啊呀！银元宝!

老财迷乐坏啦。第二天早上，依尔哈来了，问：“阿玛，元宝变没变?”

老头奸滑啊，总觉离奇，不敢相信。晚上，自己又悄悄来到供堂，走出看看外边没有人，把家奴们都打发睡了，反锁好门，爬进地窖抱出十个闪亮的银元宝，摆在供桌当央，嘴里叨咕：“财神玛法，财神玛法，你要是真降临我家，就把十个银元宝变成金的，奴才一个也不贪用，给玛法修庙盖殿。”

念叨完，磕了头，烧了香，跪在地上。这会儿，老财迷生怕睡过去，强打精神念经，边听动静。偏巧，老财迷贪吃鱼肉，闹肚子拉稀，实在挺不住了，捂着肚子往外走。他用大锁把堂子锁上，心想，谁也进不来。这才放心走出去。老财迷拉完屎回来，又跪地磕头，忽然想起供桌上的元宝，站起来过去一瞧，简直乐疯啦，整整十个金元宝，照得满屋通亮。老财迷想，门才锁的，堂子没第二个门，金元宝一定是财神赏赐的！乐得跪地磕头，说："听小女说，玛法下凡愿做门婿，不敢，不敢，情愿侍奉你老做一家之主，奴才事事恭听……"

忽然，神像说话啦："口说无凭，岳丈把才说的话，用折子写清，呈我看看！"

老财迷让十个金元宝乐迷糊啦，猛听财神爷说话，吓得一身汗，哆哆嗦嗦光磕头，不敢抬头，猫腰拿过笔砚，写好迎请财神爷做女婿的折子，站起身，到蜡烛前刚要升烧，突然伸过来一只手，把折子抢过去，说："别烧，别烧，阿玛给我！"

老财迷一愣，睁眼仔细一瞅，可气坏了！供桌前站着女儿依尔哈，神龛旁站个大汉正是霍牛。老财迷气得胡子直扎煞，呼呼哧哧乱喘，刚要扯脖喊院丁，依尔哈跪地说道："阿玛，实不敢瞒，我跟霍牛早订了终身，儿已怀孕三个月，不要声张为好。"

老财迷气疯啦，喊："你，你们怎么进来的？"

依尔哈说："阿玛，这是依尔哈想的计。堂子下挖了地道，佛堂有洞口。我们的新房就在堂子底下。将计就计吧。财神姑爷进家，传出喀不好听。要不应允也不光彩，阿玛亲笔写的折子，到旗衙门怕也赢不了！"

老财迷连憋气带窝火，不久就伸腿死啦。霍牛跟依尔哈结成了夫妻，家奴们个个喜欢，不再挨打挨饿啦。小两口日子越过越富足。乡邻说："嘿，依尔哈真选了个财神女婿！"

过去，老年人管孩子常好说："出喀喝酒贪财，瞎黑儿碰上巴柱①。"巴柱的故事，在黑龙江边流传可广哩！据说，巴柱是小个子，长的人形，没下巴颏儿，可勤快能干活啦，好人碰上它，帮着笼火看马；坏心肠的人碰上，也真捉弄人。

有这么老哥俩，老大生来故懂坏，拐弯抹角寻摸法儿刮吃人，是个土财主，六亲不认；老二是哑巴，着天给哥哥闷吃闷吃傻干活，吃不饱，穿不暖，谁见谁心疼。大年三十啦，老大打元宝堆里拿半块银元宝，分给哑巴。老大给完了，又心疼又后悔，抓耳挠腮想打兄弟手里套弄回来。左琢磨，右琢磨，有啦！他跟弟弟打比划，那意思是说："哑巴，咱家买口母猪吧，你呀上爱辉城喀，先把你半块元宝垫上，等猪下羔子卖啦，阿浑还你整个的。"老大心里有小九九，到时候编个喀儿，嗯，半块元宝你也别想摸到。

哑巴给哥哥干了20年活儿，挣了半块银元宝，又被绕弄回喀啦，他心明镜似的，可是，老实窝囊，嘴吭哧不出来啊，只好骑上枣红马，傍黑时走了。

哑巴走啊，走，来到一片白桦林子，枣红马咋打也不走了。林子里黑咕隆咚的，星斗满天。哑巴想，马不走就不走吧，歇歇气儿，打个小宿，赶天亮进城买完猪回喀，也贪不了黑。他下了马，选个僻静地方，把马笼头一解，前腿一绊，撒开了。抱来干柴碎草，笼火取暖。哑巴越寻思越伤心啊，在火堆边铺上黑羊皮坐在上边，打褡裢里拿出块狍子肉烤上啦。他掏出刀子，割着肉，小铜壶一端，唉声叹气地喝起酒来。哑巴心里不痛快，喝几口就醉啦，迷迷糊糊中就觉围着火堆坐几个小黑小子，倒着坛里酒，吃着狍子肉，一会儿，吃光啦。等哑巴酒醒了，火堆灭了，枣红马用嘴拱他，咴咴叫着。哑巴清醒了，天亮啦！他坐起来一看，很吃惊，眼前放着一个金元宝。哑巴等啊，等了好大一阵子，也没

① 巴柱：满族传说中的一种妖怪，又称"玛虎"，它善良、顽皮，好戏弄贪婪或酒醉的人。

有人来找，还要等，枣红马咴咴叫着把金元宝叼他怀里啦。哑巴把元宝装进褡裢，骑马进街啦。

哑巴买回猪，交给老大。自己用金元宝买了房子和地，不受欺压啦。老大看哑巴小日子闹腾起来了，既眼热又气不公，连比划带哄骗套弄哑巴讲发财的秘密。哑巴心实惠呀，就把那天上街买猪的事，比划给老大啦。

老大一听，乐坏了。晚上，他也备点酒，割块猪肘子，骑上枣红马去白桦林子。到了白桦林子，把马一放，笼堆火，边烤火，边喝酒。他来的早呀，打上半夜熬到下半夜，三星偏西啦，东张西望也不见巴柱影儿，咬着牙，耐着性又等啊，等，忽然枣红马咴咴叫，睁眼细看，火堆转圈儿坐着几个巴柱，正喝酒吃肉呐！老大心里高兴，紧闭眼睛装睡。冷丁，觉着几个巴柱走过来，往他皮裤兜里塞东西，瓦凉瓦凉的。他想，嗯，准是往里塞元宝！巴柱往裤子里装了老半天，冻得他龇牙咧嘴，越冷越高兴，给哑巴才一个金元宝，给我装这么多，不由喊出声来："装吧，装吧，越多越好！越多越好！"

老大这么一叨咕，巴柱没啦。睁眼一看，吓坏了，"扑咚咚，扑咚咚"，大雪里走来一只老黑瞎子，奔着火堆来找食吃。这时，枣红马挣开绳子跑了，他满裤子鼓鼓囊囊，爬不动，站不起来，狂喊救命，一慌，滚进深雪坑了。

天亮，家人来找他，好歹在雪沟里找到了，快冻僵啦，帮他解开衣裳，裤兜里鼓鼓溜溜的，一掏啊，全是冻马粪蛋子。

我们太爷活着的时候，好给晚辈们讲因德布发家的“古趣儿”。早先年，萨哈连乌拉两岸，树木狼林，骑走马跑百八十里，能瞧见一个部落的烟筒，算近的。如今屯落像满天星斗，干碴瓦净是平川好地，那是后开出来的。你知道吗？一镐一锹开这大片的油沙地，拌进了多少辈子人的血汗呀！

那咱，大窝集里，像恶狼争窝一般，谁有势力谁圈占的地块就大，盖的地营子就多。有个给贝勒看门的哈番，叫因德布。一天，他偷走贝勒两匹马，让贝勒逮住啦，打得遍体流血，赶出去了。因德布骨折筋断，在都柿秧里爬呀，滚呀，不能吃，不能喝，眼瞅要咽气啦！半夜，走来一个巴柱，看因德布怪可怜的，就说：“狠心的贝勒太毒啦，阿哥，我巴柱帮你。”

巴柱把因德布背过一道道山，又过一条条岭，一直走到天亮，来到荒凉的萨哈连乌拉。巴柱挖个坑，搭个地窨子，天天给因德布喂水，采山果吃。过了一个秋天，因德布伤好啦，巴柱帮他伐树开荒。巴柱可能干活啦，白天黑夜手脚不识闲儿，不过三年，西河岔子20垧地，巴柱全给因德布开出来啦。因德布成了富有的巴彦玛法。

因德布骡马成群，财宝一天天多啦；巴柱走不动了，爬不了，一天天老啦。因德布嫌巴柱白吃饭，没用了。江上冰排像云朵似的漂下来了，因德布绑上巴柱，背起来，扔到冰排上顺流淌走了……

到因德布地营子干活，像钻进了魔鬼的嘴，可刻薄啦！诸申们常唱支苦泪歌：

因德布尝饭啦，
七个饽饽长毛啦，
七碟大酱长蛆啦，
炕上掉了三粒米，
七个姑娘捡走啦，
七条狗给舔净啦……

因德布雇了100个诸申，逃跑了99个，剩下一个也没劲啦。转眼，到开江种地时候啦，因德布愁得乱转，还得雇工呀！

偏巧，西大沟巴拜家最穷，阿玛和额姆年老不能动。巴拜二十多了还没端盅说媳妇，穷得家里只有一个花狸猫，锅台上几双筷子几个木花碗，地上一只叭拉缸，外边养三只臭供①，阿玛伤心地说：“孩啊，找因德布魔鬼吧，上他地营子讨个活计喀！”

巴拜去啦。因德布见巴拜老实、厚道，像个牛犊子，心里高兴，说：“来，也行，不过，你得照我地营子的规矩干活。”

巴拜问：“啥规矩，说吧！”因德布说：“见亮就上工。”

巴拜听了心想，天亮干活，天黑收工，这是常理：“行！”

因德布又说：“见吃的就吃。”

巴拜一听，挺乐，巴彦能管个饱，挺好：“行！”

因德布见条件谈得顺当，很乐，又说：“最后一条是见活就干。”

巴拜寻思，挣钱干活，咋能偷懒，也没细琢磨，顺口答应了。

因德布见他都应允啦，说：“好吧，立个牛皮文书。三条干好，巴拜，我每天多给你一两银子。干不好，我每天罚你一两银子。”

巴拜跟因德布立了牛皮文书。第二天，巴拜就上工了。

因德布走过来说：“你呀，今儿个给我撒三垧麦子，牛马给放啦，西河道一垧树根子给刨啦，院里七缸水晚上给挑满啦！”

巴拜从早到晚干啊，干啊，干不完，肚子饿得咕噜噜响，怪，不见来送饭的！巴拜实在挺不住啦，去找因德布：“巴彦，我干活，你得给我吃饭啊！”

因德布眼珠子转转说：“不是讲妥见饭就吃么！地上有野菜，猪食缸有泔水，牛吃、马吃、羊吃、猪吃，谁不让你吃哩？”

巴拜一听气极了，说：“那么多活儿，我一个人干不了！”因德布嘿嘿一笑，说：“这也写在牛皮文书上啦，见活不干你给我一两银子吧！”

巴拜憋了一肚子火，天黑了，难过地想回哈什歇歇，因德布说：“巴拜，在我地营子休想闲着！见亮就上工，白天太阳亮，下黑糠灯亮，夜里星星亮，三更四更灶膛里火苗亮，不干喀，赔我银子！”

巴拜又后悔又气愤，哭着回到家，一五一十跟阿玛和额姆讲了。打火印子的牛皮文书都订了，全家愁啊！阿玛叹口气说：“走，全家上地

① 臭供：满语，小鸡。

营子干活吧！”

巴拜扶着爸、妈，边哭边给因德布干活，干着，干着，阿玛和额姆累昏过去了。巴拜抱着爹妈哭叫。这时，星光下，地里好像有动静。巴拜仔细端详，来一帮巴柱，刨地的刨地，点籽的点籽，放马的放马，不一会儿，地种完了，马放好啦。爹妈也苏醒过来，正惊奇着，巴柱说：“阿哥，阿哥，去，跟因德布要银子喀！”

巴拜见了因德布，手一伸，说：“给我一两银子！”

因德布一愣，到地里一看，果然地种好啦，没法，只好给巴拜一两银子。因德布头一回吃大亏，心疼啊，心眼一动，说：“明儿个，给我刨五垧生荒，另外，上西河套把马群放啦！”

巴拜知道这是刁难他，一个人咋能又刨地又放马？心里犯愁，回来路过白桦林子，巴柱来啦，说：“我们帮你忙，明早你要银子吧。”

因德布挺纳闷，一连一个半月，输了45两银子，像刀剜了心头肉，疼得直蹦跶。越寻思，越觉奇怪，他白天给巴拜摊派了活，夜里就猫在草棵子里偷着观察。一看，乐呆了，一帮巴柱正帮巴拜铲地呐！心想，自己要有这么多巴柱，千垧地万垧地也能开出来呀！

第二天，因德布笑嘻嘻地把巴拜叫来，说：“我给你20两银子，你把巴柱给我灌醉了。不然，你赢我的45两银子全归我。”

巴拜一听更犯愁啦，走过白桦林子，巴柱来了，见他愁眉苦脸，就问他是怎么回事儿。巴拜就把因德布的话说啦。巴柱说：“不用犯愁。明天因德布给了你银子，就走吧，找个地方好好过日子吧！”

半夜，巴拜把因德布领来，在地营子里摆席饮酒，地窨子里外到处都是酒菜，不一会儿，巴拜进来说：“巴彦，给我银子吧！”因德布出去一瞅，嘿，地上睡不少巴柱，都灌醉啦！因德布乐得像得了金山，从怀里掏出20两银子给了巴拜。巴拜走了。因德布高兴啊，酒喝得更多，歪咧咧睡着了。等天亮醒了酒，睁眼找巴柱，地上哪是巴柱啊，是些又粗又长的榆木桩子。冷丁地，他觉得头皮冒风，一摸，哎哟，满头辫子全叫巴柱剃光啦，像个猪尿泡，身上缎子袍扯成了花布条子，抹了一脸猪屎，气得他往外跑，20垧庄稼地全让巴柱磨磨平了，牛马跑了满山。因德布气得干瞪眼，嘎巴嘴，一口气没上来，死啦！

西河岔二十多垧好地，叫穷雇工们分种啦。从此，一马平川的地，出了百家姓。

蓝衫泪

在清代的同治年间，温德河子那块住着一户就母子俩的人家。老母已近八十岁了，身子骨不硬实，还有点喉咙气喘，一到秋天就犯病，什么也干不了。儿子来喜快三十岁了，因为家贫，至今还光棍一个。不过来喜这孩子挺勤劳、孝顺的，朝天每日到山上和林子里打个野鸡，套个狍子，换点银子，一来养家糊口，二来买药给额姆治病。母子俩就这样相依为命。

温都河子地处松花江边，杂草树林丛生，特别是长了一大片椴树林子，一到春天的时候，椴树花一开，招引很多蜜蜂来采蜜，并在树上絮了不少蜂窝。来喜上树把蜂窝摘下来，拿回家去搅成了蜜，然后到街上去卖。

一天清早，来喜去卖蜂蜜，路过闹市，瞧见了饽饽铺的掌柜的，此人姓巴，因他右手长六个手指，人们都叫他巴六指儿。巴六指儿怀抱着装着枣泥馅豆包的柳笸，唱唱咧咧地吆喝着。他看见来喜走过来就说：“唉哟，兄弟，这是赶集去呀?”

来喜为人忠厚、善良，很讨巴六指儿的喜欢。巴六指儿见来喜家的日子过得挺紧巴，常常买来喜打的野鸡、山兔子。来喜好说话，只要巴六指儿买，给点钱就卖。不少人都对来喜说：“你怎么叫巴六指儿给熊住了，这么贱就卖给他，打一只野鸡多不容易呀!”可来喜不这么认为，他说：“我年纪轻轻的，勤快点，多打几只都有了。大家都是邻居，别说给点银子，就是管我要，我还能不给吗?”所以，来喜和巴六指儿的关系挺近乎的。这回来喜见巴六指儿问他是赶集去，他只好如实说了：“唉，不瞒六爷，家里老额姆有病，口粮又断流啦，光卖这点蜂蜜也不顶事，顺便去娘舅家讨几升米。”

巴六指儿这个人还挺豪爽的，半同情半开玩笑地说：“来喜呀，你我都是老邻旧友，何必远求呢！找你娘舅家多麻烦，我摘给你几吊，买点粮柴，解解燃眉之急。这真是愁人的了，你就拿去吧，不用跑那么远了，咱们之间谁跟谁呀。我呀常去北关卖饽饽，听到一个信儿。来喜咱们是好朋友，我向你透个信儿，这可是一件好事。”来喜问什么事。巴六指儿说："我呀常去北关卖饽饽，听说管船的何船爷要找个看院子的帮丁。你家里这么贫苦，老娘又有病你为何不找一个差使，免得整天上山打猎那么辛苦。你要能到何船爷家里做帮丁，干上那个差使，你就能挣到银子，手头就宽绰了。嘿嘿，说句老实话，就看兄弟你有没这个福分了。何船爷家有一个姑娘长的挺漂亮，你如果在他家里头当帮工，屋里屋外勤快点，把老何头给摩挲住了，他要一喜欢你，就把你当成他们家的姑爷，那多美呀，老何家的姑娘可是个美貂婵呐。谁不盼呐，你该有个媳妇了。"

来喜听了后，赶忙说："六爷，六爷你这是开玩笑呢，人家是有名的富户，娇美的大姑娘，瞧我一身穷气，可不敢高攀。咱没那个福气。"

巴六指儿腆腆自己的肚子，挺有把握的对来喜说："来喜呀，别那么瞧不起自己呀，我看这事行，为了让何船爷相信，你找个保人呀，我可以担保呀，保你这个人老实本分，勤劳能干，你看行不行？"说着呐，从自己怀里掏出两吊大钱，往手心上一放，说："来喜你看，这不就是钱吗，这样吧，你把这钱拿去，先买点粮，填饱肚子，再给你额姆抓服药，她老人家别犯愁了。三天后你听我的信，这两天我就去何船爷家给你办这个事。你老实巴交的，身强体壮，干活又勤快，他上哪去找呀。你放心吧，三天后我就告诉你。"巴六指儿说得非常有把握。

来喜听了心里挺感激，马上躬腰给巴六指儿作了揖，说："巴爷，那我先谢谢你了。"

巴爷说："这银子你拿去，买粮吧，就不用去娘舅家讨米了，我不着急向你要，你什么时候有了，就什么时候给我。"说着把银子硬塞到来喜手里。来喜心里想：行吧，反正我到哪都是借，还能不还吗，肯定得还。明天我上林子里去打两只山鸡，再下个网，打两条鲤鱼，也就顶上了。于是就把那两吊钱接过来，揣到自己的怀里，连声感谢巴爷。两人就分手了。

闲话不说，就说到第四天的头晌，来喜正坐在院子里的木墩上织补渔网，忽听搁远处有人喊："来喜兄弟，来喜兄弟。"他回头一看，嘿，巴掌柜，巴六指儿，腆个大肚子，迈着八字步，喘着粗气，笑呵呵地走来，说："你住这块太不方便了，我来一趟气都喘不过来啦。"来喜赶紧站起来，上前迎接巴六爷，亲热地说："六爷，六爷，你怎么来啦。"

巴六指儿说："我能不来吗，你都没去找我。咱们说的那个事我给你办妥了，你喜事临门了。唉，叫我进屋，进屋看看你的老娘。"巴六指儿这人挺侃快的，笑呵呵地反倒拉着来喜的手进了屋。到屋里他先给坐在炕上的老太太打了个千，道了喜，然后坐下对来喜说：“来喜呀，你看你多有福气，这事我真给你办成了。我到老何家，见到了何船爷，就把你的事一五一十地讲了，说你这个人的为人，怎么能干活，忠诚老实，没有歪心眼子。我这一说呀，何船爷非常高兴，就满口答应下来，当帮丁的事就说妥了。”巴六指儿站了起来，笑着走到炕边，冲着老太太大声说：“老大妈呀，你儿子这回可有活干了，你不用愁了。”

老人家两眼含着泪说：“谢谢你，你是大恩人哪，这是救我们的命呀。”

巴掌柜，巴六指儿，又冲着来喜说：“来喜呀，现在你就赶紧打扮打扮，收拾利索点，然后我领你去见何船爷。”

这个喜事，就像从天上降下来，乐得来喜他们娘俩不知说啥好了，真是向巴六指儿千恩万谢。

为来喜找到了差事，巴六指儿又特意回到家，在自己的箱柜翻来翻去，找出一件来喜能穿的衣服，蓝布长衫。虽然旧了一些，但没有破的地方。他又紧忙给来喜送去，来喜穿上还行，不瘦不肥。让来喜穿上这衣服之后，老太太下了地，又帮助来喜把他背后的辫子梳理得油黑瓦亮。在早大清时，这个辫子是非常重要的，它代表一个人的礼节，也代表自己家人的身世，如果辫子太乱了，就看出这家生活不怎么样，辫子一定要梳好，看起来要美观，显得精神。所以，过去非常讲究梳辫子，孩子都是老娘给梳，结婚后，是媳妇给梳，单有梳辫子工。这回老娘亲自给儿子来喜梳辫子，老人家非常细心，在头发上的细草杂物还有一些灰尘，都一点一点摘抹下去，蘸着清水用手捋着头发，捋完后，抹上辫子油，然后再用手捋，把辫子捋的油黑瓦亮，这才编上辫子。老娘给来喜梳的辫子非常好看，这是表示娘的一片心呐，老额姆心想：孩子，此事是六爷帮你找的地方，咱们可有个出路了，有个饭碗了，孩子你要好好干活，好好干呐。

辫子梳好后，又穿上巴六指儿的蓝大衫，嘿，这回再看看来喜，那真是一表人才，特别精神。巴六指儿非常高兴，就跟来喜说：“来喜呀，那咱们就走吧。”于是，来喜拜别了额姆就跟着巴六爷出了门，直接上北关去了。

各位阿哥，吉林北关，在顺治年间的时候，就挺出名。从康熙以来，吉林是人烟兴旺，一片青砖灰瓦，街市热闹繁华。在北关这块，当时住着一户著名的满洲旺族何舍李氏。老何家，何舍李氏，在早祖上是袭过爵位的，不过到了何船爷的辈上，已是霜打茄子败落啦。过去不有句俗话吗，瘦死的骆驼比马大，现在的老何家你可别小看，他们在吉林北关的河口上，是有渔船百只，帆网满楼的网户达，雇了不少船伙计，船奴才，叫扎卡屋。扎卡就是船，有大船小船，渔船为多，其中摆渡船最挣钱。什么叫摆渡船，那个时候吉林沿江没有桥，从这岸到对岸怎么过江呢？全靠船摆渡过去。这船有大有小，大船能载几辆马车、牛车一次摆过去，一般行人、游客就乘小船摆渡，乘船的都要交几文钱才能过江。老何家，就靠这个挣钱过日子。何船爷还掌握不少渔船，那渔船大的上面有二层楼，装了很多帆网，能够顺水下到同江，到三江口进入黑龙江，有的甚至到黑龙江下头去，到海边网大鱼。所以人们都称何船爷为渔户达，就是打鱼的首领。说起这个渔户达，何船爷还是接他爷爷这个营生的。他爷爷年轻时就经营船只，靠摆渡、打鱼为生，是当地有名的渔户达。他爷爷传给父亲，又传到他已经是三代了。别看老何家家大业大，人缘还挺好，代代都行善事，好济贫助困，到何船爷这辈也是这样。可惜呀，到何船爷这辈人烟稀少，儿子在同治初年的时候战死在疆场上，眼下老两口身边没有儿女，但很多人都愿帮他们家干活，就像他的儿女一样，热热闹闹，家里并不显得冷清。

有一年松江发大水，何船爷正在江中摆船，就见从上游冲过来一个小孩，何船爷和船工们跳入江中把这小孩给救上来，一看是个挺好看的小姑娘。何船爷就把她抱到家里，老夫人专门雇个丫环精心抚养，取名叫秀，如今已长大成人。这就是巴六指儿所说的美貂婵。可惜，前两年老夫人过世啦，秀已经到了16岁的年纪。何船爷年过花甲，一大摊子家业没人支撑，何船爷也非常着急，自己年纪这么大了，这个家业可怎么办？北关很多邻居们都希望何家支撑这个船业，因为老何家代代摆船，水上的经验丰富，是人们经商做买卖，过江串亲戚的好帮手。再说了，何船爷人缘也好，过往行人，没有不叨念和传颂他的。大伙都不愿意何船爷离开船家事，但是，现在老何家就缺少继承祖业的人。

各位阿哥，俗话说的好啊，树大招风，在林子里什么鸟都有，在吉林北关这个地方也是如此，也有很贪恋何家钱财的狼，特别是何家有一个年轻美貌的秀，更招引一些人。有些人到这来坐船，帮忙摆船，实际上是为看秀的，总千方百计想贴上秀。何船爷何尝看不出来，可是身边没有人，秀还得帮助摆船，忙活，不能总躲着哇。何船爷也真为自己身边的宝贝姑娘着急，怕出事，人心隔肚皮，这人一旦使坏，欺负了我的秀怎么办？为了解决这件事，何船爷这半年来，就放风要找个帮工，什么帮工呢？就是一个看院子的帮丁，他没说船上的事，就是帮着看看院子。实际心里是想选一个可靠的人，接他的家业，他只是没有直接说出去。

这件事让巴六指儿知道了，他就告诉来喜，来喜也愿意，于是他中间给撮合，你别说，他还真给撮合妥了。那天他把来喜介绍给何船爷后，何船爷就说："你带来我看看，要相中了，我就雇他，给多少银子没说的，我不会亏待他，你知道我这人的为人。主要看人，不管银子。"

这不，巴六爷这天乐颠颠地就把来喜给带来了。说到底，人家何船爷要先看能不能作为我的看院子的帮工。他心里话呀，我选的是能看上眼的顶门爱婿呀，就是秀的男人，也就是我的姑爷，我不能说出去。何船爷这个心思，说实在的，他的宝贝姑娘，秀也知道，那叫 16 岁的姑娘，什么不懂。知道阿玛是为了谁，是为了自己一辈子的事，阿玛多慎重啊。秀心里思摸，找的人要来了，我得露一手，做点好吃的，今天做点什么呢？做白小米饭。乌拉街的白小米是清代贡给皇上吃的，喷香可口，也只有乌拉街这一亩三分地才产白小米，别的地方产的都是黄的。秀今天做的是白小米饭，做什么菜呢？何船爷还跟自个儿丫头商量。就说："秀啊，今天做点什么菜呢？"

秀就说啦："阿玛，咱们江边上的人，竟吃鱼了，今天就别做鱼了，杀个鸡吧，吉祥。"何船爷听了非常高兴，就杀了一只鸡，专门做的鸡肉蘑菇炖粉条。

何船爷为了要选自己的顶门爱婿真下了不少功夫。所以这次，巴六指儿带着来喜到他家来，何船爷没把他看成是相一相雇的帮丁行不行，而是像招待客人一样讲究排场。这一点，巴六指儿没想到，使他非常感动。他们进屋以后何船爷好烟好茶侍候，不大一会儿，由秀亲自把小炕桌摆上。满族家里的小饭桌都不大，长方形的，因为使的年头一多，擦得红亮红亮的，相当好看。按满族人家习惯，先摆上四小碟咸菜压桌，然后上了两大碗鸡肉蘑菇炖粉条，热气腾腾，香味扑鼻，秀做的也非常好，另外饭也端上来啦。何船爷今天破例，把自己泡了好长时间的长白山人参、五味子老酒也拿来了。因为他知道，饽饽铺的巴掌柜，能喝酒。巴六指儿这个人到哪都像在自己家似的不客气，今天也非常高兴，连连自斟自饮。来喜特别腼腆，坐在那块不动筷子，还是何船爷一再地给他夹肉，让他吃。来喜低着头，不好意思地慢慢吃，酒也不喝。

巴六指儿直劝他："来喜呀，这儿将来就像你的家一样，要侍候好老何家，侍候好何船爷。到何船爷家了你别当外人，赶紧吃，该吃就吃，该喝就喝，何船爷那是天下少有的善人呐。"他一再地劝他，来喜点着头，一声不吭，好像尊命似地赶紧吃饭。

吃完以后，秀儿把桌子和饭碗都捡了下去，收拾完以后，又把自己沏的茶，端上来。秀儿今天格外高兴，她心明镜似的，两只眼睛不时地、偷偷地瞄着来喜。来喜呢，低着头，傻乎乎的，不知说啥才好。何船爷，边陪着巴六指儿喝茶，谈笑风生，边用眼睛不停地看来喜，看来喜的长相、个头、气质，感到这孩子忠厚、老实，真是本分人家，心里挺高兴。这会儿，何船爷真感激巴六指儿，你帮了我大忙啦。

巴六指儿吃完了喝完了，也挺高兴。但是心里不落底，我介绍的来喜还没听何船爷说行不行，他想得问呐，不问怎么行啊。巴六指儿喝了一口茶就先开口了："您让我办的事，我把他领来了，您老是同意，还是不同意呀？"

何船爷抿了一口茶，然后把茶碗放在炕桌上，哈哈笑着说："巴掌柜，你说哪里去了，我谢谢你呀，你帮了我大忙。但是，要了解一个人不能只看一时，咱也不能只看一眼，就定夺。你说这样行不行，我跟你商量一下，也跟这位叫来喜的小客人商量。来喜呀，你到我这块别见外，咱们都是吉林人，共同喝着松花江的水，实际上都是一家人。既然你到我老何家来了，我家就是这么个情况，眼前一个是我老头儿，再一个是丫头，就是我宝贝姑娘叫秀儿，家里就我们两个人。我现在这个盼哪，盼院里有个帮工，找个可靠的人。这不，你把来喜给介绍来了，巴掌柜我非常感谢你呀。巴掌柜，你看这样行不行，让来喜在我这呆一些天，我们老少爷们，在一起干活，在一起好好处处，处好了，可能就在这呆住了。如果我这边没相中，或者是来喜相不中，就拉倒。所以，我的意思是，让来喜先住些天，过些天，你再来一趟，咱们那时候再定下来，该给多少银子，该做什么活，都一一定妥，你说行不行？来喜这儿我全包下来，吃的、住的也包括他家里的老额姆，必要的时候要行的话，把她老人家也接到我这来。"

这时来喜说："我妈不习惯，她在自个儿家呆惯了，不愿意到别的地方去。"

何船爷说："那也行，那也行，人家额姆不愿意到这来，就让她在家里呆着，人都有个习惯，人熟为宝。不来也行，不过你家如需要啥，缺银子，缺东少西啥都行，也算我包下啦，我不但包你吃住，我给你银两，包括你额娘需要用啥，我都管。巴掌柜这么说吧，先让来喜在我这儿呆些天，习惯了呢，就在一起处，不习惯来喜就回去，你说行不行?”

巴六指儿一听觉得何船爷说的有道理呀，人家不能光听你说，得亲眼看看来喜的品德怎么样，能不能把家里活拿起来，这是人之常情啊。想到这儿，巴六指儿点头就说了：“何船爷，可以，可以，你老能收留来喜，我就感谢你啦。来喜呀，何船爷这个想法挺好，你在何船爷家里头帮助干几天活，家里有什么事呢，你告诉我也行或者你回去办，何船爷也答应了。”来喜点点头，这事就这么定下了。

巴六指儿要告别何船爷，就把来喜留下了。何船爷在送他时拿出一锭银子，表示对巴六指儿的谢意。巴六指儿一再推辞，不要这钱，哪能要您老这钱呢，我帮您老办点事是应该的，咱们都在北关住着这算啥事，不能要，不能要。

何船爷说：“巴掌柜收下吧，你帮了我一件大事。我和我的姑娘感谢你啦，你必须得收下，你不收下就是没瞧得起我何船爷。”

巴六指儿一看，何船爷真诚心呐，要不收也不对劲呀，只好再三感谢，就把银子收下了。

何船爷和秀儿，还有来喜把巴六指儿一直送到大门口。来喜就留在何家。

何船爷挺懂得事理，怕来喜惦记他额姆就让来喜带着他们家的粮米和秀儿给准备的菜，回家告诉他老额姆这边的事，让她老人家放心。晚上来喜又回到何船爷家。从此来喜就住在何船爷家。

说实在的，何船爷自从见了来喜，心里不知有多高兴，他多次上下打量来喜，后来只要有时间就盘问来喜家里的情况，几口人，怎么到现在还没有成亲，一再盘问。来喜来了几天，经过他观察和相处，觉得挺称心。他非常感激巴掌柜，给他送来一个可心的人。

来喜这孩子，生来就忠厚、老实、勤快，从来不知道偷懒，手又非常巧，做什么事，干什么活都特别细心认真，干净利索。这当然能讨得何家父女的喜欢。没过几天，不但何船爷离不开了来喜，就连他的宝贝女儿秀儿，也打心眼里相中了小来喜。那小来喜是苦命家的孩子从小就会干活，织网啊，捕鱼呀，上山打猎呀，种地铲地呀，啥都行。就连摘个菜，他们父女俩都离不开来喜，都让来喜帮忙，特别是秀儿干点什么事都找小来喜。自从来喜来了以后，两人还能谈到一块。来喜虽然平时不说什么，但干的各式各样的活，那个利索劲，秀儿非常满意，真是相中了。就这样，秀不管干什么活，老唤来喜，来喜一听秀叫他，就忙前跑后。这两个孩子处的很好，互尊互让，有说有笑，简直就是天生的一对。何船爷一见自己的宝贝女儿比以前还精神了，整天是乐呵呵的样子，有时嘴里还哼着小曲，就觉得心里这个甜呐，真是心甜如蜜。

左右邻舍一看老何家有生气了，过去呢，就一个老头和一个姑娘，家里死气沉沉。自从来喜来后，干活什么的，那个活跃劲，就不用说了。平时也常听到秀儿嘻嘻哈哈的像银铃般的笑声，大家都夸何船爷福星高照，暗暗地在说，何船爷表面上是选一个看院的帮丁，实际上是找自己心爱的女婿。这事八九已成了，就等喝老何家的喜酒扎彩轿啦。大家也都盼着这一天。

谁知这人生的事情，就这么难以预料，就在何船爷家里喜事临门，他的漂亮女儿秀儿那美妙动听的笑声，天天在响的时候，突然间，在这个院里出现了悲伤之事。真是乐极生悲，横祸天降。远近知名的大善人何船爷，在自己的瓜棚里歇凉睡晌觉时，突然间死了。这事真是轰动北关那块，上上下下，左左右右，都说何船爷死了，何船爷死了。这真是老天作对，大善人死了。多少人都围过来了，这几天何船爷家的门口，围的是里三层，外三层。有不少人含着眼泪抻着脖子往里看。何船爷，何船爷你这么好个人怎么就突然死了呢？都为何船爷惋惜，都心疼、惦记这个可怜见的没有母亲，自己的父亲又去世的秀儿。这个孤苦伶仃的秀儿，谁听着，谁都为她悲痛万分。邻居们到处打听怎么回事，何船爷怎么死了？

单说，这个邻居有个叫麻花佟二的，他姓佟排行老二，大伙都叫他佟二，因他到处卖麻花，又叫他麻花佟二。大伙不是老问何船爷一个好好的人怎么就突然死了呢？麻花佟二说，是呀，这事他知道。邻居一听他知道，都围上问他怎么回事。麻花佟二说："我那天，卖麻花路过何船爷这块，我隔墙听到有打仗殴斗声，我呢不知出啥事了，就扒着墙往里看，我恍忽看见有个穿蓝大衫的人，一闪就不见了。这事奇怪呀，这穿蓝大衫是谁呀，怎么回事？我好奇就走过去，走到何船爷的土墙下，我踩着砖头扒着墙往里看看不清楚，后来我就跳进墙，到跟前一看，可把我吓坏了，哎哟，当时把我吓瘫在地上，腿都不好使了。怎么啦，我往瓜棚旁边一看，正是何船爷他老人家，四仰八叉躺在地上，闭着两眼，口吐白沫。我走过去，摸一摸他的嘴没气了。再抓他的手，都硬啦，这人不就完了吗。原来他已经僵死在那啦，可把我吓坏了。我呢，情急之中，就大喊救命呐，救命呐，可不好啦，何船爷死了。”

佟二这一喊呐，人们都往这边跑，人越聚越多，都扒着墙往里看。何船爷家里的秀儿啊，正坐在上屋做活呢，听到外面闹吵吵，她一个手拿着鞋底子，一个手拿着锥子，慌忙跑出，还有来喜，正在烧水呢，扔下壶，从水房里推门跑出来，也挤进人群，一瞧躺在地上的正是何船爷，吓得魂飞魄散。秀儿，当时就扑到了她阿玛尸体上，嚎啕大哭。何船爷周围的不少邻居，男女老少都为这何船爷的突然去世，悲痛不已，有的跪在地下哭，有的把秀儿抱起来劝。秀儿不要哭，但秀儿哪能听呢，当时是一片哀声。

就在这个时候，邻居里不知谁，就跑到府衙去报告，告诉大人不好了，何船爷突然暴亡，不知何时，不知因何暴亡。府衙大老爷听啦，也大吃一惊，忙命刑房师爷和仵作，慌忙赶到何船爷家，查清此案。

不大一会儿，府衙刑房的师爷拿着布，还有管刑案事情的仵作都来了。把围观的人疏散开，然后把现场保护起来。仵作蹲在地上，看了看死者何船爷，还把他的眼皮翻开看一看，又重新摸摸他的脉，但是没有动他尸体。师爷当着众人问道：“谁先看到的这件事？”

佟二站在一旁哆哆嗦嗦地说：“是小的，是小人先看到的，小人叫佟二。”师爷说：“你过来，过来。”就把佟二招呼过来，让他把看到的事情从头道来，你是怎么看到的，什么时间看到的，当时是什么情况。

这时候的佟二，又原原本本，像方才给大家讲的那样，他卖麻花，路过这块，听到里面有劈啪的打斗声，觉得好奇，就扒墙一看，恍忽看见有一个穿蓝大衫的人一闪而过，他为了看仔细，就跳墙过去，看到地上躺着的何船爷，把他吓瘫了等等。佟二又说：“小人就看到这些，小人不敢撒谎，如实禀报大人。”仵作把佟二讲的作了笔录，然后给他念了一遍，佟二说：“讲的也对，记的也对，没有错误。”师爷说：“那就画押吧”，佟二画了押。然后，师爷命令仵作，看好这块，把所有的无关人等，看热闹的人，全都轰走。由师爷和仵作，负责把何船爷的尸首暂时装起来，放到他们的地窖里，保护起来。然后就地设公堂，断这个奇怪的案子。

师爷们和仵作经过反反复复地察看，证实当时现场确确实实，就是死者何船爷和他的女儿秀儿，再一个是他们雇的佣人来喜。这个院里没有外人，这个命案，当时也就是在这三个人中间发生的。刑房师爷，就尸判案，怕夜长梦多，他们就把秀儿和来喜给传了过来，在何船爷的屋里，进行讯问。

一位师爷就问："你们两个说一说，今天你家是不是还有什么客人来过。"

秀儿和来喜都哭着异口同声地说："没见有人来，确确实实没有任何客人来过。"

一个刑房师爷又问："既然没有外边的客人来过，那么何船爷为什么就突然的死去了呢？而且有人听到殴斗声？你们不知道吗？"

两个人也异口同声回答，不知道，没听说。

一个仵作又问："那么外面有吵闹之声你们听到了没有？"

秀儿和来喜说："是啊，外边的吵闹声我们听到了，别的没听到。"

刑房师爷气坏了，"啪"一拍桌子："大胆，外边吵闹之声能听到，外边殴斗之声你们听不到？你们的耳朵是怎么回事，有的能听到，有的听不到，这不奇怪得很吗。你们的谎言，说得太愚蠢可笑了。"

说实在的，面对府衙这些兵勇，有的拿着绳索，有的拿着棒子，有的拿着刀，整个屋子都站满了，把他们两个包围在那块，秀儿，从来没经过这样的事，来喜老实巴交的更是没见过这个场面，可把他们两个吓坏了。另外，自己的阿玛和主人何船爷又突然去世，心里非常悲痛，师爷们越问他们越磕磕巴巴的，心情难受，也不知怎么回答好了，甚至是所问非所答。

这时，刑房师爷命衙役到来喜和秀儿的房中搜找罪证。衙役在秀儿的房中，翻了半天，什么也没翻出来，在来喜的房中，搜到一件滴上血迹的蓝布长衫。这个长衫一发现，就和佟二当时报的案子对上了，佟二就说，他曾经看见一个穿蓝衫的人一闪而过，使他很吃惊，好奇，就跳过墙了，见到何船爷已经死到那块，就是和蓝布衫有关。师爷和仵作总算抓到了罪证，刑房师爷"啪"的一拍惊堂木，说："大胆，这个蓝布长衫是不是你们的？"

来喜一看到长衫，慌慌张张地说："大人，对，这个长衫是奴才我的。"

聪明的秀儿见到这个蓝布长衫一看也认识就说："这是来喜曾经穿过的……"但她心里想，来喜呀来喜，你怎么不说清楚呢，现在，你不是没穿吗？你这样一说人家不清楚，能逃干系吗？来喜哪懂秀儿的话呀。

秀儿这么帮他一说，师爷微微地点头明白了，好哇，你个狗男女，帮助来喜出主意了。师爷和仵作见秀儿有些姿色，来喜又年轻，他们就好像明白了八九分似的，又大声问："说清楚，这个蓝布衫是何人所穿？"

来喜没有解释，就说："是小人所穿。"秀儿张嘴想说，是他的衣裳，不是他现在穿的。不知怎么上头沾上了血迹。秀儿还没等解释呢，师爷不容分辩，叫两个衙役给两人戴上大铁索。他俩连连喊冤，师爷大声喝道："证据在此，可恶，掌嘴。"掌嘴就是打嘴巴子。这时，过来几个班头们只打得他们两个，顺着嘴丫子直冒血，揪着他们的头发，拧着背膀，押上了公堂。

何府给贴上了封签，什么叫封签，封签就是封条。这块由府衙看守。这是人命大案呀，府衙理事同知大人，就责刑房师爷和旗人衙门的刑官合审这件事。因为，这是死人的命案呐，所以是刑房师爷管。旗人衙门管啥呢，因为老何家是旗人，满人，来喜也是满人，都归旗人衙门管，所以他们两处合着来审这个命案。

秀儿和来喜哭喊着冤枉，当时的堂上，清朝的堂上，那是动刑的，不是靠你嘴承认不承认。只有两条路，一个是招，一个是不招，招了就画供，画押，不招就刑法伺候。这两个年轻人哪经过这事，不招刑房师爷和班头们就动用鞭、笞。用鞭子抽，笞是用板子打屁股，打腰，有没有这事，承认不承认，打得浑身是血，接着用夹杖，甚至于用了穿火鞋，这些酷刑。两个人被打得筋断，骨折呀，实在挨不住这严刑拷打，他俩双双招供画押。判定两人合伙奸情杀主。而且刑法非常狠呐，判女犯枭首，秀儿将来砍脑袋。男犯凌迟。来喜就更惨啦，一条肉一条肉的剐。刑定以后就把这个人命大案册报将军衙门，核审以后秋决。

这个案子一判，巴六指儿就把这事告诉来喜的八十多岁老额姆，她一听当时就吓昏过去了。老太太苏醒过来后，一心想为儿子赎罪，就让巴六指儿帮忙，把家里仅有的破衣服和破被呀，全都变卖了，换点银两，让巴六指儿交给官府。老人家心想，儿子被判死罪了，我还有什么活头，就在漆黑的夜里，她喊着儿子来喜的名字，自己悬梁上吊了。邻居们见到这个悲惨的情景，都流下了泪水，大伙一起，发送了这个可怜的老太太。现在是家破人亡，剩个破马架子，没有人敢住，大伙就放把火，把它烧成灰。

众人都非常恨饽饽铺掌柜的巴六指儿。大伙想，真是晴天霹雳，老实厚道的来喜母子俩怎么惹这个乱子呢。这事肯定和巴六指儿有关系。来喜的那件蓝大衫是巴六指儿给的，所以大家都怀疑，是巴六指儿把可怜的来喜母子害死的，让来喜受尽了凌污，把可怜的老太太逼死了。巴六指儿和何宅的凶案肯定有关系，他难逃罪责呀。有些人就偷着注意巴六指儿的动静，在何船爷被杀后，有天晚上，看见巴六指儿往树林里头扔过一件蓝大衫。于是，有人就请了一个代书，帮他们写一份呈子，告巴六指儿。大伙积点银子，把这个呈子递给府衙。

府衙的这些刑房师爷一看，也觉得有道理，因为他们从查访中得知，来喜是个老实巴交的孩子，到何船爷家之前是一个很本分的猎人，平时打打野鸡、野兔子，打打鱼了，或者是卖卖蜂蜜，从不招人惹事，对人和善，不像有害人之心。另外他们又觉得，这个秀，从小是大水冲下来的野孩子，是何船爷老夫妻俩把她救了，养了十几年，对她恩深如海，何况老夫人去世以后，何船爷对她就像对亲生女儿一样那么喜爱。正因为这样，秀对这个家，对何船爷是那么敬爱，把他当成自己亲生的父亲，秀没有杀害何船爷的意思。何船爷也盼找一个老实本分能体贴人的男人，使她未来的生活更幸福。这么看来这个案子的疑窦是不是还挺蹊跷？这个大案虽然已经定下来了，但府衙师爷的脑袋也划个魂儿。

就在这时，府衙接到呈子，说何宅凶案是饽饽铺掌柜的巴六指儿干的。府衙立即派人四下暗地访探，秘密了解巴六指儿这个人，是不是与本案有关系。事情也真巧，巧在什么地方呢，自打来喜被关押死牢以后，巴六指儿是着天喝酒，喝得醉醺醺、疯疯魔魔的样子，言语错乱，再加上巴六指儿这个人，平时就好打抱不平，有时冷语双拳也伤过不少人。他喝着酒，得啥说啥。有些人捡鸡毛凑掸子，有的说，没有也说，越说越邪虎。府衙的人觉得巴六指儿这人确实可疑，就把巴六指儿捆绑押进大堂。

巴六指儿到了大堂也不下跪，他破口大骂，痛斥府衙的官员昏庸受贿，矢口否认自己与何船爷死有关系？认为你们府衙的人是一窝混蛋，你们真凶抓不着，好人受害，而且替来喜申冤。

刑房师爷和仵作被巴六指儿骂得火冒三丈，大伙也恨那，恨巴六指儿平时卖饽饽从来不讲情面，从来没从巴六指儿手里要一个枣泥豆包，你不给银，他就不给你，也从来没看到巴六指儿溜须捧圣过。所以府衙的人都恨他，这次好容易抓住一些事，大家都想泄泄气，拿起棍棒就一阵狠拍，把巴六指儿打得皮开肉绽，昏死在堂上。可是，等巴六指儿醒过来之后，还是不招，府衙的人又用狼牙锯锯，把他后背锯得血肉淋漓。后来巴六指儿实在熬不过去了，就招认自己是图财害命，勒死了何船爷，自己怕事情露馅，把血衣藏在树洞里。差役在树窟窿里果然搜到一件蓝布衫。

这样，这个案子就乱套了，原来他们开始重刑审判秀和来喜时，他俩屈打成招，判定他们是奸情杀主，女判枭首，男犯凌迟，近期册报将军衙门核审秋决。谁知道现在又出了一个凶手，巴六指儿，而且是他自己招认这件事，方才又交待一件血衣。这个案子越审越奇了，究竟谁是人命要犯，弄不清了。现在是越审越糊涂，审谁像谁，越审越是一锅粥，可把府衙里的刑房师爷们造蒙了，弄糊涂了，审了这么多案，还没审过这么棘手的事情。来喜和秀这两个人，现在咬死了，就是自己干的。他俩咋想的，秀想，我的小命是老何家给的，我能活到16岁，是何船爷给我的，他老人家已经上天了，我活着干什么，我情愿自尽，死了以后，到天上去侍候你老人家，所以她一心想死，不想活了。来喜怎么想的，他想，我家里这么穷，没想到遇到自己真正的亲人，秀，她家这么好，何船爷对我这么好，而且秀为我受了这么多的伤，我也不想活了，跟他们一块死，这样，一对得起何船爷，二对得起秀，咱俩宁死到一块，也心甘情愿，所以他也咬定，是自己干的，怎么办都行，凌迟就凌迟，我为何船爷而死，为秀而死，心甘情愿，也就答应下来了，心没有变。特别这个来喜，不但感激老何家，还感激巴六指儿，觉得巴六指儿这个人是个好人，是他帮了我，借给我两吊银子，让我买粮，给额姆治病。他不让我到娘舅家去借，那太远，就花这个钱，什么时候有再给他，而且是人家给介绍的这个事，帮助找的大恩人，把我收下了，是他看我穿的太破，没衣服，给的蓝大衫，我才有了这么好的日子。现在巴六指儿是屈打成招，押在死牢，我必须承认，是自己干的，我不能让恩人为我而死，那样我对不起巴六指儿，现在必须咬定是自己干的，咬定自己是凶犯。

巴六指儿这个人现在也咬定是自己干的，他说，我一生就愿帮助好人，性好施善，如今何船爷死了，他家的女儿秀是多么好的一个丫头，我已帮助找到来喜这么忠诚老实又能干的小伙子，小两口在一起过日子，一定很幸福。我已是到了晚年之人，活不活没啥，活到这个年纪对我已经值个了。死罪我自己扛，说是我就是我，我不能不承认，我要不承认，这两个年轻人就得去死，我要让他们活下去，让他们过好日子。就这样，巴六指儿独揽死罪。

更稀奇的是什么呢？差役在河边树丛中又捡到几件蓝大衫，你说怪不怪吧，又出现几件蓝大衫，闹得错综复杂，街市惶惶，此案一直拖延无法结案。巴六指儿交待了一件蓝大衫，后来又出现几件蓝大衫，难道还有凶手，真是个悬案。这样，刑堂的大人们就无法办了，无法结案。

当时的吉林将军皂保就催办这件事情，因为这个案子影响太大了，传遍各地，街谈巷议，一说起来，就是蓝大衫，蓝大衫，再不就悄悄讲来喜冤枉啊，是冤案啊，巴六指儿冤枉啊，府衙里这些刑堂大人真是敖包混蛋，案子判不出来，真丢脸。这个社会真是呀，好人受气，没法活了。所以，这些事一反映到吉林将军皂保，皂保也受不了啊，他坐不稳金銮殿啊，就赶紧催办，又委派副都统衙门司户大人，就是管户籍这些人赶紧下去参与审理这个案子，要重审，怎么回事？都乱套了。皂保的脾气也很暴躁，他是个将军呐，武将出身，从来干事都非常利索啊，不会像文人那样办事慢慢腾腾地。于是，在将军催办下又重新审阅案犯的卷宗和证词，一个一个的仔细核议。

这个时候，大家觉得还有一个人更值得注意的，就是卖麻花的佟二，认为这个人值得仔细审查。因为这个杀人案，谁最先发现并闹得沸沸扬扬，引起大家来看的，就是卖麻花的佟二，是他鬼鬼祟祟先发现的案子，所以这个人相当可疑。刑堂的人这时候又注意到了，麻花佟二这个人平时是一个非常风流、狡猾的人，到处偷鸡摸狗。这几日就是他挑个麻花担子到处打探案情进行怎么样了，怎么样了，怎么还不赶紧处理，赶紧杀了，是来喜干的，应杀了这两个狗男女。他到处嚷嚷这个事，还口口咬定，来喜和秀是通奸凶犯。大伙还想，老何家是个善人，他和四邻相处得都很好，为啥那天大白天，单单是佟二一个人听到殴斗声，别人为什么听不到呢？他证实有个穿蓝大衫的人是杀人犯，为什么现在搜到十几件蓝大衫？证词是否确凿？佟二跟何船爷交情从来不厚啊，佟二过去只不过是个卖麻花的人，很少能攀上何船爷，为什么他肯跳墙查看这件事？刑房师爷和仵作越琢磨觉得疑窦越大。

于是，刑堂大人就把佟二缉拿堂上，先打了100板，噼里啪啦一顿揍。佟二后大腿、屁股蛋子血淋淋的，哭喊着：“奴才实在冤枉啊，大人明鉴，奴才生计无仇，素日无冤，我与老何家没有冤仇，我为何要杀何老翁呢?！那日听到的属实句句真言，苍天无眼，正邪不分，世上谁是青天大老爷哪!”说着，头碰画柱，情愿让刑官打死在堂上，哭得众位大人倒消了怒火，鼻对鼻，眼对眼，争执不休。你别看，佟二讲的对，认为他句句属实，是真言，甚至讲到苍天无眼，正邪不分，是说现在的朝廷正邪不分，世上缺少青天大老爷。无奈，自己要头撞衙门柱子，情愿一死。

面对这个情况怎么办？有人责怪佟二这小子是巧言诡辩，有人怕错押了人证，日后吃罪不起，你一言，他一语，吵得是非难分。这样，只好把佟二拉下堂，又不敢轻易放回，暂时押在轻罪牢里。案子就这样搁下了，又经过半年多，最后还是判定不下去。

说来甚巧，阿拉楚喀副都统德英升任署理吉林将军事务。德英这个人，他是蒙古镶黄旗人，喜欢诙谐，精明直爽，办事干练，据说他刚到吉林的时候，一不升堂，二不宴客，也不招待谁吃饭，就想闭门览卷七日。按常规，新官调任之后，先升堂，和属下见面，寒暄几句，让大家认识自己，另外，也要把所有的地方名人、绅士召来宴请一顿，希望各方人士多支持我，治理好吉林。历代吉林将军做法都是这样。德英没这样，他来了以后，这些规矩都没有，干脆把吉林将军衙门大门一关，七天谁也不见，他也不见任何人。大家都吃惊，都觉奇怪，德大人是怎么回事，德英要干什么？这时，德英让下属随从和各部司人把自己所有的卷宗一部一部都拿来，包括刑部的、吏部的，就是管人口的、管刑法的、管诉讼的，各个方面的卷宗，他一个一个地看，就是览卷七日，先了解情况，然后再说。

有一天，他翻到了上报将军衙门的一个奇怪的案件，是蓝衫案。什么叫蓝衫案？就是蓝布衫这个案子，也就是何船爷突然死亡出现的很多蓝大衫这个案子。他翻到签报的文书，看过这个案子后，倒觉得奇巧很有味，很有意思。案子卷进去这么些人，这些人还都挺有个性，都承认自己杀了人，揽了罪。后来又发现麻花佟二，是他报的案，把他抓来后痛打一顿，他痛哭流涕，认为他讲的句句是实言，甚至撞头，认为世上没有青天大人，想以死警世。这个案子成了棘手案子，办不下去放下了。德英这个人挺好奇，碰到这样奇案，他不会放手，要一查到底。他反复阅卷，突然拍案大怒，自己拿起朱砂之笔，刷、刷、刷，写了八个大字：“理据不足，冤气恸天。”这个案子判的一些道理和证据都不足，而且充满了冤气，这冤气冲天，感动天地。之后，他就速往署衙发下签子，停止会审，现在我命令你们，把全部的案卷和在押的人等统统收缴到将军衙门，由本将军亲自来审。这个案子就这样全部上交给吉林将军，不让下面审了。在押的人犯秀、来喜、巴六指儿和麻花佟二四个人犯还有卷宗都送到吉林将军。

德英首先从衙门里挑了几个有经验的仵作，先跟随他到城北去验尸。

各位阿哥，咱们回过头再说几句。几个月前，府衙接到报案后，当时刑房师爷和仵作看完了何船爷的尸体后，先暂时把尸首放在那个地方，后来基本上案子已经定下了，认为是秀和来喜所作所为，因为天气已暖和了，不便保留尸首，就把何船爷的尸首装进棺材里，已经安葬在城北墓地。现在是德英大人来了，他要亲自从头办这个案子，那就是重新验尸。当时正是重阳刚过，天气燥热，撬开棺盖时，尸首早已膨胀臭烂，淌着粉水，一股“瓦昏”味直呛嘴熏鼻子。德英让仵作把尸首的四周，用火点着苍术、皂角，生烟除秽，不然味太大了。把苍术、皂角点着后，烟冒出来，把尸首腐烂的味多多少少消除一些。然后命令用水冲净尸身，边验边向他报告。看过了尸首正身以后，仵作向他报告，未见异常。德英说：“验！”接着把尸首翻过去，又看侧身，又向将军报告，无见异常。德大人又说：“再验！”德英这时跳下坟坑，俯身棺材内，一点一点看，还未见异常，吩咐四个仵作轻轻动动尸体，另外的差役用树枝轰着绿豆蝇。因为是大热的天，恶气熏天，你想有多少蝇子，有人给大人赶着蝇子。一个个仵作的肝肠被恶臭熏得快要吐出五脏，可是，他们偷着瞧德大人，头紧挨着尸体，像数汗毛孔那么认真，纹丝不动。大伙见将军都这样，谁敢说别的，别离开了，熏着吧，只好都憋着气，陪大人来验尸。德英发现腐尸脖颈发辫的里面有个黑指瘢，这个黑指瘢怎么出现的？这肯定是有外力给造成的。所以他仔细看这个黑指瘢，他用自己两个手指头尖，比划这个黑点，正好像一个人手的小指头尖掐脖颈肉的伤痕，掐的太狠，把肉给掐出一个紫瘢的黑点。德英看了以后，心里马上亮了，好啊，证据找到了，这肯定有外人用武力伤害这个死者。他又细看，发现在这个死者的发辫子上粘着一粒小白点，觉得奇怪呀，这个白点非常像长虮子似的。德大人心非常细呀，他想，何船爷家里挺富有的，雇佣人每天给他梳理辫子，怎么在辫子上生虮子呢，不可能的事情。那么这个白点究竟是什么？他跟旁边的仵作要来黑绢子布，仵作平时都预备黑绢子布，验尸时用，装尸首的疑点或者是疑物，然后拿回去在判案子时用。所以他们都预备这些东西。德大人亲自用小镊子轻轻把几个小白点放在黑绢子布上，自己又仔细一看，原来不是虮子，而是几块小面嘎巴。

德英得到这几个小面嘎巴，把他乐得一宿没睡呀。第二天自己穿上了蓝大衫，挑起了鸡血豆腐担子，什么叫鸡血豆腐担，用鸡血嫩煮成的，然后切成块，就是鸡血豆腐。在早老吉林这块，卖鸡血豆腐还挺多，叫卖："吃——不——够——"吆喝卖鸡血豆腐的声挺好听的。德大人让自己的老奴跟随，边走边打听，特意来到北关何家门前的树林子，把小担子一停，自己卖起了"吃不够，吃不够"，大声叫卖吃不够。德英德爷他有个拿手活儿，擅于烹"五香鸡血豆腐汤"，把鲜鸡血嫩煮切丝浇上鸡肉汤，撒上葱、姜、蒜、香菜、海米、虾油，谁吃谁叫好啊，都叫"吃不够"。往日他微服出行，常好挑个担子卖吃不够。这一次他还特意穿着蓝大衫，更能招惹过往的行人紧紧地盯住他。有位老者心肠好，喝了汤，悄声说："听你的口音像是搁外乡来的吧，这疙瘩有桩蓝衫大案还没破呢，你呀，快扒掉这张虎皮吧，当心被裹进去。"这个老者出于好心，可是德英假装糊涂，好像没听到似的，他边往鸡血豆腐汤里添作料，边问道："多谢您老的关照，唉呀，请问，这家的门口怎么被封上了?"那个老者说："唉，这正是死去的何船爷的府上，说来真可怜呐，可怜那个小妞跟佣人全给打进死牢了，霜降就问斩了。"老头瞅瞅四周没人，又说："现在世上哪有公道啊。我家住佟二后屋，有一天半夜，我模模糊糊地听他老婆吵嚷：'你没良心的……你杀人……官府不是夜游神，他们哪能知道呀。'"德英也装作不太注意，漫不经心地又问老者："你知道佟二啥时候作面活儿吗?"那老者就说了："佟二头晌在家里和面，下晌他老婆炸麻花，佟二再出去卖。"

日过正午，德英卖了鸡血豆腐回到衙里，这回他换上了顶戴袍服，当吉林将军衙门还是头一次换上将军的袍服，忙命差役打扫二堂，本将军今天要上堂。德大人来了几天都无声无响，今天要上堂了，谁敢怠慢。鸣锣一响，都慌慌做准备呀，德大人要上堂了。德大人忙命各府衙、官府凡是审过蓝衫案的诸大人、刑房师爷和仵作，都到吉林将军衙门来议审。将军命令一下，很快传到各府衙，马上就到齐了，依次坐立，根据官职有的坐着，有的站着。这是德大人第一次升堂，大家都知道阿拉楚喀副都统德英这个人，断案严肃，办事利索，一是一，二是二，从不含糊。各府衙官员都怕出事，胆小谨慎，一声不吭。大家坐好以后，德英马上命狱官把案犯秀儿、来喜、巴六指儿和麻花佟二带上来。

不大一会儿，将军衙门的兵丁把这几个案犯一个一个都押上来了，他们到了大堂立刻下跪。德英命令兵丁给他们解下枷梏，让他们不要跪，站立一旁。大家都感奇怪呀，这四个犯人一听扑通通都跪在地上，哭喊冤枉呀。佟二自己哭声最高，就对大人说："我好心报案，反到惹出乱子。我当时当哑巴就好了，恨自己咋不把舌头咬掉，就因为舌头好说拨罗话才惹出这些事。"说着佟二呜呜哭起来。

德英看了看这四个案犯，捋着自己的八字黑胡子，笑了。又冲着这几个犯人，看看这个，看看那个连点着头说："好呀，好呀，这回老夫才看清楚你们了，我认识你们了。哭哭笑笑，笑笑哭哭，真真假假，我分清呀。唉，哭变笑来，笑变哭呀。"在坐的人都大眼瞪小眼，不明白德英大人现在唱的什么歌，说的什么意思，不明其意。只见德英，这时候停了停，又接着说："我得了一宝，能卜吉凶呀。"说完，抖抖马蹄袖，用手掌托起一块黑绢子，他把绢子一打开，露出了一粒小面嘎巴儿。他伸出手，把面嘎巴儿让在坐的各位大人看。大家都仔细看绢子上一个小面嘎巴儿，这是什么事呀，怎么扯到这上头去了，这都是心里话，没说出口。大伙都惊异地看着，看完以后，德英大人说："各位大人，各位仵作，你别小看这个小面嘎巴儿，小面点，这是本将军我在验尸的时候，获得的罪证。"说着激动起来，声音非常大。"我已经测了，蓝衫案的要犯是个会做面活的。"一下子就揭开面嘎巴儿上了。接着又说："大家都知道，湿面才可粘身，何况正是午间天热，歹徒定是何宅的近邻，是趁机跳墙所为。"在坐的一听，没有不点头，不叹服的，你看德大人抓的多准。

这时德大人大声说："案犯就在这屋里。"秀儿、来喜、巴六指儿开脱了，乐得抬头看，只见麻花佟二哆哆嗦嗦，颓缩在方砖地上了。德英一把扯住佟二的右手，薅下了小手指头上套着的铜手箍。德英大声喝道："大胆的刁徒，尸首上的紫瘢正是你的铜手箍刺伤，还不招来！"

此时的佟二，可不像先前那样洋棒了，早吓得没人样了，跪地捣蒜似地磕头说："德爷爷，活神仙，奴才认罪了，奴才因贪恋何船爷的万贯家财，喜爱秀儿的美貌花容，想纳秀儿为妾，不想那天遭到何船爷拒绝和痛骂，我怀恨在心。前不久，何船爷又招进了来喜，我妒恨难耐，趁晌午人稀的时候，偷越矮墙，闯进了秀儿的闺房行歹事，不巧，惊动了瓜棚下的何船爷，怕他扭送我上旗衙门，我猛听屋里有响动声，也是我一时性急，掐住他脖颈的辫子，叹他年迈不经我这么折腾，他老人家就命入黄泉了。我怕事情败露，就大喊装作拿贼。我知道来喜好穿蓝大衫，假造鬼话，栽赃陷害呀。”说完又扑通跪下了。

这个时候，将军衙门的公堂上，有两位刑房的师爷站在那块，偷着挤眉弄眼，不太服气。他们在想，将军说的不一定准，本来蓝大衫上有血，我们都抓住他们证据了，你说的面嘎巴儿，那蓝大衫上的血是怎么回事。他们偷着议论这事。德英眼睛多尖，一看就明白了，马上就说："所谓蓝衫案一事，那纯粹是庸人断案谬传，没有这回事，此案和蓝大衫没有关系。死者何船爷被掐死了，没有溢血，哪来的血衣？再说了，人的血咸色褐；蓝衫上的血迹你们验没验过，可是我验过了，那上的血淡黄没有味，肯定是禽血！”德英当场问来喜和巴六指儿："你们说说，那天正是重阳节，你们谁杀鸡鹅了。"

这时巴六指儿马上交待，原来重阳节那天，他来看望来喜，帮来喜杀鹅，血溅到蓝大衫上，可是那些判案的人来搜查，发现了这个溅鹅血的血衣，也不细问，也不允许申辩，屈打成招，府衙就把这事断了。另外，佟二老婆为了帮助丈夫开脱死罪，自己也乱扔蓝大衫，混水摸鱼，闹得家家户户躲蓝大衫，这蓝衫案就是这么来的。

蓝衫案从此水落石出，在坐的众位大人羞得面红耳赤，都称赞德大人的神明。德英就说了："身居父母官，当有怜悯蝼蚁之心。谈何神明，我断案不重刑杖，重慎细验查，百案可破。"什么意思呢，德英说，身居父母官，我是将军衙门的将军，我当有怜爱蝼蚁之心，应想到民众之苦，谈何神明。德大人当场裁决，秀儿、来喜、巴六指儿无罪。佟二斩首示众，佟二老婆杖责 40。审过此案的诸官，就因为这个案子渎职，分别罚俸贬官。

这件事当时在吉林将军衙门影响相当大呀，传出好远呀，没有不夸德大人的。来喜和秀儿这两个年轻人，灾难情深，德大人非常感动，亲自做主，给他们两个择吉日完婚。巴六指儿从此不再卖饽饽了，就跟这对小夫妻在一起经营松江渔业和船业。来喜、秀儿夫妻洒酒祭扫了何船爷和何老妇人的坟茔，欢乐百年，传为佳话。

老话常说，鲤鱼跳龙门。江河里，数鲤鱼最精灵啦。鲤鱼很有劲，水有多深，它就能跳多高。所以，夏天不容易捕到鲤子，春秋水凉，鱼身子发挺，跳不动，才容易得到鲤子。鲤鱼在水里，眼睛乱转，哪怕碰到草棍大小的物件，听到一丁点响动，翅子一摆，尾巴一拘挛，一蹿老高，跑啦！满族话叫它“木朱胡”，说它挺鬼道。

在早，有个鲤鱼打赌的“古趣儿”。

传说，鲤鱼瞧着自己的儿孙，天天兴旺，不像别的鱼类，今个叫钩钩住啦，明个被网网住啦，所以总是扬扬自得，觉得不凡。

一天鲤鱼跟别的鱼说：“你们呀，简直是射箭瞄脚后跟——能耐差远喽。知道么，世上最聪明的是谁哪？我们鲤鱼。”

这时游来一群“毕牙达户”[①]，听鲤鱼卖着乖，挺不爱听，就闯上来说：“别目空一切吧！鲤鱼，你敢跟尼亚玛[②]打赌咯么？”

“敢呐！敢呐！”鲤鱼说着，真游到了岸边，跟岸上的人说：“喂，勤快的尼亚玛，我敢相信，你能捉到别的鱼，可我们不咬你的快钩，不上你的当，你抓不住我们！”

岸上人笑了，说：“鲤鱼呀，我若是把你捉进威呼怎么办吧？”

鲤鱼说：“那，我们心甘情愿辈辈啃草根子吃！”

岸上人说：“好吧，你等着咯吧！”

鲤鱼在江里，一连游了好多天，平平安安，心里很美。这时它游呀，游，冷丁，瞧见一块荞面团，顺流漂滚，还冒着一股股苏籽的香味。鲤鱼琢磨琢磨，不能吃，得仔细瞧准，别上当！它围着香食，游过来，游过去，用嘴拱拱，拿尾巴打打。鲤鱼挺乐，相信食里没有尼亚玛下的快钩。它这才放心大胆地张口去吞。可是，食旁边，正好坠着一根绳，绳上带个小钝钩，顺水摆动。鲤鱼不认识啊！它光想痛痛快快吞这口食，小钝钩噼啪噼啪打它的眼睛和嘴。鲤鱼来气啦，它想先吞进小钝

① 毕牙达户：满语，黑龙江里一种小鱼名。

② 尼亚玛：满语，人。

钩，然后，再从腮里随水排出去。自恃聪明的鲤鱼，到底被最聪明的人治服啦！

原来，岸上的人，早摸透鲤鱼奸猾、多疑、贪食的脾气，用荞面等捏出方块形香饵诱惑它，又知道鲤鱼吞噬钝钩，准要用腮排出去，所以，按照鲤鱼嘴到腮的长度，做个不长不短的绳，吊个钝钩，等鲤鱼吞食时，钝钩正好挂在鱼腮上，卡得鲤鱼退不出来，甩不下去。结果，鲤鱼不仅吃不到香饵，还让岸上人捉到一条没半点伤痕、活蹦乱跳的大鲤鱼。

从此，这种巧妙地捉捕活鲤鱼的办法，世代相传，直到现在。都说打那以后，再听不到鲤鱼到处嚷嚷啦，真就辈辈住在小草棵子里，啃开草根吃啦！

据说，百兽年年都要到天上听阿布卡恩都力讲仙规，谁吃了弱小可怜的兽，谁祸害了人的牛羊，谁奸懒狡诈……违犯天规，要遭恩都力的惩戒。

貉子原来是凶猛的兽，翻山跳涧很灵巧，虽比不过虎豹，百兽中也算拔尖的。貉子特别觉得骄傲的是，自己有一身又厚又长的绒毛，再冷的风雪，别的动物都躲起来，自己照样逞威。所以，它谁也瞧不起。

这天，阿布卡恩都力讲经，别的兽都争先赶到。貉子觉得自己本领够用了，听不听还不都是个貉子么，心里不想去，伸着懒腰想歇歇。獾子从洞边路过，说："唉，还不快走。虎大王说，恩都力今儿个不但讲仙规，还讲防猎人的护身法。"貉子懒洋洋的，还是不想去。獾子又催，这才去了。到那儿，见别的兽都规规矩矩，气都不敢大喘地听呐！它只好偷偷地坐下。

貉子有个怪癖，贪睡。听着，听着，呼噜呼噜睡过去了。一睡睡了三天三夜，醒了百兽早不见了。貉子慌啦，阿布卡恩都力讲了啥，一句没听进去，一点不知道。阿布卡要怪罪下来可咋应付？貉子急了，赶紧跑出去，一看百兽早都走远了，只剩下个獾子还在慢慢腾腾地往回晃呐！它喊住獾子问都讲些什么内容，獾子很不耐烦，漫不经心地说："唉，不是嘱咐吃了宝瓶丹，万事保平安么！"獾子说完回过头，远去了。

貉子也没听清楚，忙回到仙桌前，瞧见阿布卡恩都力讲经的神桌上果然摆着仙丹瓶，还不是一瓶，是两个瓶。貉子肚子又饥又渴，可是，吃哪个瓶里的仙丹好呢？想了想，唉，反正仙丹都是宝。于是它抓起一瓶就统统倒进嘴里了。

阿布卡恩都力的两瓶仙丹，一个是生骨丹，受了伤，骨碎能接，骨小能长；一个是缩骨丹，化骨如泥。阿布卡恩都力刚才讲了两瓶仙丹的制法，妙用，可惜貉子没听呀，一下子把缩骨丹吞下咯啦。这一吞，可不要紧，骨头节咔吧咔吧响起来，疼得貉子连跌带滚地逃回来。骨头节越缩越软，越软越小，缩来缩去，光剩一团长绒毛，尖嘴巴，豆眼睛，四只利爪缩进肚皮里，变成了四个小爪。走路紧贴着地皮，跳不起来，跑不动。貉子伤心地找百兽，求它们跟阿布卡恩都力求情。百兽们憎恶貉子狂妄懒惰，都不理它。貉子最后哀告獾子。獾子跑上天，求阿布卡恩都力宽恕貉子罪过。阿布卡恩都力说："自以为是，骄傲懒惰，是毁灭的开端。额必合[1]自作自受，还值得怜悯么？既然，你獾子这样同情，你就领它喀巴！"

獾子很懊丧，但又不敢违抗，只好把貉子领回了洞。貉子长毛小爪，啥活不会做，呆一呆，好睡懒惰的恶习又犯啦。獾子还得侍奉它，日久天长，生气了，说："懒貉子，懒貉子，住我这儿，你得伸爪干活呀！"

貉子哭咧咧地说："唉，我会干啥哪？"

獾子气嚷嚷地说："趴下，帮我搬土。"

打这以后，貉子跟獾子住一个洞了。獾子会打洞，又麻溜又巧，一会倒一堆土，让貉子仰颏朝天，往它肚皮上装土。獾子叼住它的粗尾巴往洞外拉，一趟一趟地往外倒。就这样，貉子脊梁骨的毛磨光秃秃的啦。冬天睡觉，貉子给堵着洞口，浑身一层霜。獾子就舔它身上的霜吃。貉子再没能耐了，见了别的动物，只能龇龇牙。百兽都管它叫"懒貉子"，或叫"土车子"啦。

① 额必合：满语，貉子。

人参和松树

从古以来，人参和松树是很要好的朋友。他俩都喜欢住在山色秀美、土质肥沃的沟谷或平原上。松树年年岁岁，用枝干给人参遮住日晒；人参给松树松软泥土，使它根须密布。所以，人参和松树总住在一起，从不分开，处得很是亲密融洽。

不知经过几万年，地上有了人，有了噶珊，人们谁都稀罕砍伐松树，盖房造车，时间久了，平原和山谷生长的松树越来越少啦。松树很忧愁，就跟很有智谋的人参说：

“沃尔霍达，沃尔霍达[①]，好朋友，灾难的日子降临了，你说，我该怎么办?”

人参说：“你搬进兴安岭吧，躲到最僻静的深山里，那儿除了野鸟，没有人迹。”

松树高兴地说：“可是，我走了，你呐?”

人参说：“扎克达[②]阿哥哪，放心去吧，日后别忘了老朋友就行啦。山野的蒿草，会给我作伴遮阴的。”

相依为命的两个好友分开了。松树在兴安岭住下了，从此，子孙繁衍，处处是翠绿的苍海。

不知又过了多少代，大辽王专爱吃人参果，让每个噶珊十天要贡一苗大参。限令献上12两重的龙爪参有赏，若送“蟹腿”、“鸡心”、“二甲”[③] 不够分量的草参，不是切断后脚筋就是上枷。逼得诸申挖参的人，一天多过一天，像圈沙鸡子似的，野甸子上到处是人。人参忧愁了，琢磨琢磨，得搬家，躲一躲，躲哪咯?对了，还是藏到老阿哥扎克达脚底下咯，山又高，树又密，草又厚，不易找啊！人参想明白啦，就去求松树帮助。松树日子过得舒服，早忘了老友。听了听，晃了晃针似的头发，想不让沃尔霍达搬过来吧，不好开口；若让沃尔霍达住在脚下吧，人越来越多，越不消停。半天不知咋回答好。人参一再苦苦哀求，

---

① 沃尔霍达：满语，即人参。

② 扎克达：满语，松树。

③ “蟹腿”、“鸡心”、“二甲”皆人参土名。

松树只好答应啦。

人参搬到兴安岭的松树里住下了。人参不放心，对松树说：“扎克达阿哥哪，若有人来找我，你不要说我在这里。要说出来，咱俩都得遭殃！”

松树听了不以为然。不几天，果真来几个人找人参，找了半天，没寻着，坐在松树根下歇气。松树想，说了吧，把人参挖走了，我还能过安宁的生活。于是，松树说：“找沃尔霍达么？它藏在这疙瘩。”采参的人，在松树林里挖了不少苗人参。挖了参用什么包呐，参达[1]说：“正好，把松树皮剥下来吧，把参好好包起来，背下山喀！”

打这以后，不论谁，凡是得到人参，都要剥松树皮包裹人参。松树真的开始遭殃啦！

① 参达：领着挖参的头儿。

梅花鹿、小老虎与狐狸

梅花鹿在山里吃草，突然，来了一只小老虎。鹿开始有点害怕，想逃走，可来不及了，就低头自由自在地吃着嫩香的清草。小老虎头一次见到鹿呀，瞧鹿长得很美，就到跟前说：“唉，你的角真漂亮，要它干啥用啊？”

鹿很安然地说：“噢，这个，虎来啦，刺虎用的！”

小老虎一听吃惊了，又问：“你身上咋有那么多好看的斑点啊？”

鹿慢腾腾地说：“噢，这个啊，我吃一只虎，身上就生一个斑点。”

小老虎越听越怕，吓得慌慌张张朝山里跑啦！跑啊，跑，跑到半道上碰上一只狐狸。狐狸问：“虎啊，虎，你为啥吓得这个模样？”

小老虎连喘带惊地把才刚见到梅花鹿，听鹿说的话，一五一十学了一遍。

狐狸听了，张着嘴哈哈大笑起来，说：“虎啊，那不过是一块肉。鹿怕你，你咋能怕它呐？走，咱俩一块去，把那个鹿吃了吧！”

小老虎听了听，寻思寻思，就跟狐狸一块去了。

狐狸说：“我步行走得挺慢。这样吧，你驮着我去吧！”小老虎点点头，狐狸就骑在虎背上，往山下走来了。

梅花鹿还在嚼着青草，冷丁，打老远又瞧见虎来了，嗬，还不是一个。鹿寻思，这可怎么办好？左右盘算，有了，得先想法镇住虎。于是，就大声说：“呵，狐狸，谢谢你。咱俩早定的约会，你说送给我一只虎，今儿个果然不负前约啊！”

小老虎正背着狐狸咔噔咔噔往山下走呐，一听，可吓坏啦，前爪子一挠地，后爪子一蹬蹬，扭过头嗖地一下子就往山里拼命跑，穿树通，跳山岩，很快就窜得无影无踪了。骑在虎身上的狐狸，本来洋洋得意呐。虎拼命一跑，可把它吓毛啦，按又按不住虎，抓又抓不住毛。小老虎往山涧里一纵的时候，狐狸一下从虎背上甩下来，摔进深谷，扔下一摊尸骨。

后　记

《苏木妈妈》和《创世神话与传说》无论在内容上还是形式上，都属于两种不同类型的满族传统说部。由于篇幅都比较短，难以独立成书，恰巧这两部书都是由富育光先生一人讲述，故将两部书合为一册出版，各标书名，独立成章。

《苏木妈妈》是说唱体的传统说部，属于"给孙乌春乌勒本"。满族说部从内容上分为 四种类型："窝车库乌勒本"、"包衣乌勒本"、"巴图鲁乌勒本"和"给孙乌春乌勒本"。前三种类型的满族说部，在第一批出版的十一部满族口头遗产传统说部丛书中各有展现，惟独没有"给孙乌春乌勒本"。在第二批出版的十七部书中也只有《苏木妈妈》这一部属于说唱形式的"给孙乌春乌勒本"。虽然满族东海萨满史诗《乌布西奔妈妈》和满族创世神话《天宫大战》、《西林安班玛发》、《恩切布库》都是说唱形式，但不同的是上述神话是由萨满世代传承下来的，并珍藏在他们的记忆之中。这些神话主要讲述萨满祖世们的非凡神迹，阿布卡赫赫怎样造天造人和神魔大战的故事，俗称"神龛上的故事"。《苏木妈妈》与之相同之处最早也是用满语说唱，其差别在于它是歌颂生活中一位女英雄的非凡业绩，不是用虚幻的手法编造离奇的故事，也不是专门由萨满传承的，族中玛发、妈妈都可以传讲。所以，"给孙乌春乌勒本"都是由族内萨满或德高望重的玛发、妈妈传唱在各氏族流传已久的历史传说中的英雄故事。《苏木妈妈》就是歌颂阿骨打的大夫人苏木帮助阿骨打灭辽建金的英雄业绩。其他如《红罗女三打契丹》、《比剑联姻》、《白花公主》等也都是歌颂传说中女英雄的非凡才能。但这三部书主要是说，很少有唱。据目前我们所掌握全书都是说唱形式的"给孙乌春乌勒本"实属凤毛麟角，因而得到《苏木妈妈》传本爱不释手，倍感珍惜。笔者在整理《苏木妈妈》时很少有改动，尽力保持传承人讲述的原貌，给历史留下一份真实。只是在个别地方，在不伤原意、不毁风格的情况下，略有删改，如，早先在黑龙江省爱辉一带都写作阿古达，本书讲述者也习惯这样书写，为使全套丛书人称和书写统一，改为阿骨打。

《创世神话与传说》是短篇神话故事与民间传说的集锦。这些神话与传说和往常所说的民间故事没有什么区别，只是讲述的场合与环境不同。讲民间故事不分场合地点，随处随时都可讲，而讲创世神话与传说这些小巧玲珑的故事就不同了，大多都是在讲述长篇说部的中间，讲述者为了调节现场沉闷的气氛，或者验证某一传说的真实，或者宣扬各地风物传说的知识等等，即兴讲上一段小故事。据富育光先生回忆，早年其祖母富察郭霍洛·美荣、父亲富希陆、母亲富察郭霍洛·景霞、亲属张石头、杨青山等人在讲述《天宫大战》、《萨大人传》、《飞啸三巧传奇》、《雪妃娘娘和包鲁嘎汗》、《苏木妈妈》时，他们常常在讲唱的中间插上一段精彩的小故事，如《勇敢的阿浑德》、《太阳和月亮的传说》、《冰灯的来历》、《马为啥爱吃大蚂哈鱼》、《泼勒坤雀的故事》等，他们把这些故事都融于讲述说部的全过程之中，很受族众的欢迎。富育光童年时就是在听讲述说部时听到这些故事的。由于在讲述长篇说部的中间讲述，人们都习惯地把这些短小的神话与传说叫做满族说部的“故事岔子”。它虽然不是满族说部的主体，但有时对主体也起到烘托气氛、渲染主题、增加知识、调节情绪的辅助作用。赵书等同志主编的《八旗子弟传闻录》也属于满族说部的“故事岔子”。所以，编委会也把它作为满族说部的一种特殊的类别收进这套丛书中来。

富育光先生讲了27篇创世神话与传说，录了13盘录音带（13个小时）。笔者根据录音下载，然后进行整理。这些神话与传说经过多年的传承，不断加工润色，都具有短小精悍、语言简练、情节生动、妙趣横生的特点，篇篇都闪烁着璀璨的光芒，可以说是满族说部“故事岔子”的精品。为完好地保护它，根据编委会制定的“忠实记录，慎重整理”、“保持传承人讲述的原汁原味”的精神，笔者只是在个别语言不顺或上下句衔接不上的地方作了处理，其余都保持原貌。

荆文礼

2008年12月20日

富育光，满族。1933年5月生，黑龙江省爱辉县人，1958年毕业于东北人民大学（现吉林大学）中文系。毕业后被分配到中国社会科学院吉林省分院文学研究所，投身于民间口碑文学挖掘、搜集与研究工作。1984年9月，由吉林人民出版社出版了其搜集整理的满族传说故事选《七彩神火》。这是建国以来，我国最早一本满族传说故事选，受到国内外好评。1986年2月，由中国民间文艺出版社出版合作整理的《康熙的传说》。1989年2月，由中国文联出版公司出版合作整理的满族传说《风流罕王秘传》。

富育光曾任吉林省民间文艺家协会理事、副理事长。现为吉林省民族研究所研究员、中国社会科学院民族文学研究所萨满文学研究中心顾问、长春师范学院萨满文化研究所名誉所长、吉林省民俗学会名誉理事长。1993年起享受国务院颁发社会科学有突出贡献政府特殊津贴。曾承担和主持国家"八五"、"九五"萨满教研究课题，参与国家"十五"社会科学基金项目《满族史诗〈乌布西奔妈妈〉研究》。独立或合作出版萨满文化研究专著及论文集六部、民族文化研究编著二十余部、论文七十余篇。

荆文礼小传

荆文礼，汉族。1936年8月生，辽宁省朝阳市人。1956年考入东北人民大学（现吉林大学）中文系，毕业后在《长春日报》副刊部从事编辑、记者工作。十年动乱之后，在长春市文化局、吉林省文化厅从事文化工作。1986年10月任吉林省艺术研究所所长，直至退休。现为中国戏剧家协会会员，研究员。几十年来，曾在全国及省内报刊上发表文章和论文九十余篇，曾参与撰写、编辑出版《文化馆学》（吉林大学出版社出版）、《二人转艺术》（中国曲艺出版社出版）、《新剧种论》（时代文艺出版社出版）等专著。任所长期间，曾主持《中国民间舞蹈集成·吉林卷》、《中国民歌集成·吉林卷》、《中国器乐曲集成·吉林卷》、《中国戏曲音乐集成·吉林卷》以及中国地方志吉林省志社会文化分册、艺术分册的编纂工作，曾与王宏刚承担全国艺术科学"九五"课题"萨满教舞蹈象征艺术研究"（该专著由辽宁人民出版社出版，荣获第二届文化部文化艺术科学优秀成果奖三等奖）和"十五"国家课题"中国满族传统说部艺术集成"的编纂工作。2004年8月参加国际萨满文化研讨会，其论文《萨满文化与满族传统说部》在会上宣读并发表在当年的《民间文化论坛》上。

图书在版编目(CIP)数据

苏木妈妈 创世神话与传说/富育光讲述；荆文礼整理.
—长春:吉林人民出版社,2009.4
(满族口头遗产传统说部丛书/谷长春主编)
ISBN 978-7-206-06099-1

Ⅰ.①苏…②创…　Ⅱ.①富…②荆…　Ⅲ.满族—民间故事—作品集—中国
Ⅳ.I277.3

中国版本图书馆 CIP 数据核字(2009)第 062118 号

苏木妈妈 创世神话与传说

丛书主编:谷长春
讲 述 者:富育光　　整 理 者:荆文礼
责任编辑:邢万生　　封面设计:李晓东　　责任校对:陆　雨
吉林人民出版社出版 发行(长春市人民大街 7548 号　邮政编码:130022)
网址:www.jlpph.com
全国新华书店经销
发行热线:0431-85395845　85395821
印　刷:北京铭传印刷有限公司
开　本:670mm×970mm　1/16
印　张:17.25　　字数:260 千字
标准书号:ISBN 978-7-206-06099-1
版　次:2009 年 4 月第 1 版　　印　次:2020 年 9 月第 3 次印刷
印　数:1-3 000 册　　定　价:45.80 元